Rene Denfeld est romancière, journaliste, enquêtrice et famille d'accueil. Elle a collaboré au *New York Times Magazine* et a été primée aux États-Unis pour ses essais. Après *En ce lieu enchanté* (Prix du premier roman étranger, Fleuve, 2014), elle a débuté une série policière avec *Trouver l'enfant* et *La Fille aux papillons*.

Trouver l'enfant

Du même auteur
aux Éditions Rivages

La Fille aux papillons

Rene Denfeld

Trouver l'enfant

Traduit de l'anglais (États-Unis)
par Pierre Bondil

Collection fondée
par François Guérif

Rivages/noir

Retrouvez l'ensemble des parutions
des Éditions Payot & Rivages sur

payot-rivages.fr

Collection dirigée
par Jeanne Guyon et Valentin Baillehache

Titre original :
The Child Finder

À Ariel

1

C'était une petite maison jaune donnant sur une rue déserte. Elle dégageait une impression de découragement, mais de cela, Naomi avait l'habitude. La jeune mère qui ouvrit la porte était frêle et paraissait beaucoup plus âgée qu'elle ne l'était. Ses traits semblaient tirés et fatigués.

« C'est vous qui retrouvez les enfants », dit-elle.

Elles s'assirent sur un canapé dans la salle de séjour vide. Naomi remarqua un tas de livres d'enfants entassés sur la table près d'un fauteuil à bascule. Elle aurait pu jurer que rien n'avait changé dans la chambre de la fillette.

« Je m'en veux de ne pas avoir entendu parler de vous plus tôt, dit le père en frottant ses mains l'une contre l'autre dans le fauteuil proche de la fenêtre où il était assis. Nous avons tout essayé. Tout ce temps…

– Même un médium, compléta la mère avec un sourire douloureux.

– On dit que vous êtes la meilleure pour retrouver les enfants qui ont disparu, reprit le père. Je ne savais même pas qu'il existait des enquêteurs spécialisés, pour ça.

– Vous pouvez m'appeler Naomi », leur dit-elle.

Du regard, ils la scrutaient : ossature robuste, mains tannées que le travail ne semblait pas rebuter, longs cheveux bruns, un sourire désarmant. Plus jeune qu'ils ne l'avaient pensé, pas encore la trentaine.

« Comment faites-vous pour les retrouver ? » lui demanda la mère.

Elle leur adressa son sourire lumineux. « Parce que je connais le chemin de la liberté. »

Le père cligna des yeux. Il connaissait l'histoire de son passé.

*

« J'aimerais voir sa chambre », annonça l'enquêtrice au bout d'un moment en reposant sa tasse de café.

La mère la précéda pendant que le père demeurait dans le séjour. La cuisine paraissait stérile. Le couvercle d'un bocal de bonbons à l'ancienne prenait la poussière : les mots LES BONBONS DE GRAND-MÈRE figuraient sur son ventre bombé. Naomi se demanda quand la grand-mère était venue pour la dernière fois.

« Mon mari pense que je devrais me remettre à travailler, dit la mère.

– Travailler, ça fait du bien, répondit Naomi avec douceur.

– Je ne peux pas », déclara la mère.

Naomi comprenait. On ne peut pas quitter sa maison si, à tout moment, il est possible que votre enfant revienne.

La porte s'ouvrit sur une chambre d'une tristesse absolue avec un petit lit recouvert d'une courtepointe Disney. Une série d'images sur le mur : des canards en vol. Au-dessus du lit, des lettres en appliqué disaient CHAMBRE DE MADISON. Il y avait une petite étagère et un bureau de plus grande dimension recouvert d'un fouillis de crayons et de marqueurs.

Au-dessus du bureau, une fiche de lecture établie par la maîtresse de maternelle : TRÈS BONNE LECTRICE. Une étoile dorée pour chacun des livres que Madison avait lus cet automne-là, avant d'être portée disparue.

L'air sentait le renfermé et la poussière : l'odeur d'une pièce dans laquelle nul n'a vécu depuis des années.

Naomi s'approcha du bureau. Madison avait commencé un dessin. L'enquêtrice se la représenta qui s'interrompait dans son occupation, filait vers la voiture tandis que son père l'appelait impatiemment.

L'image représentait un sapin de Noël décoré de grosses boules rouges. Sur le côté, en un groupe, se tenaient une mère, un père, une fillette et un chien. MA FAMILLE, disait la légende. C'était un dessin d'enfant typique, avec des têtes volumineuses et des corps constitués de traits. Naomi en avait vu des dizaines dans des chambres identiques. Chaque fois, c'était comme un coup de poignard en plein cœur.

Elle prit sur le bureau un carnet dans lequel la fillette avait écrit son journal, tourna les pages lignées remplies d'inscriptions maladroites, mais débordantes de vie et décorées d'illustrations au crayon de couleur.

« Elle écrivait bien pour son âge », remarqua Naomi. La plupart des enfants de cinq ans parviennent à peine à gribouiller.

« Elle est intelligente », commenta sa mère.

Naomi s'approcha du placard resté ouvert. À l'intérieur se trouvait une collection de pulls colorés et de robes en coton bien lavées. Madison aimait les couleurs vives, cela se voyait. Naomi tendit la main vers le poignet d'un des pulls, puis d'un autre. Elle fronça les sourcils.

« Ils sont tous effrangés, remarqua-t-elle.

– Elle tirait dessus... elle faisait ça avec tous. Elle les effilochait. J'essayais sans cesse de l'en empêcher.

– Pourquoi ? »

La mère se tut.

« Je ne sais plus. Je ferais n'importe quoi...

– Vous savez qu'elle est vraisemblablement morte », lui rappela Naomi avec douceur. Elle pensait qu'il valait mieux le dire simplement. Surtout compte tenu de tout le temps qui s'était écoulé.

La mère se figea sur place.

« Je n'y crois pas. »

Les deux femmes se tenaient l'une en face de l'autre. Elles avaient presque le même âge, mais les joues de Naomi rayonnaient de santé alors que les traits de la mère semblaient tirés par la peur.

« Quelqu'un l'a enlevée, affirma la mère.

– Si elle a vraiment été enlevée et si nous la retrouvons, elle ne sera plus la même quand elle reviendra. Cela, il faut que vous le sachiez. »

Les lèvres de la mère tremblèrent. « Comment sera-t-elle ? »

Naomi s'approcha. Assez pour qu'elles se touchent presque. Il y avait quelque chose de magnifique dans son regard.

« Elle reviendra en ayant besoin de vous. »

*

Au début, Naomi crut qu'elle ne trouverait pas, même avec les indications et les précisions fournies par les parents. La route noire était creusée de traces de pneus mouillées, ses bords recouverts d'une neige poudreuse. De part et d'autre de la voiture défilaient des perspectives infinies : montagnes de sapins vert foncé coiffés de poudreuse, roches escarpées noires, sommets sous leur glaçage blanc. Elle roulait depuis des heures, dans les hauteurs de la forêt nationale de Skookum, loin de la ville. Le relief était rude, inhospitalier. C'était une région sauvage, parsemée de crevasses et de fronts glaciaires.

Elle aperçut une tache jaune : les vestiges déchirés d'un ruban de plastique accroché à un arbre.

Pourquoi s'étaient-ils arrêtés ici ? Au milieu de nulle part ?

Naomi mit prudemment pied à terre. La journée était froide et lumineuse. Elle prit une profonde inspiration, réconfortante. Pénétra sous les arbres et fut plongée dans les ténèbres. Ses bottines crissaient sur la neige.

Elle se représenta la famille qui décidait de consacrer une journée de voiture entière à aller couper le sapin de Noël. Ils avaient dû prévoir de s'arrêter dans le hameau de Stubbed Toe Creek[1] pour acheter des *doughnuts* frais. De grimper par l'une des nombreuses routes anciennes en lacets qui escaladaient les montagnes enneigées. De trouver leur sapin de Douglas rien qu'à eux.

Il avait dû y avoir de la neige et de la glace partout. Elle s'imagina la mère qui se réchauffait les mains devant le souffle d'air chaud, dans la voiture, la fillette sur le siège arrière, emmitouflée dans une parka rose. Le père qui, peut-être fatigué de chercher, décidait que c'était l'endroit propice. Se garait sur le bord de la route. Ouvrait le coffre, le dos tourné, pour en sortir la scie à main. Sa femme qui, avec prudence, s'éloignait entre les arbres, leur fille qui filait droit devant elle…

Cela s'était passé en un rien de temps, lui avaient-ils raconté. Une minute Madison Culver était là, la suivante elle avait disparu. Ils avaient fait leur possible pour suivre ses traces, mais il avait commencé à neiger, à neiger abondamment, et tandis que, dans leur terreur, ils se cramponnaient l'un à l'autre, les traces s'étaient évanouies.

---

1. La Rivière du Gros Orteil Éclaté, référence au mythe local d'un chasseur qui s'est violemment cogné le gros orteil contre un rocher. Le nom de ces lieux est inventé. (Toutes les notes sont du traducteur.)

Le temps de faire appel aux équipes de recherche, la tempête s'était déchaînée et les routes avaient été fermées. Les recherches avaient repris quelques semaines plus tard, lorsque les chaussées avaient été rouvertes. Aucun des habitants de la région n'avait rien vu, ni entendu. Au printemps, un chien détecteur de cadavres avait été conduit sur place, mais il était revenu sans avoir rien trouvé. Madison Culver avait disparu, son corps, supposait-on, enseveli sous la neige ou déchiqueté par les charognards. Personne ne survivait longtemps dans la forêt. À plus forte raison une fillette de cinq ans en parka rose.

L'espoir est une belle chose, pensa Naomi en levant les yeux au milieu des arbres silencieux tandis que l'air pur et froid lui emplissait les poumons. Le plus beau, dans son travail : quand la récompense était une vie sauvée. Le pire : quand il n'apportait que le chagrin.

De retour à la voiture, elle sortit des raquettes neuves et son sac à dos. Elle était déjà vêtue d'une parka chaude, d'un bonnet de laine et de bottines fourrées. Le coffre était rempli d'habits et de matériel conçus pour mener des recherches sur n'importe quel terrain allant du désert aux villes en passant par les montagnes. Elle y rangeait à portée de main tout ce qui pouvait lui être utile.

Elle disposait d'une chambre en ville, dans la maison d'une amie proche. C'était là qu'elle gardait ses fichiers, ses archives, d'autres vêtements et des souvenirs. Mais sa vraie vie était sur les routes, où elle se consacrait à ses recherches. Surtout, s'était-elle aperçue, dans des régions comparables à celle-ci. Elle avait suivi des cours de survie dans la nature, d'autres pour organiser de telles recherches et dispenser les premiers soins, mais c'était son intuition qui la renseignait. Pour elle, les espaces sauvages les plus dangereux étaient plus sûrs qu'une chambre dont la porte était fermée de l'intérieur.

Elle commença par l'endroit exact où Madison avait disparu, s'imprégna des lieux. Sans se lancer dans une quête immédiate. Au lieu de cela, elle considéra cette zone comme s'il s'agissait d'un animal qu'elle apprenait à connaître : palpant son corps, en comprenant la forme. Il s'agissait là d'un animal froid, d'un animal imprévisible, mystérieux, dangereux, pourvu de crocs et de griffes.

La route s'effaça derrière elle au bout d'à peine deux mètres sous les arbres, et, sans la boussole dans sa poche et les traces de son sillage, elle aurait pu perdre tout sens de l'orientation. Les grands sapins tissaient leur voûte au-dessus d'elle, oblitéraient presque le ciel. Ici et là, le soleil les traversait à l'oblique, décochant ses rayons de lumière sur le sol. Elle vit combien il serait facile de s'égarer, de se perdre. Elle avait entendu parler de gens qui étaient morts dans cette forêt sauvage, à moins de huit cents mètres d'une piste.

Il s'agissait d'arbres très anciens, et la terre couverte de neige était curieusement exempte de broussailles. Des plaques blanches sculptaient leurs motifs sur les troncs rougeâtres. Le sol montait et descendait alentour : la fillette avait pu partir dans des directions infinies ou presque, sa silhouette n'avait pu manquer de disparaître en quelques brèves secondes.

Naomi commençait toujours par apprendre à aimer l'environnement dans lequel l'enfant avait disparu. C'était semblable à dénouer avec soin une pelote de fil emmêlé. Un arrêt de car qui menait à un chauffeur, à une pièce en sous-sol soigneusement tapissée de moquette jusqu'à être insonorisée. Un fossé en crue qui menait à un fleuve sur la rive duquel patientait le chagrin. Ou, dans l'affaire qui l'avait fait surtout connaître, un petit garçon disparu huit ans auparavant, retrouvé dans la cafétéria de l'école où il s'était volatilisé… six mètres en dessous, pas plus loin, là où son ravisseur, un veilleur de nuit, avait construit un repaire secret en sous-sol, dans une réserve, derrière une vieille chaudière défunte. Avant qu'elle ne déterre les plans originaux de l'école, personne n'avait su que cette pièce existait.

Chaque lieu de disparition représentait un accès.

Dans les profondeurs de la forêt, les arbres s'éclaircirent soudain et elle se trouva au bord d'une gorge blanche escarpée. Tout en bas, la neige lui retourna un regard insondable. Au-delà, la pente s'élevait vers des sommets vertigineux. Loin, de l'autre côté, une cascade gelée ressemblait à un lion qui charge. Les arbres étaient drapés d'un linceul blanc, une vision paradisiaque.

Le mois de mars, songea-t-elle : encore sous la glace, ici, en altitude.

Elle s'imagina une fillette de cinq ans, perdue, frissonnant de froid, marchant au hasard dans ce qui avait dû lui apparaître comme une forêt sans fin.

Madison Culver avait disparu trois ans plus tôt. Elle en aurait huit, aujourd'hui… *si elle a survécu.*

*

Sur la route qui descendait de la montagne se trouvait un magasin solitaire, tellement camouflé sous la mousse et la neige qu'elle faillit le dépasser sans le voir. Il était construit comme une cabane de rondins, avec une terrasse délabrée en façade. Au-dessus de la porte, le panneau peint à la main, à demi effacé, annonçait LE MAGASIN DE STRIKES.

Le parking de terre désert était saupoudré de neige fraîche. Naomi s'y gara. Elle se disait que le lieu devait être abandonné. Mais non, il n'était que négligé. La porte, quand elle la franchit, fit entendre son carillon.

Les vitres étaient si sales que le crépuscule régnait continuellement à l'intérieur.

Le vieil homme, derrière le comptoir, avait le visage parcouru de veines bleues partiellement apparentes. Sa casquette crasseuse semblait collée à ses cheveux gris dégarnis.

Elle remarqua les têtes empaillées poussiéreuses, derrière lui, les cartouches sous le comptoir en verre maculé de taches. Les allées étaient larges afin qu'on puisse y circuler avec des raquettes de neige. Des pièces de rechange de voitures s'entassaient dans les angles ; les étagères métalliques étaient surmontées d'objets allant de jouets bon marché à des paquets de macaronis en passant par les menottes de fer des pièges qui servaient à attraper le gibier.

Ce furent les macaronis qui captèrent son regard. Elle était suffisamment fine observatrice de la vie pour faire la différence entre un magasin de première nécessité et une boutique pour touristes en bord de route. Elle prit un vieux sachet contenant un mélange de noix, et un soda.

« Il y a encore des gens qui habitent par ici ? » s'enquit-elle avec curiosité.

Le vieil homme l'observa d'un air méfiant. Elle se dit alors qu'il s'agissait d'une forêt naturelle. Probablement soumise à des interdictions.

« Mmm, fit-il dans un grognement.

– Comment font-ils pour survivre ? »

Il la regarda comme si elle était à moitié demeurée. « Y chassent, y piègent.

– Ça doit être un rude labeur, par ici, avec le froid.

– Y a rien de facile, par ici, avec le froid. »

Il la regarda s'en aller tandis que la porte se refermait derrière elle.

*

Elle prit pour camp de base un petit motel, au pied du relief couvert de forêts, le tout dernier endroit où il était possible de dormir sans planter la tente… ou se creuser un refuge dans la glace.

L'établissement était miteux d'aspect. Elle était habituée. Un salon d'accueil envahi de meubles dépenaillés. Un groupe d'adeptes de l'escalade aux visages rougeauds occupaient l'espace avec leur matériel et leurs odeurs de transpiration.

Elle était constamment stupéfaite de découvrir le nombre de petits univers qui existent en dehors du nôtre. Chaque affaire semblait l'entraîner dans un monde nouveau, peuplé de gens, de cultures, d'héritages variés. Elle avait mangé du pain frit sur des réserves indiennes, passé des semaines sur une ancienne plantation du Sud où il y avait eu des esclaves, été bercée par La Nouvelle-Orléans. Mais son État favori n'était pas plus loin qu'ici même, son Oregon natal, sauvage et surprenant, où chaque virage paraissait la conduire dans un paysage totalement différent.

Sur le comptoir se trouvait une pochette contenant des cartes. Elle en prit une qu'elle paya quand elle récupéra les clés de sa chambre. Après plus de huit années consacrées à ses enquêtes, elle avait perdu le compte des chambres d'hôtel.

Elle avait débuté dans le métier à l'âge de vingt ans : exceptionnellement tôt pour une enquêtrice, elle ne l'ignorait pas. Mais, comme elle en parlait parfois avec tristesse, elle n'avait pas choisi. Au début, alors qu'elle vivait au jour le jour, elle avait dormi sur le canapé de familles qui louaient ses services, dont beaucoup étaient trop pauvres pour payer une chambre d'hôtel. Elle avait fini par apprendre à se faire dédommager en fonction de l'affaire et à encourager les familles à solliciter si nécessaire un financement participatif. De cette façon, elle gagnait assez d'argent pour régler au moins une chambre d'hôtel.

Ce n'était pas le sommeil qui lui manquait : elle était capable de dormir n'importe où, même recroquevillée dans sa voiture. C'était la solitude. La possibilité de réfléchir.

Chaque année, il y a plus de mille disparitions d'enfants signalées aux États-Unis, mille façons différentes de disparaître. Pour beaucoup, il s'agit d'enlèvements commis par des membres de la famille. Pour d'autres, d'épouvantables accidents. Des enfants meurent à l'intérieur de congélateurs abandonnés dans lesquels ils se sont cachés. Ils se noient dans des carrières et se perdent dans les bois comme Madison. Souvent, on ne les retrouve pas. Une centaine de cas par an correspondent à des enlèvements avérés, perpétrés par des inconnus, même si Naomi était persuadée que les chiffres réels étaient beaucoup plus élevés. Ces kidnappings-là étaient ceux auxquels les journaux accordaient le plus d'importance, mais elle acceptait de travailler sur tous les cas de disparition d'enfants.

Elle déplia la carte sur le lit… la déplia encore et encore.

Elle repéra l'endroit où Madison avait échappé à la surveillance de ses parents et l'entoura d'un petit cercle, un petit cercle dans un océan infini de vert. De ses doigts, telles des pattes d'araignée, elle suivit les routes proches, conclut que les distances existant entre elles étaient trop grandes pour être envisagées.

Où es-tu, Madison Culver ? Voles-tu parmi les anges, point argenté qui se détache devant leurs ailes ? Rêves-tu, ensevelie sous la neige ? Ou alors est-il possible, au bout de trois années, que tu sois toujours en vie ?

*

Ce soir-là, elle dîna dans le petit restaurant proche du motel, s'absorba dans la contemplation des habitants locaux : hommes bien en chair portant chemise de bûcheron, femmes aux yeux maquillés de paillettes arc-en-ciel, groupe de chasseurs au caractère vif. La serveuse lui versa une nouvelle tasse de café, lui dit « Ma chérie ».

Naomi consulta son portable. Maintenant qu'elle était de retour en Oregon, il fallait qu'elle passe par sa chambre, dans la maison de son amie Diane. Et, plus important, qu'elle appelle Jerome, trouve le temps d'aller le voir, ainsi que Mrs Cottle : les seuls êtres présents à sa mémoire qui figuraient dans sa famille. Cela faisait bien trop longtemps qu'elle n'y était pas allée.

Avec ce mélange de peur et de désir qu'elle ressentait, toujours le même, elle repensa à Jerome quand il s'était tenu dehors, devant la ferme. Leur dernière conversation avait hésité affreusement aux franges de quelque chose qu'elle n'était pas prête à affronter. Elle rangea son téléphone. Elle appellerait plus tard.

Elle mangea jusqu'à la dernière miette ce qu'il y avait dans son assiette, escalope de poulet frit, maïs, pommes de terre, et accepta de bonne grâce quand la serveuse lui proposa de la tarte.

Dans ses rêves, cette nuit-là, les enfants qu'elle avait retrouvés s'alignèrent, composant une armée. Au moment où elle se réveilla, elle s'entendit murmurer : « Emparez-vous des rênes du monde. »

2

La fille de la neige se souvenait du jour de sa naissance.

Dans la neige étincelante elle avait été créée, ses deux bras fatigués écartés tels ceux d'un ange, et son créateur était présent. Pour visage un halo de lumière.

Avec facilité, il l'avait hissée sur son épaule. De lui émanait une odeur intense, chaude, rassurante, semblable aux profondeurs de la terre. Elle voyait ses propres mains, étrangement bleutées en leurs extrémités, immobiles comme la pierre. Ses cheveux flottaient devant son visage, leurs bouts couverts de glace.

À la ceinture de l'homme pendaient de longues créatures à fourrure qui fouettaient ses jambes. Elle regardait leurs griffes qui s'agrippaient au vide au-dessus de la neige blanche qui oscillait.

Ses yeux se fermèrent au moment où elle sombra à nouveau dans le sommeil.

*

Quand elle se réveilla il faisait aussi sombre que dans une caverne. Il neigeait à l'extérieur. Elle ne pouvait le voir, mais le sentait. C'est bizarre que l'on puisse entendre tomber quelque chose d'aussi léger.

L'homme était assis devant elle. Il fallut un moment aux yeux fiévreux de la fille de la neige pour s'adapter à la pénombre. Une lumière était bien allumée, mais elle avait un problème de vision car tout était entouré d'un flou rougeâtre.

Elle était étendue sur un petit lit… une couchette, en réalité, avec une litière de fourrures et de couvertures. Les murs autour d'elle étaient faits de boue. Des branches passaient au travers. L'homme était assis sur une chaise de rameaux entrelacés telle qu'on en voit dans les livres. Comme celle où s'assiérait un grand-père attentionné, ou le vieillard à barbe blanche qui personnifie le Temps.

Elle avait conscience d'être très malade. Tout son corps était douloureux et elle sentait ses joues, chaudes et luisantes de sueur. Elle était secouée de spasmes fiévreux. Elle avait mal aux orteils. Mal aux doigts. Mal aux joues. Mal au nez.

L'homme la couvrit de fourrures, il paraissait agité et inquiet. Il observa ses doigts. Ils avaient l'air étrange, comme si de grosses peaux avaient poussé et les entouraient. Il les mit dans sa bouche pour les réchauffer.

Elle fut prise d'une envie de vomir, mais la grotte de son estomac elle-même lui donnait l'impression d'être aussi froide que la glace. Elle ne cessait de perdre connaissance, de rouvrir les yeux, de reperdre connaissance…

Quand elle se réveilla, l'homme lui faisait avaler de l'eau. Une eau qui était comme glacée. Elle sombra à nouveau dans le sommeil.

Elle ressentit un immense manque et, dans son délire, elle appela un nom, l'appela sans discontinuer, mais les sons qui sortaient de sa bouche ne paraissaient pas atteindre l'homme. Il fixa du regard sa bouche et fut pris de colère. Plaqua sa main sur ses lèvres. Prise de terreur, elle le mordit. Il retira sa main pour la gifler, fort, la faisant rouler sur elle-même. Puis il partit.

Sans répit, elle se retournait dans son lit en proie à d'interminables rêves causés par la fièvre. Ses doigts enflèrent jusqu'à prendre le drôle d'aspect que possèdent ceux des personnages de dessins animés, mais pour elle, ce n'était pas drôle. Les ampoules crevèrent et répandirent leur liquide sur les couvertures. Elle hurlait de douleur et de peur.

Quand l'homme revint, elle tenta de lui parler, de s'excuser entre ses lèvres gonflées. Des yeux, il en suivit le mouvement, se mit en colère une fois de plus.

Elle ne cessait de hurler ces mots, et ces mots étaient *Maman*, *Papa*.

Il tourna le dos et partit.

*

B, traça l'homme sur une ardoise carrée. Il avait descendu la lanterne et la lumière projetait des ombres partout. La caverne était baignée de lumière jaune.

Elle était éveillée, les fourrures et couvertures qui l'environnaient imprégnées de sueur séchée. Elle sentait que la neige tombait à l'extérieur. Fixait l'homme de ses yeux écarquillés.

Il étudia à nouveau ses doigts. Avec sa langue, il fit un petit bruit d'appréciation amusant. Elle les présenta à la lumière comme si elle ne les avait jamais vus. Le gonflement s'était résorbé, mais la peau prenait une étrange couleur violacée et noire. Ça donnait presque le sentiment qu'elle allait se détacher comme celle d'un lézard.

Peut-être allait-elle se muer en une autre créature.

Il regarda sous les couvertures les orteils qu'il avait libérés des chaussures et des chaussettes et, pour la première fois, elle vit qu'eux aussi étaient gros et enflés, que leur peau était d'un rouge et d'un violet effrayants. Ses minuscules ongles donnaient l'impression qu'on pourrait les arracher rien qu'en tirant dessus.

Il lui présenta l'ardoise. *B* ? Faiblement, elle hocha la tête et il parut satisfait.

« C'est votre nom, B ? » demanda-t-elle d'une voix qui n'était qu'un murmure voilé.

Il se contenta de fixer ses lèvres. Ne répondit pas.

« Comment je suis arrivée ici ? Où sont ma maman et mon papa ? »

Mr B secoua la tête.

La fille de la neige commença à paniquer. Encore affaiblie par la fièvre, elle essaya de se relever, de lutter pour écarter cet homme inconnu et rejoindre ses parents qui, elle le savait, l'attendaient juste à l'extérieur de la caverne. Il fut pris de colère et la repoussa sur le lit, sans ménagement. Ne comprenant pas, elle se débattit, tenta de le frapper avec ses mains, avec ses pieds.

Une nouvelle fois, Mr B la gifla, violemment, en pleine figure. Il la saisit par les bras, les serra si brutalement qu'elle eut mal, et elle gémit. Reculant sous l'effet de l'affolement et de la douleur, elle se réfugia au milieu des fourrures et des couvertures, contre le mur de boue, et le dévisagea de ses yeux écarquillés.

Il se leva, impressionnant de fureur, mais fit brusquement demi-tour et sortit.

*

La fille de la neige n'avait aucune idée du temps qu'elle avait passé dans cet état de fébrilité tandis que son corps effectuait sa mue en changeant de peau, que ses doigts rosissaient sous le noir jusqu'à ce qu'elle puisse à nouveau les remuer même si, au bout, ils gardaient l'aspect argenté de cicatrices. Tous ses orteils avaient conservé leurs ongles et s'étaient recroquevillés telles de jolies petites pièces peintes en rose.

Ses joues avaient cessé de paraître rugueuses au toucher, et quand elle dormait, c'était désormais profondément.

Il faisait noir dans la caverne, mais suffisamment de lumière filtrait à travers les planches brutes, audessus d'elle, pour qu'elle puisse détecter quand il faisait jour et quand c'était la nuit.

Mr B lui apportait à manger, quand elle s'éveillait, et un vieux seau en métal dans lequel elle faisait ses besoins. Elle avait peur d'y faire sa grosse commission, mais cela ne semblait pas déranger Mr B. Quand il partait, il emportait le seau comme si de rien n'était.

Mr B entrait et repartait en utilisant une échelle qu'il glissait par une trappe. Parfois, il portait une veste avec des poches partout.

Il ne lui répondait jamais quand elle parlait, suppliait ou pleurait. Les mots qu'elle prononçait retombaient autour d'elle, vides et dépourvus de sens.

Parfois elle se ruait sur lui en battant l'air et en expédiant des coups de pied, croyant que les personnes qu'elle voulait retrouver se tenaient juste de l'autre côté de la trappe. Tout ce qu'elle devait faire consistait à grimper là-haut ! Mais elle apprit à ne pas essayer parce que c'était à ces moments-là que Mr B se mettait en colère et lui faisait mal.

Une fois qu'il était parti, elle criait et hurlait pendant ce qui lui semblait durer des heures, jusqu'à ce qu'elle ait la voix enrouée. Mais il ne se passait rien. Finalement, elle acquit la conviction que ses parents ne se trouvaient pas juste derrière ces murs. Ils étaient partis. Peut-être pour toujours. Peut-être l'avaient-ils laissée là parce qu'elle avait été méchante.

Elle s'efforçait de comprendre ce qu'elle avait fait de répréhensible. Était-ce à cause de la fois où, à l'école, elle avait cassé la queue de Checkers la gerbille ? Elle n'avait pas fait exprès, elle essayait juste de la prendre dans ses mains et le bout de sa queue s'était cassé, sans qu'elle ait rien fait. Elle en avait été tellement effrayée qu'elle avait dissimulé le petit bout de queue dans la litière de la cage, et quand, plus tard, la maîtresse avait demandé qui avait fait du mal à Checkers, elle ne s'était pas dénoncée. Elle repensait souvent à ce bout de queue grise enseveli sous les copeaux de cèdre rouge.

Au bout d'un certain temps, elle cessa de parler. Mr B, quand il lui apportait le bouillon qu'elle trouvait très gras et mauvais, et qu'il la bordait sous les couvertures, acceptait ce silence sans prononcer une parole.

En partant, il retirait l'échelle et fermait toujours la trappe à clé.

*

Dave, le garde forestier, était grand, maigre et paraissait las. Son poste de surveillance était situé très haut, près du sommet du district de la rivière du Wapiti, à presque soixante kilomètres de l'endroit où Madison avait disparu.

En grimpant la route de montagne en pente raide, avec des sentinelles de neige tassée de part et d'autre, Naomi dépassa ce qui ressemblait à une tentative avortée pour construire une cabane de chasseurs. Le toit était effondré ; les fenêtres, de cruelles blessures. Un grand duc était perché tout en haut, et elle dut y regarder à deux fois pour constater qu'il était vivant.

Le refuge du garde était frais et rempli d'une lumière douce. Les nuages se réfléchissaient dans les vitres et progressaient sur le sol. C'était comme de se trouver dans une cathédrale, pensa-t-elle.

Le garde forestier se tenait à la fenêtre d'où il dominait un vaste empire.

« J'ai reçu votre message, lui dit-il. J'ai vérifié qui vous êtes et passé plusieurs coups de téléphone. Un gars de Salem m'a dit que vous avez retrouvé plus de trente enfants. »

Elle confirma d'un hochement de tête.

« Vous pensez pouvoir retrouver n'importe qui ?

– Pourquoi pas ? » demanda-t-elle avec un sourire.

Il désigna la fenêtre. « Nous avons des millions d'hectares de forêts, de glaciers, de lacs, de rivières, là. Deux fois par an au moins, quelqu'un s'égare… En fait, je reviens d'aider des amateurs d'escalade mal équipés. »

Elle remarqua près du bureau des rangées d'avis de recherche que soulevait le souffle d'un petit radiateur électrique.

« Mais si je peux vous aider, je ne demande que ça. »

Elle savait qu'il était préférable d'éluder. Non parce qu'elle ne voulait pas qu'on l'aide, mais parce qu'on ne savait jamais à qui on s'adressait. Elle avait payé pour le savoir. Dans l'une des affaires dont elle s'était occupée, il y avait eu un réseau de prostitution dirigé par des policiers corrompus.

« J'aimerais consulter le compte rendu de recherche, lui répondit-elle poliment.

– Certainement », acquiesça-t-il en prenant un ton cassant.

Il ouvrit un tiroir. En sortit un dossier. Le titre avait été écrit avec soin : CULVER, MADISON. À l'intérieur, une photographie était agrafée à la première page : une fillette blonde au très large sourire, un joli pull pour son premier jour d'école.

« Prévenez-moi si vous retrouvez des restes du corps », ajouta-t-il.

Elle hocha la tête, les larmes montant soudain à ses yeux. Des images déferlèrent dans ses pensées. Trente enfants, elle avait trouvé ? Oui.

Mais pas tous vivants.

Elle se tourna vers les avis de recherche placardés sur les murs. Celui de Madison figurait parmi les premiers, avec son sourire édenté. Se succédaient un randonneur qui s'était égaré dans une tempête de neige, un groupe de gens, venus escalader la montagne, qui avaient été pris dans un jour blanc, un pilleur de champignons et de nombreuses autres victimes, soit des circonstances, soit de leur absence de bon sens. Naomi se détendit un peu. Il ne semblait y avoir aucun lien entre eux. Parfois, un enfant disparu conduit à un autre… dans certains cas, à plusieurs autres.

Au milieu se trouvait un avis qui remontait à dix ans : une jeune femme aux yeux vifs et aux longs cheveux foncés. *Sarah est une alpiniste accomplie. Elle a disparu au cours d'une tempête.*

Tout à fait au bout il y avait un avis de recherche noir et blanc, aux contours estompés. Celui d'un petit garçon perdu dans les bois plus de quarante ans auparavant. Elle prit le temps d'en lire le texte.

Dave, le garde forestier, l'observait, caressant du regard le profil doux de la jeune femme.

« Je laisse les affiches tant qu'on n'a pas retrouvé les corps. »

Elle se tourna vers lui. « Je serais curieuse de savoir quel genre de personnes habitent ici. »

Il parut pris de court. « Eh bien, nous avons des exploitations agricoles qui datent de bien avant le statut actuel, et quelques hameaux sur les premiers contreforts. Il fait trop froid et c'est trop isolé pour que la plupart des gens restent. » Il rit. « À l'exception de quelques vieux irréductibles.

– J'en ai rencontré un. Le propriétaire d'un magasin assez proche de l'endroit où Madison a disparu.

– Earl Strikes ? Il est inoffensif. »

Elle détourna le regard. Tout le monde l'est, jusqu'au moment où on s'aperçoit que ce n'est pas vrai.

De la tête, elle désigna le paysage, par la fenêtre, nappé par les reflets de millions d'arbres coiffés de neige. « Vous pouvez me dire où ils habitent, tous ?

– Tous ? Bien franchement, j'en suis incapable. Il n'y a pas de recensement, ici. »

Il se tenait trop près. Elle s'écarta.

Elle jeta un regard sur l'alliance qu'il portait à l'index et lui décocha un regard de mise en garde. Elle ne comprendrait jamais pourquoi les tragédies stimulent de telles réactions. Quand surgit la douleur, les gens semblent avoir envie de se serrer les uns contre les autres sans prendre conscience de la distance que cela génère.

Mais il essayait juste de lui tendre quelque chose qu'il venait de prendre sur son bureau.

C'était une balise équipée d'une courroie. « J'aimerais que vous l'ayez sur vous si vous prévoyez de mener des recherches. » Il eut un sourire désabusé et douloureux. « Je n'ai pas envie que vous vous perdiez, vous aussi. »

Elle la prit, l'examina d'un air soupçonneux.

C'était la contradiction de sa vie, elle en avait parfaitement conscience : méfiante et confiante, craintive et sans peur… et, surtout, souvent en même temps.

Dave soupira. « Je ne saurai pas où vous êtes tant que vous ne l'aurez pas activée. Et j'espère que vous ne le ferez pas à moins d'être en danger. Parce que je rappliquerai au triple galop. »

*

Ce soir-là, confortablement allongée dans sa chambre de motel chaude, le chauffage tournant à plein régime près d'elle, elle lut le dossier qu'il avait établi concernant Madison. Il connaissait son travail. Le rapport était rempli de graphiques et de courbes. On y trouvait des analyses du relief, des dessins représentant des paysages, bien d'autres choses encore. Au fil de sa carrière, elle avait vu des dizaines de rapports comparables, en général dans les dossiers d'enquêteurs et de responsables de groupes ayant participé à des battues. Elle se demandait quel bénéfice on pouvait tirer de ces documents, ou s'ils n'étaient que des remparts dressés contre la déraison.

Entre les lignes, elle détectait la tristesse :

Madison Culver a cinq ans. Ses parents disent qu'elle aime lire, écrire, et se promener dans la nature. Elle était tout excitée à l'idée d'aller chercher un arbre de Noël.
Notes sur le terrain. Obstacles à la progression : crevasses à l'ouest, neige profonde, températures inférieures à zéro, tenue inadaptée (chaussures de tennis).
Équipement : aucun.
Profil comportemental de la disparue : Madison ne s'éloignera pas beaucoup. Elle sera prise de confusion mentale et souffrira d'hypothermie, ce qui pourrait l'inciter à se dévêtir. Elle aura peut-être eu recours à un enfouissement terminal et sera donc sous la neige.

Lors des phases finales de l'hypothermie, savait Naomi, les victimes souffrent fréquemment d'une chaleur intense, ôtent leurs vêtements et meurent nues dans la neige ou la glace. Parfois, pour des raisons que nul ne comprend, peut-être guidées par l'ultime réflexe nociceptif du cerveau, elles creusent un trou et meurent enfouies sous la neige.

Elle lut jusqu'à la dernière page, jusqu'à l'énonciation de la conclusion finale.

Madison a très probablement péri en décembre dernier, après s'être égarée. Nous avons annoncé à ses parents que la recherche avec un chien dressé n'a donné aucun résultat, mais qu'il faut s'y attendre en raison de la prédation. Je leur ai envoyé une carte de visite. Voir Police de l'État, enquêteur Winfield, pour leur recherche.

Naomi se retourna pour regarder à nouveau la photo : Madison, fillette menue, soignée, le visage en forme de cœur, des cheveux de lin et, de manière tout à fait incongrue, de grandes oreilles adorables qu'on aurait crues dérobées à un vieil homme. Son sourire illuminait la photo, diffusait un sentiment de magie et de joie.

Le monde ne pouvait accepter de perdre cette enfant.

*

Naomi rêvait à nouveau, mais cette fois, c'était le grand rêve. Elle l'appelait ainsi parce qu'il s'agissait d'un cauchemar, en réalité, qui parlait du passé… de ses débuts épouvantables dans la vie.

C'était comme l'histoire de la Bible dans laquelle Dieu créait la terre, et tout ce qui était désert et dépourvu de forme devenait vert et vivant. Il y avait quelque chose dans le mot *grand* qui lui arrachait une douleur dépassant l'entendement.

Dans le rêve, il faisait nuit et elle redevenait une petite fille nue qui courait dans un champ sombre. Elle n'avait pas d'âge, s'était dépouillée de son nom et de sa fausse identité comme elle l'avait fait de ses vêtements. Les champs étaient noirs, mouillés et collants. Ses pieds battaient l'air, ses genoux nus s'activaient et elle sentait le vent dans ses cheveux, sur sa joue et sur ses mains impuissantes tendues devant elle.

La terreur avait fleuri en elle telle une rose nocturne et elle courait, courait pour s'échapper.

Il y avait quelque chose d'anormal. Elle s'arrêtait. L'univers avait été créé autour d'elle, mais quelque chose en était absent.

Elle se retournait et…

Elle se réveilla en sursaut, la respiration précipitée. Les draps étaient enchevêtrés autour de ses pieds : une fois de plus, elle avait couru dans son sommeil.

À l'extérieur, une aube pâle tendait un fil argenté dans le ciel.

Elle resta allongée sans bouger, haletante, sentant le rêve qui se dissipait comme la brume du matin au-dehors. Ce grand rêve revenait, à intervalles plus ou moins rapprochés, depuis le jour où on l'avait retrouvée. Mais ces dernières semaines, après sa décision de revenir dans l'Oregon pour enquêter sur cette disparition, il se répétait avec une fréquence effroyablement réaliste.

Plus elle s'en revenait vers son passé, semblait-il, et vers Jerome, plus le rêve lui apportait la promesse sombre et potentiellement terrifiante de réponses.

Elle se leva pour se préparer une tasse de thé avec la machine à café du motel.

Assise à la fenêtre, enveloppée dans les draps, elle regarda le soleil se lever au-dessus des montagnes. Comme à chaque fois, après le rêve, elle tenta de découvrir la vérité. Quelle part relevait de la réalité et quelle part de l'imagination ? Les histoires que nous nous racontons sont-elles vraies ou basées sur ce qu'en disent nos rêves ?

*

Dans ses souvenirs les plus anciens, Naomi courait nue la nuit à travers un champ de fraises en direction d'un feu de bois qui crépitait à la lisière de la forêt. Il y avait un groupe de migrants dans une clairière, un nourrisson sur les genoux de quelqu'un. Une voix semblable à celle d'un fantôme s'élevait au-dessus de la fumée du feu de camp.

Mon Dieu, regardez. Viens ici, petite.

Quelqu'un l'enveloppait dans une couverture douillette, lui essuyait le visage avec un tissu chaud et rassurant.

Qu'est-ce qu'on va faire ?

Ils la lavaient, la nourrissaient, l'enveloppaient dans une couverture mexicaine confortable qui sentait le bien-être et la transpiration, et elle s'accroupissait, tremblante, les yeux écarquillés, auprès des flammes. Il y avait des échanges de paroles autour du feu, à voix basses et inquiètes.

C'est décidé, alors. On va l'emmener chez ce shérif. Viens là, mon cœur, tu peux t'allonger à côté de moi.

Mais Naomi avait trop peur pour dormir. Elle restait recroquevillée à côté du feu jusqu'à ce que ses pieds fussent engourdis, scrutant la forêt du regard.

Le lendemain matin, en état de choc et presque catatonique, on la portait à un camion, toujours enveloppée dans la couverture mexicaine. Le vent qui pénétrait par la fenêtre faisait voleter ses cheveux avec la douce promesse de lendemains. Elle s'était échappée. Elle était libre.

Tout ce qui avait suivi, elle s'en souvenait. Tout ce qui avait précédé, elle l'avait perdu. Elle avait tout effacé de sa mémoire. C'était comme si elle était née à cet instant, sans conserver aucun souvenir. Peut-être, se disait-elle, ce qui lui était arrivé avant était-il trop atroce pour qu'elle s'en souvienne. Tout ce qui lui revenait, c'étaient les rêves, accompagnés de leurs horribles indices sur ce qu'elle avait enduré.

Durant toute sa vie elle avait fui devant des ombres terrifiantes qu'elle ne pouvait plus voir… et en s'échappant, elle s'était retrouvée au cœur de la vie. Au cours des années qui s'en étaient suivies, elle avait découvert que les sacrements de la vie n'exigent pas de souvenirs. Telle la feuille qui s'abreuve de la rosée matinale, on ne remet pas en cause le lever du soleil ou le goût agréable, sur ses lèvres.

On boit, c'est tout.

3

Un matin, la fille de la neige s'éveilla et le monde lui parut différent. La fièvre était tombée. Elle s'assit dans son nid de fourrures et de couvertures et regarda autour d'elle avec des yeux qui voyaient clair. Elle se glissa en dehors du lit et se tint sur le sol de terre.

Rien ne bougeait en dessous d'elle : le monde était placide.

Où était-elle ? Qu'était-il arrivé ? Elle se mit à pleurer.

Ce fut à ce moment-là qu'elle comprit : elle était devenue différente. Elle toucha ses côtes, cuisses, jambes et jusqu'à ses pieds encore meurtris. Elle regarda ses mains, toutes roses et nouvellement créées. Comme une petite fille dans un livre, elle s'était réveillée dans un monde im[illegible]sément différent.

*

La fille de la neige connaissait les contes de fées. Dans ces contes, les enfants mangeaient des pommes empoisonnées et sombraient dans le sommeil pendant de nombreuses années ; ils frottaient des pierres, énonçaient des vœux et se changeaient en animaux ; ils buvaient du thé et rapetissaient ; ils tombaient dans des tunnels et rouvraient les yeux en des pays dirigés par des chapeliers fous et des rois bienveillants. Il y avait des enfants créés avec de la boue, de la pâte à pain roulée… ou de la glace.

Peut-être, songea-t-elle, était-elle tombée dans un tunnel magique avant de parvenir en ce lieu. Peut-être venait-elle tout juste d'être créée, dans de la neige roulée et à la suite de vœux.

Sur le mur de terre, dans un angle, elle découvrit un tracé à peine visible comme si un autre enfant avait gravé ici quelque chose, avant elle. À cette pensée elle fut parcourue d'un frisson. Ses doigts suivirent le tracé. Cela ressemblait au chiffre 8.

Elle suivait cette forme en s'interrogeant. Que signifiait-elle ?

La nuit, Mr B lui apportait sa nourriture. Elle la mangeait et s'endormait à poings fermés.

Parfois, au milieu des ténèbres, des éléments de la forêt venaient à elle. Des rameaux pénétraient dans son corps, s'insinuaient en elle, dans les endroits les plus intimes. Son corps appartenait à la forêt et si, parfois, la forêt venait et s'insinuait en elle… c'était le prix à payer, non ?

À payer pour quoi ? interrogeait son cœur.

À payer pour vivre, répondait son âme.

Au matin elle se réveillait et Mr B était parti. En fermant les yeux, elle suivait des doigts les mots qu'elle avait gravés profondément dans les murs, s'arrêtait et sentait la fente entre ses jambes. Fort, elle refermait sa main dessus et se prenait à pleurer, abondamment, sur elle-même.

*

Pendant un temps interminable, la fille de la neige resta dans la caverne. Ç'avait peut-être été une sorte de cave, à une époque, mais maintenant c'était une caverne. Elle était exiguë, parfaite et sombre.

Elle apprit que rien de tel que le temps n'existe. Il n'y a que la neige. La neige tombait silencieusement au-dessus d'elle, parfois plus légère qu'une pluie printanière, parfois dense et lourde, mais tôt ou tard, elle s'en venait.

Dans l'obscurité où filtrait un peu de lumière, elle touchait les murs, aussi haut qu'elle pouvait tendre les bras, touchait les proéminences de racines mouillées, humait leur sauvage et étrange odeur. Elle montait sur la couchette où elle dormait et tentait d'atteindre les lattes de la trappe, au plafond, mais les planches étaient hors de portée pour elle.

Elle se sentait souvent seule, et pleurait. Elle se recroquevillait sur la couchette, entourait ses genoux de ses bras, se balançait d'avant en arrière… tel un bébé dans le ventre de sa mère. Elle arracha un morceau de bois de son lit et, parcourant la terre avec ses mains, grava des mots sur les murs. Ellc grava les lettres profondément, afin de préserver son souvenir. Elle fit aussi des dessins : des créatures d'un autre monde, dont une chienne nommée Susie, et un homme de grande taille, gentil, appelé Papa.

Sur le sol de terre, elle traça une grande forme appelée MOM. Elle s'allongea en elle, fit comme si elle lui appartenait, se roula en boule dans son ventre et suça son pouce tel un bébé.

Quand Mr B revenait, elle entendait le bruit de ses pas au-dessus d'elle, les craquements.

Chaque fois qu'il entrait, il apportait la lanterne, et même quand la lumière éclairait les murs, couverts avec le temps par les hiéroglyphes de l'imagination, il n'y trouvait rien à redire. À l'aide de la lanterne il observait les murs gravés et souriait, comme si elle lui avait offert un cadeau.

Peut-être ne sait-il pas lire, songea-t-elle. Cette pensée lui procura du plaisir. Peut-être savait-elle quelque chose qu'il ignorait.

Il continuait toutefois de ne jamais parler et ne semblait pas l'entendre quand elle le faisait. Elle prit conscience que, dans ce monde, il n'existait pas de langage parlé. Tout était silence.

Elle attendait avec impatience que Mr B vienne avec la lanterne. Quand elle était avec lui, tout allait bien.

*

Mr B lui apportait à manger dans une barquette en aluminium, et cela déclenchait en elle comme un écho : ce que quelqu'un avait, jadis, appelé un plateau-télé. Mr B les réutilisait plusieurs fois. Elle le savait parce qu'elle voyait souvent la même croûte de sauce séchée sur le pourtour.

Ce qui se trouvait à l'intérieur ne correspondait pas à ce qui lui était familier : c'était la nourriture de la neige. Il y avait un ragoût graisseux d'une sorte ou d'une autre, avec un goût fort et musqué. Les morceaux de viande tendre avaient le goût des entrailles de la terre. Elle sentait ses veines s'emplir de substances nutritives pendant qu'elle mangeait, comme si elle était l'un des arbres, au-dehors, et qu'elle buvait le lait de la neige fondue.

Après avoir mangé, elle dormait, enfoncée dans les tas de fourrures. C'était alors qu'elle rêvait, de neige et de glace et de doigts tendus.

Un matin, elle s'était réveillée et Mr B était près d'elle sur la couchette. Il s'était levé en sursaut comme si quelqu'un l'avait surpris à faire une chose interdite. Elle profitait de sa chaleur, de sa présence rassurante. Elle avait rêvé d'une femme appelée Maman, recroquevillée sur un canapé avec une petite fille, pendant un long après-midi ensommeillé, tandis que la télévision diffusait bruyamment un nouveau dessin animé de *Tom et Jerry*.

Mr B restait là, debout dans le noir. Sous la couverture qui grattait, elle était nue. Elle ne gardait pas le souvenir d'avoir ôté ses vêtements. Elle voulait trouver un moyen de lui demander ce qu'il s'était passé, mais redoutait de déclencher sa colère. Elle avait donc caché son visage et fait semblant de dormir.

Au bout d'un moment, il était parti. Il avait hissé l'échelle par la trappe. Elle avait entendu le bruit de la clé. Sur le sol, non loin d'elle, il avait laissé la barquette en aluminium partiellement écrasée. Avant de la retourner, elle l'avait nettoyée en la léchant. À la lumière diffuse, elle avait déchiffré les lettres imprimées sur le fond : HUNGRY-MAN DINNER[1].

1. Le repas de l'homme affamé.

Elle avait suivi les lettres avec son index qu'elle avait ensuite appuyé sur sa joue.

*

En cette période d'intense éveil de sa conscience, la fille de la neige apprit beaucoup sur elle-même, et sur le monde. Elle apprit que le monde était un lieu solitaire, car lorsqu'on pleurait personne ne venait. Elle apprit que le monde était un lieu incertain, car un moment on était quelqu'un, et l'instant suivant on atterrissait sur la tête, complètement étourdi, et on se réveillait dans un rêve. Elle apprit que le monde était un lieu redoutable, rempli de choses imaginaires, car c'était la seule façon d'expliquer ce qu'il s'était passé.

Elle avait cru être une autre, mais comprenait maintenant qu'elle s'était trompée. Cette autre fillette était aussi réelle que la fumée sur les montagnes qui s'avère être de la pluie, que le cri de l'animal qui ressemble à celui d'un enfant, mais n'en est pas un. Cette autre fillette n'aurait jamais survécu ici.

Mais si elle n'était pas l'autre fillette, qui était-elle ?

Elle était quelque chose de neuf, quelque chose qui avait été roulé dans la neige.

Dans les ténèbres elle serra ses bras autour de son corps. La fille de la neige, se dit-elle. Je suis la fille de la neige.

*

Il n'y a pas de recensement ici, avait dit Dave, le garde forestier, mais Naomi soupçonnait qu'il en allait autrement.

Un recensement, il y en a toujours un : qu'il soit inscrit sur le calepin rêche d'un patron de ferme qui coche ses employés, ou dans la tête d'une vieille dame capable de réciter l'arbre généalogique complet de tous les résidents locaux, jusqu'au dernier, en remontant à la troisième génération.

Le problème, c'est de le trouver.

Après s'être levée, elle exécuta une série de pompes dans sa chambre. Elle s'astreignait à pareils exercices pour se maintenir en forme, mettait en pratique ce qu'elle avait appris dans ses cours d'autodéfense. Marcher, c'était excellent, mais il était important que la partie supérieure du corps préserve ses forces et ses capacités. Dans un élan d'énergie soudaine, elle prit un *muffin* sur le comptoir de la petite salle de restaurant et sortit.

Le bureau de l'occupation des sols se trouvait dans le hameau de Stubbed Toe Creek, au pied de la route qui menait à la chaîne de montagnes que les Culver avaient empruntée plusieurs années auparavant. L'endroit ressemblait à un village d'antan, les maisons bâties avec des toits pentus afin que la neige glisse vers le sol. Les eaux glaciales d'une rivière proche dévalaient tumultueusement sur des rochers verts.

Naomi se gara dans la rue principale, à proximité d'une boulangerie où s'était rassemblé le groupe de montagnards qu'elle avait vu au motel. Ils riaient et buvaient du café dans des tasses fumantes. Par les fenêtres, l'odeur des *doughnuts* se diffusait dans l'atmosphère. Un panneau vantait le caramel fait maison.

Plus bas dans la rue, une boucherie aux vitres couvertes de papier blanc annonçait des prix relatifs au traitement de la viande de gibier (l'adjonction de gras moyennant un supplément), ainsi que sur le bœuf séché maison. Les autochtones qui entraient chez le boucher étaient très différents d'aspect des grimpeurs présents devant le café : c'étaient de vieux messieurs blanchis sous le harnais, vêtus d'un ciré, dont les fils sans âge portaient des fusils avec autant d'aisance que s'il s'agissait de leurs propres mains. Devant la boucherie était arrêté un camion cabossé. Un wapiti mort gisait tout naturellement dans la benne et un ruban de sang coulait sous la ridelle arrière.

« Je désirerais consulter votre registre des exploitations agricoles », expliqua Naomi à l'employée qui occupait un petit bureau dans un vaste couloir de l'hôtel de ville parcouru de courants d'air. S'y trouvaient aussi une minuscule bibliothèque et un musée historique qui avait l'air intéressant. L'employée était une femme entre deux âges aux cheveux bouffants, habillée d'un haut et d'un pantalon couleur citron vert qui illuminaient la pièce sombre. Elle était de ces personnes mises à la disposition du public que Naomi avait souvent rencontrées au fil des années : en même temps historienne, bibliothécaire et commère locale. Étant de nature amicale, Naomi avait appris à connaître ses semblables et à leur témoigner sa gratitude.

Il y avait plus de quarante actes de propriété de fermes. Naomi disposa les papiers sur une longue table. Ils remontaient à un siècle : feuillets défraîchis ornés d'une écriture manuscrite et d'un langage fleuri. *À tous les présents, salutations.* Certains étaient si anciens que le président Théodore Roosevelt les avait signés. D'autres, plus récents, ne dataient que de plusieurs décennies.

Ils étaient rédigés dans une langue que Naomi ne comprenait pas. *Cent soixante acres dans le quart nord-ouest de la deuxième section de la commune trois dans la rangée trois au sud et cinq à l'est du méridien Willamette…*

Elle se massa le front avec la main. Elle y arriverait.

« Ce n'est pas très clair, n'est-ce pas ? » Derrière le comptoir, l'employée lui souriait.

Elle s'approcha et indiqua à Naomi comment situer les exploitations. Son ventre chaud appuyait légèrement contre le bras de l'enquêtrice : un contact réconfortant.

« La majorité de ces actes étaient établis pour des terrains de cent soixante acres. Nul n'avait besoin d'autant pour construire une cabane de rondins, mais c'était ainsi que la terre était divisée. Le gouvernement avait en tête l'exploitation agricole, même s'il est absolument évident que nous ne sommes pas une zone de culture ou d'élevage. »

L'employée prit l'un des actes : Desmond Strikes. Elle en trouva l'emplacement sur la carte avec une rapidité certaine, utilisant son moignon de crayon pour tracer les limites de la propriété. La ferme se situait le long de la route en contrebas de l'endroit où Madison avait disparu. « Bon, là, c'est facile. C'est l'acte de propriété des Strikes. Il y a encore un magasin dessus. C'est le petit-fils qui s'en occupe, maintenant. »

Naomi ne répondit rien, se contenta d'afficher un sourire encourageant.

L'employée prit un autre document. « Bien, celui-là correspond à ce que nous appelons le district du Diable à cause de tous les gloutons qui y pullulaient autrefois, avant d'être exterminés par les chasseurs. » Elle montra sur la carte là où l'endroit se situait, dans les hauteurs.

Naomi pensa à ces forêts glaciales : splendides mais inhospitalières.

« Mais pourquoi faire la demande d'un acte de propriété ici ? »

L'employée lui répondit par un sourire. « Il faut se souvenir que l'Oregon doit sa richesse au commerce du bois et des fourrures. Ce sont les marchands de fourrures et les trappeurs qui ont ouvert la piste de l'Oregon. Quand la loi sur la revendication des propriétés agricoles a été votée, certains se sont dit : Hé, j'aurai ma terre à moi, pour en vivre. Ils n'ont pas envisagé à quel point ça allait être dur.

– Combien ils sont à être restés ?

– Eh bien… ici, le commerce de la fourrure s'est prolongé plus longtemps que dans la plupart des autres régions. Nous avons toujours des trappeurs en activité. Vous les verrez… pour avoir l'allure d'hommes des montagnes, ils l'ont. » Elle partit d'un rire gai. « Autrefois, ces terrains avaient de la valeur en raison des arbres qui poussaient dessus. Mais le gouvernement y a mis un terme et plus personne n'en a voulu. Certains sont venus pour l'or, avec pour unique résultat de passer pour des imbéciles. Mais de nos jours, il faut hériter de la propriété. Sinon, toutes les terres reviennent à l'État fédéral. »

Naomi eut une vision soudaine : une fillette, la jambe prise dans un piège, poussant des gémissements de douleur, perdue dans une forêt.

« Vous donnez l'impression d'être très au courant.

– Mon grand-père était trappeur. Il avait une cabane sur le cours supérieur de la rivière du Vison. Quand j'étais petite, nous allions nous y promener, les raquettes aux pieds.

– Qu'est-elle devenue ?

– Mon Dieu, je n'en sais rien… ça remonte à des années. Probablement en ruine.

– Y a-t-il un moyen de savoir si quelqu'un campe sur une de ces propriétés ? »

L'employée eut un petit rire, son ventre tressautant sous le haut vert citron. « Nul n'irait les en empêcher. »

Le temps qu'elles finissent de remplir la carte, l'heure du déjeuner était passée et l'employée semblait fatiguée. Naomi eut le sentiment qu'elle lui devait bien un café. Elle alla chercher un moka chaud à la boulangerie, un peu plus loin dans la rue, ainsi qu'une petite boîte de caramels enveloppés dans du papier. L'employée accepta le caramel comme si c'était sa grand-mère qui l'avait fait et, dans ce hameau, cela n'avait rien d'impossible.

Naomi lui tendit la liasse d'actes de propriété. « Est-ce que vous avez une possibilité de faire des photocopies ?

– Bien sûr. J'ai une photocopieuse, derrière. » Elle se tut un moment avant de demander, d'un ton respectueux. « Vous êtes historienne ?

– Plus ou moins », répondit Naomi avec un sourire.

Elle retourna dehors sous un ciel lumineux. Les reliefs montagneux, d'une blancheur absolue, l'invitaient à venir à eux.

Elle reprit la route des sommets car elle voulait consacrer les dernières heures de jour à ses recherches.

*

En dépit de la tristesse de cette tâche, elle commençait à apprécier d'être dans la forêt. Elle voyait de tout petits oiseaux à gorge rouge dans la neige. Elle entendait le bruit sonore du battement d'ailes d'un grand duc dans les arbres noirs. Au-dessus de sa tête, des rapaces décrivaient des cercles, se déplaçaient si lentement qu'ils semblaient faire partie du ciel. À plusieurs reprises elle avait vu des aigles à la gorge aussi blanche que la neige en contrebas.

La forêt était vivante.

Des poils d'ours sur un arbre. Un ciel, semblable à une batée d'orpailleur renversée, déversait du grésil qui posait des étoiles sur ses cheveux. Une odeur musquée venue de loin : une mouffette qui se déplaçait rapidement… elle distinguait sa silhouette voûtée aux rayures noires. Vers la fin du jour, avant que le ciel ou sa montre ne lui dise que la nuit survenait, l'écho des loups éveilla le crépuscule.

Jerome aimerait être là, se surprit-elle à penser, les yeux rivés sur un éblouissant bouquet de cèdres rouges plantés tels des poteaux indicateurs au milieu de nulle part.

Jerome voyait toujours la beauté en toute chose, même en elle.

C'était une pensée trop triste et elle se mit à courir dans la neige, un bref instant, se faisant l'effet d'une enfant un peu bête, puis d'une enfant qui pleurait. Elle s'allongea sur le dos en agitant bras et jambes de haut en bas afin d'imprimer la trace d'un ange dans la neige et, quand elle se releva, vit le creux laissé par son fessier, la marque de ses hanches, et se souvint qu'elle était devenue une femme, après tout.

*

« Je vous rapporte votre dossier », dit-elle à Dave en se présentant sur le seuil du poste de surveillance. Derrière elle, le soleil couchant changeait les arbres au faîte couvert de neige en apparitions nimbées d'or. La neige renvoyait sa luminosité vers le ciel où les nuages filaient tels des lambeaux de paradis.

Surpris, le garde forestier leva les yeux de son bureau. Elle vit la solitude peinte sur son visage. Il la masqua aussitôt, souriant à sa présence.

Quand elle s'avança, il se leva, prit le dossier. Derrière lui, les avis de recherche frémissaient un peu au souffle du chauffage électrique, rappelant à Naomi la raison de sa visite.

« Est-ce qu'il arrive qu'il fasse chaud, par ici ? demanda-t-elle.

– Nous bénéficions d'un court été. Mais non, il ne fait jamais vraiment chaud.

– Comment Madison aurait-elle pu se prémunir du froid ? »

Il la regarda en fronçant les sourcils et, à cet instant, elle vit qu'il n'était pas comme Jerome, qui aurait montré de l'empressement à aborder ce problème. C'était ainsi que fonctionnaient la majorité des gens : ils érigeaient des murailles pour protéger leurs pensées.

« Eh bien… seule dans la forêt ? En décembre ? Il n'y a aucun moyen d'y parvenir à moins d'avoir une tente, un sac de couchage et des provisions. On marche, on marche, on marche encore et, dès qu'on ralentit, eh bien… C'est comme dans l'histoire de Jack London où il parle du feu. Ça commence par les extrémités, les pieds et les mains. Si on est raisonnable et qu'on s'est équipé d'une pelle, on peut s'arrêter et creuser un refuge. Il m'est déjà arrivé d'y avoir recours, une fois où j'étais parti à la recherche de gens qui s'étaient perdus dans une soudaine tempête de neige. Mais j'ai un sac de couchage qui reste à zéro degré. Du feu. De quoi manger.

– Et si vous trouviez une cabane ?

– Vous voulez parler des anciennes exploitations ? » Cette pensée parut l'amuser. « Elles sont toujours là. J'en ai vu quelques-unes par pur hasard, en cherchant des gens, ou juste en explorant la région. La plupart sont abandonnées même si nous avons toujours plusieurs vieux irréductibles qui s'accrochent. Je suppose que si vous aviez la chance d'en trouver une qui soit abandonnée, elle pourrait vous servir d'abri. Mais ça ne vous empêcherait pas d'être perdue. » Il paraissait dubitatif. « Il vous faudrait espérer qu'on vous découvre avant que vous soyez morte de faim.

– Et donc, la manière de se prémunir contre le froid, c'est que quelqu'un vous trouve.

– Oui, ça me paraît bien être la seule façon d'y parvenir, répondit-il. Si on est perdu.

– Et seule », ajouta-t-elle.

Il l'étudia du regard, encadrée par la lumière dorée. Elle avait des épaules robustes, des jambes gracieuses. Mais ses yeux racontaient une tout autre histoire. Elle avait tout d'un animal sur le qui-vive.

Dans un accès de perspicacité il lui demanda : « Ça vous est déjà arrivé, d'être perdue ?

– Oh, oui », répondit-elle, et il fut surpris de voir surgir un large sourire.

Il s'attendait à ce qu'elle lui confie qu'elle s'était égarée un jour alors qu'elle essayait de retrouver un enfant, et qu'elle lui raconte qu'elle avait alors tourné dans la mauvaise direction. Mais quelque part au fond de lui-même, il savait que la question allait beaucoup plus loin, et c'était pour ça qu'il la lui avait posée.

« Il y a très longtemps, dit-elle, avant que débutent mes souvenirs. »

*

En mangeant le soir même dans le petit restaurant (pain de viande avec petits pois, suivis d'une tarte à la crème et à la rhubarbe faite maison), elle étudia sa carte. L'endroit où Madison avait disparu n'était plus un cercle isolé. Il était entouré de constellations. La propriété la plus proche était celle des Strikes, avec son magasin. La suivante appartenait à un homme nommé Robert Claymore, qui avait obtenu une concession où l'on pouvait accéder par le sud en contournant le versant de la montagne où Madison s'était perdue. Encore plus haut se trouvait la propriété du district du Diable que l'employée avait mentionnée, attribuée cinquante ans plus tôt à un nommé Walter Hallsetter. Elle remarqua que toutes ces possessions étaient sises près des routes principales. Ce qui s'expliquait : c'était probablement pour cela qu'on avait construit les routes, afin de desservir ces pionniers. Ou les compagnies qui exploitaient le bois.

Le monde prenait désormais forme, la pelote présentait des fils à suivre. Elle allait commencer par les Strikes.

*

Durant une journée entière, les migrants l'avaient emportée dans leur périple. En fin d'après-midi, ils s'étaient garés devant un petit bureau de brique et l'avaient conduite à l'intérieur où un homme de haute taille, en uniforme vert olive, s'était levé d'un bond, saisi d'étonnement. Il avait tenté de les convaincre de rester, mais les migrants avaient secoué la tête et reflué du bureau quand il avait décroché le téléphone.

Le shérif avait passé plusieurs appels et installé Naomi dans son camion. Il avait été tellement attentionné, tellement gentil ; mais pour elle, rien n'y faisait. Elle s'était collée contre la portière du passager comme si elle voulait s'enfuir par le trou de la serrure.

Il l'avait conduite à une ferme située sur une colline, aux contours soulignés par le soleil couchant. Elle s'était tenue dans la salle de séjour propre, trop vivement éclairée.

Une silhouette semblable à celle d'une grand-mère, pleine de bonté (une *femme*), était sortie de la cuisine en s'essuyant les mains sur un torchon à vaisselle décoloré. Derrière la porte de la cuisine l'épiait un garçonnet aux cheveux noirs.

« Comment s'appelle-t-elle ? avait demandé Mrs Cottle au shérif.

– Je ne sais pas, avait-il été contraint de répondre.

– Comment t'appelles-tu, ma chérie ?

– Naomi, avait-elle murmuré.

– D'où viens-tu ?

– Je ne sais pas », avait-elle murmuré.

Mrs Cottle l'avait considérée avec un regard empreint d'une telle compassion qu'il ne connaissait nulle frontière. « Que fuyais-tu, alors ?

– Des monstres. » C'était tout ce dont elle avait réussi à se souvenir.

Et à ce jour, à l'exception des indices présents dans ses rêves, c'était tout ce dont elle réussissait encore à se souvenir.

4

Un jour, la trappe s'ouvrit. Mr B descendit. Il saisit la fille de la neige par le bras et la souleva avec rudesse. Elle fut poussée sur l'échelle. La lumière lui fit mal aux yeux.

Elle était debout dans une cabane. Cette cabane était faite de rondins entrecroisés à leurs extrémités, mais ils étaient en bois brut. On voyait qu'ils avaient conservé leur écorce. Les espaces entre les troncs étaient remplis de boue séchée. Le toit reposait sur de lourdes poutres dont le bois avait pris une teinte foncée avec le temps et la fumée.

Dans la cabane régnait une forte odeur de sueur et de fourrure, et celle d'une neige pure et fraîche. Les fenêtres étaient masquées par des couvertures clouées… les clous qui les retenaient étaient vieux et rouillés, comme s'ils étaient déjà là bien avant sa propre création.

Mr B posa les mains sur ses épaules pour la faire asseoir à la table en bois. Il y avait un banc.

Ce fut alors que la fille des neiges découvrit ce que Mr B faisait. Il trouvait des animaux. Il les éventrait au-dessus d'un grand évier. Le sang ruisselait. Il était d'une belle couleur rouge vif. Mr B dépiautait les animaux. Il mettait les peaux à un endroit et coupait la viande des bêtes au-dessus d'une marmite posée sur le poêle à bois noir. De temps en temps, il s'interrompait pour aiguiser son long couteau argenté sur une pierre. Le bruit en était apaisant.

Elle se leva et s'approcha de lui. Il fronça les sourcils. Elle toucha une fourrure mouillée en quémandant l'autorisation du regard. Il hocha la tête. Elle caressa la fourrure soyeuse. Mr B sourit.

Plus tard, ils mangèrent le ragoût. Au-dehors, la neige chuintait contre les vitres masquées par les couvertures, mais à l'intérieur ? Tout semblait chaud et paisible.

*

Mr B avait un lit. Posé par terre, dans un angle de l'unique pièce, derrière un rideau effrangé. Il paraissait grand et douillet. Il se trouvait juste à côté de la trappe. L'échelle qu'il utilisait pour descendre était appuyée contre le mur. Pendue à un crochet, la grosse clé ternie qu'il tournait dans la serrure. La serrure de la trappe semblait vieille et tordue. La fille de la neige se demanda si elle était vraiment résistante.

Quand le moment arriva de regagner la caverne, elle décida d'être obéissante et de suivre Mr B. Il ne serait pas obligé de la pousser et de la bousculer. Mais elle avait peur des rameaux nocturnes, des ténèbres, de la douleur et de la peur qui existaient même pendant son sommeil. Elle n'avait pas envie de retourner dans la caverne où elle passait ses journées à graver sur les murs les lettres qu'elle craignait d'oublier. Elle était effrayée, dans la caverne, et lui manquaient les gens qu'elle redoutait d'avoir inventés.

Elle voulait rester dans la cabane. Elle aurait fait n'importe quoi pour demeurer là où il y avait chaleur et lumière… et Mr B.

Elle savait que, comme il ne pouvait pas la comprendre, cela ne servait à rien de parler. La fille de la neige avait un langage secret. Elle posa la main sur la poitrine de Mr B. Il se figea en la voyant, posée là, puis sourit.

Tu es née de la neige, lui soufflait son esprit. Née de la beauté.

*

Dehors, une neige printanière cinglait puis ronronnait. Les arbres levaient leurs bras pour la toucher. Le soleil était loin, très loin : une goutte de citron impuissante à rien réchauffer.

Dans le lit de Mr B, la fille de la neige et l'homme étaient enlacés. Elle se sentait aimée. Il n'était nul besoin des ténèbres. Elle pouvait être éveillée. Durant la nuit, elle dormit contre lui et ce fut le bonheur, ce fut le souvenir, ce fut le toucher.

Le lendemain matin, quand elle fut reconduite dans la cave, elle s'allongea dans la forme qui était MOM et pleura.

*

Ce fut après cela que la fille de la neige se raconta le premier conte de fées. Voici ce qu'il disait :

Il était une fois un monde épargné par la neige où vivait une petite fille, et elle s'appelait Madison.

Madison était comme tous les enfants : toujours à moitié dans l'affabulation.

Un jour sa mère lui dit : « Nous allons dans les montagnes, couper un sapin de Noël. »

Les montagnes étaient beaucoup plus hautes que Madison ne l'avait jamais imaginé. Leur voiture était semblable à une fourmi qui escaladait la paroi d'un bocal de sucre.

Ils finirent par faire halte. Madison était si excitée de voir la neige. Elle courut sous les arbres, surprise de constater comme il faisait sombre dans la forêt.

Elle se retourna. Elle ne voyait plus sa mère ni son père. Son cœur se mit à battre à tout rompre. Elle s'était perdue ! Madison courut, courut encore et encore en appelant : « Maman, Papa ! » Mais plus elle courait, plus elle s'égarait.

Tout à coup, elle dégringola au pied d'une longue falaise blanche. Le sol s'élevait, il retombait, et elle ne distinguait rien d'autre que de la neige.

Madison termina sa chute en un endroit où la neige lui montait plus haut que la taille. Il lui fallut longtemps, mais elle parvint à s'en extraire et à pénétrer dans une autre forêt. Elle frissonnait de froid. La nuit tomba.

Toute la nuit, Madison marcha, touchant de ses mains nues le tronc des arbres noirs. Avant que le jour ne se lève, les frissons s'étaient arrêtés. Madison commença à avoir très chaud.

La neige paraissait douce et accueillante. Elle avait envie de s'allonger et de dormir. Elle trébucha et, en tombant, sa tête cogna contre un arbre.

Alors tout devint blanc.

La porte du magasin se referma en claquant derrière Naomi.

Earl Strikes leva les yeux du comptoir où il vendait des cartouches et de la bière à un groupe de chasseurs. Ils donnaient le sentiment d'être surgis d'une autre époque avec leurs longues barbes broussailleuses et leurs vestes de chasse raidies par les taches. Il y avait une femme âgée avec eux. Elle s'agrippait à une jarre de quatre litres et demi de mauvais vin. Elle portait une veste sur une chemise de nuit et des bottes en caoutchouc.

Naomi resta à la porte et regarda les clients partir. Le groupe s'entassa dans un pick-up aux pneus dégonflés parsemés de moisissures. La chemise de nuit de la vieille femme resta coincée dans la portière lorsqu'ils reprirent la route pour descendre de la montagne.

« Qui était-ce ? demanda-t-elle en se rapprochant du comptoir.

– Oh, eux ? C'est les frères Murphy. Une bande d'imbéciles. Et leur mère, une pauvre cloche, et pas autre chose.

– Ils habitent où ?

– En bas, après Stubbed Toe Creek. Ils grimpent jusqu'ici parce que j'accepte encore de leur vendre de la bière. Ça vous montre à quel point j'suis bête. Pourquoi ? Vous pensez qu'c'est eux qu'ont enlevé la fillette ?

– Pardon ?

– Le garde forestier, il dit que vous la recherchez », explicita-t-il laconiquement.

Naomi se sentit envahie d'une bouffée de colère. Parmi tous les obstacles qui entravaient son travail, l'un des plus durs à supporter était qu'un représentant de la loi aborde des sujets confidentiels. Si ce vieux tromblon était au courant, tout le monde, dans la région, l'apprendrait probablement, et si Madison était encore en vie, c'était une excellente façon de causer sa mort. La plupart des ravisseurs préféreront tuer un enfant plutôt que de se laisser prendre.

« On m'a dit que vous êtes le propriétaire d'un terrain qui vous a été attribué, dit-elle pour tenter de tourner la situation à son avantage en sortant de sa poche la photocopie de l'acte qu'elle défroissa sur le comptoir. Vous avez dû en hériter.

– C'est la vérité vraie, dit-il en se redressant.

– Vous habitez ici, dans le magasin ?

– Pas plus loin que sur l'arrière. Même que j'y cache pas de gamine. »

Naomi n'hésita pas une seconde. Elle savait que, si au lieu de demander, elle ordonnait, beaucoup de gens ignoraient qu'ils pouvaient refuser. Et donc, au fil des ans, elle avait appris à ne pas solliciter, mais à prendre un ton de commandement. « Ce n'est pas votre pièce de derrière qui m'intéresse, même si vous pouvez être assuré que j'irai la voir après. Ce que je veux voir, c'est la cabane familiale. »

*

« Vous êtes pas du genre qu'a facilement peur, hein ? » demanda Earl en la précédant dans la forêt, sur le chemin derrière le magasin.

Le sol semblait prêt à leur sauter au visage : des enchevêtrements de ronces beaucoup plus denses que dans la zone qu'elle avait inspectée, sans doute en raison de l'altitude moindre et de l'abattage des arbres. Ils dépassèrent des souches de troncs circulaires couvertes de neige, si massives qu'elle aurait pu s'allonger dessus. Les taillis tressaient une épaisse voûte de verdure. Des fougères géantes perçaient la neige.

« Je ne crois pas à la peur.

– Pourquoi ? fit-il avec une mimique des lèvres.

– À quoi ça servirait ?

– À vous protéger. »

La peau figée par l'âge était visible sous l'arrière de la casquette, marbrée de taches de vieillesse. Elle observa les mains qui oscillaient, les phalanges puissantes.

« La peur ne protège jamais personne, répondit-elle.

– Vous allez y descendre, dans la cave, comme on voit les enquêteurs faire dans leurs machins à la télé ?

– Non. Je vais vous demander de le faire.

– J'ai rien à cacher. »

En fin de compte, la ferme de la famille était exactement telle qu'il l'avait décrite : une vieille cabane en ruine, avec une cheminée de boue écroulée à l'intérieur, devenue un asile pour une douzaine d'oiseaux. Un *chipmunk* gras était perché sur un mur effondré couvert d'une couche de neige. L'habitation était nichée au milieu des arbres. Naomi comprit avec désarroi qu'elle aurait pu passer très près sans l'apercevoir tant les vieux rondins envahis de mousse se fondaient dans leur environnement. Chercher ce genre de cabanes allait s'avérer beaucoup plus difficile qu'elle ne l'avait envisagé.

Par-dessus le mur, elle jeta un coup d'œil à l'intérieur réduit à des décombres. Des sections du plancher s'étaient effondrées. « La voilà, votre cave », déclara-t-il en tendant le doigt vers l'ombre incertaine sous le sol. Naomi scruta les profondeurs. L'espace était exigu, profond et vide. Une échelle brisée reposait contre un mur.

Elle tourna son regard vers les bois froids environnants. « Ça ne donne pas l'impression qu'on peut avoir besoin d'une cave pour stocker des provisions, dans la région. »

Il émit un gloussement. « Pas des provisions. Ça servait à garder les fourrures. »

Après avoir minutieusement inspecté les lieux, elle suivit Earl sur le chemin du retour au magasin. Elle insista pour examiner minutieusement les lieux, depuis la chambre sur l'arrière (une petite pièce étonnamment bien rangée, décorée d'une collection de napperons confectionnés à la main par sa défunte épouse) jusqu'aux ballots de fourrures à l'odeur nauséabonde entreposés sur la petite terrasse abritée, à l'arrière, qu'il avait semblé rechigner à lui montrer. Il lui expliqua que tous les ans il emportait ces fourrures à Prineville, où le Conseil territorial de l'Oregon pour les fourrures organisait une vente aux enchères de produits non traités. Après avoir prélevé leur commission, les organisateurs lui envoyaient un chèque qu'il déposait à la banque, en ville. Le tout étant parfaitement légal, ajouta-t-il d'une manière un peu trop insistante.

Revenue en façade, elle étudia le vieux camion décrépit jonché de cochonneries et d'emballages, et dirigea le faisceau de sa torche sous la terrasse en bois affaissée qui ne culminait plus qu'à dix ou quinze centimètres au-dessus de la terre détrempée.

« Vous vous imaginez toujours qu'c'est moi qui l'ai tuée, cette gamine ? » lui demanda-t-il en la regardant travailler. Il n'exprimait plus de rancune, mais de l'amusement.

Naomi s'immobilisa et balaya l'espace avec sa torche. Les genoux dans la neige sale, elle leva les yeux vers lui. Elle affichait une expression maîtrisée : c'était pour de vrai, qu'une fillette avait disparu.

« C'est qui, alors ? demanda-t-elle abruptement.

– C'est la neige qui l'a tuée, c'est sûr et certain. Triste comme l'enfer. » Il désigna le ciel brouillé. « Aussi sûr qu'y a un paradis là-haut. »

*

Assise sur le siège de sa voiture, elle raclait la boue qui maculait ses bottines fourrées quand Earl sortit à nouveau de sa boutique. De la cheminée montait une spirale de fumée que Naomi observa avec intérêt tandis qu'elle se dispersait dans l'air froid comme si elle n'avait jamais existé.

« Miss », dit-il, la casquette entre les mains. Le sommet de son crâne était blanc, comme marqué d'une tonsure.

Elle leva la tête, les yeux grands ouverts dans la lumière douce.

« J'vais en parler à personne, de c'que vous faites, dit-il.

– Comment vous le savez, ce que je fais, Earl ?

– Je l'sais pas », répondit-il doucement. Il montra le ciel qui était devenu menaçant. « Y a une tempête qu'arrive, miss. Vous feriez bien de vous en retourner. À moins que vous vouliez passer la nuit avec moi. » Il eut l'audace d'accompagner ses paroles d'un clin d'œil.

Elle n'avait pas pris son conseil au sérieux jusqu'à ce qu'elle parvienne à mi-chemin du motel, où ce qui n'avait d'abord été que des flocons isolés se changea tout à coup en d'impénétrables nuées. Les essuie-glaces, réglés sur la vitesse maximale, s'activaient frénétiquement, mais la neige tombait, opiniâtre, silencieuse, mortelle.

Elle tendit la main vers la radio. « Rien à voir avec une averse printanière, déclara une voix masculine, jeune, qui ajouta, sur le ton de la plaisanterie : Accrochez-vous à votre chapeau et fermez les écoutilles. Vous arroserez les bois plus tard. » Elle mit un moment avant de comprendre.

La voix semblait aussi près que s'il lui parlait à l'oreille.

Le temps qu'elle arrive au motel, elle peinait dans des conditions dignes d'un jour blanc. Ses mains étaient crispées sur le volant. Derrière elle, les montagnes avaient disparu.

*

« Voici Jerome », lui avait dit l'adorable vieille dame dans la cuisine.

Naomi s'était cramponnée à ses jupes, humant sa rassurante odeur, *inconnue*, de femme adulte. D'une main, elle en frottait le tissu. Elle savait que sous les jupes quelque chose associait cette femme bienveillante à elle, et cela la sécurisait beaucoup parce que la vieille dame donnait l'impression d'être forte. Comme si elle pouvait abattre violemment son poêlon en fer sur la méchanceté plutôt que de la laisser franchir le seuil.

Mais ce garçon qui se tenait devant elle, avec son casque de cheveux couleur de jais, sa peau tendue sur les pommettes et ses merveilleux yeux noirs ? Jamais Naomi n'en avait vu un comme lui, de cela elle était certaine.

« Je m'appelle Jerome », avait-il annoncé avec une petite grimace. Il avait l'air impertinent, ne serait-ce que dans sa façon de se tenir, comme si, avec ses grands gestes des bras, il avait le droit d'investir toute la cuisine. Qui sentait bon, d'ailleurs.

La vieille dame avait coupé une épaisse tranche de pain, elle l'avait fait griller, y avait étalé du beurre avant de la déposer dans un bol. Dessus, elle avait déversé un ruissellement de lait chaud, au parfum de cannelle, de vanille et de sucre. Durant toute l'opération, elle avait maintenu Naomi fermement contre elle. « Tu m'as l'air d'avoir besoin d'être nourrie », avait-elle dit d'un ton chaleureux.

Tous trois avaient pris place à la table de la cuisine. Des papiers dont elle apprit par la suite qu'ils portaient le nom de factures. Une poignée de crayons et de stylos dans une trousse. Des stylos ! Du papier ! Une coupe remplie de pommes. Une fenêtre. Sur l'arrière, de l'autre côté de la porte-moustiquaire, des grillons chantaient.

Naomi avait mangé le toast au lait, senti chaque bouchée lui emplir l'estomac tandis que la vieille dame et le garçon la regardaient. « Je m'appelle Mary Cottle, mais tu peux m'appeler Mrs Cottle. Jerome est mon fils adoptif. J'ai pourvu aux besoins de nombreux enfants. Avec moi, tu seras en sécurité. »

Le bol était vide. Sa cuiller avait raclé les vestiges de lait, n'en laissant pas la moindre trace. Elle avait levé le regard vers Mrs Cottle et le garçon appelé Jerome qui était suspendu à chacune de ses expressions. Avec sa bouche, elle voulait s'excuser. Avec sa bouche, elle voulait dire beaucoup de choses, mais les mots la fuyaient comme l'avaient fait ses souvenirs, la laissant aussi vide que le bol. Finalement, elle avait parlé.

« En sécurité ? avait-elle repris de sa voix restée inutilisée.

– En sécurité », avait confirmé Mrs Cottle.

Il y avait un lit d'enfant recouvert d'une courtepointe aux couleurs vives, et un lavabo avec une brosse à dents dans un verre. Mrs Cottle avait déniché un pyjama, remisé dans les placards en prévision de semblable occasion, et elle l'avait bordée dans son lit.

Naomi avait attendu que tout le monde soit endormi avant de se lever et de parcourir la maison, l'inspectant jusqu'à ce qu'elle connaisse le système de fermeture des portes, la façon dont les fenêtres s'ouvraient, et qu'elle se soit assurée que toutes étaient bloquées. Elle avait déniché du papier d'aluminium dont elle avait fait des boules qu'elle avait posées sur le rebord de chacune des fenêtres en se disant qu'elle viendrait vérifier au matin si quelqu'un essayait de s'introduire à l'intérieur.

Elle s'était tenue près de la porte d'entrée, tard dans la nuit, et avait épié par la fenêtre. Le ciel noir occupait tout l'espace, aussi loin que sa vue portait. « En sécurité, avait-elle murmuré pour elle-même. En sécurité. »

*

Le shérif qui l'avait confiée à Mrs Cottle avait essayé d'effectuer des recherches ; peut-être était-il allé au-delà. Du point de vue de Naomi, on lui avait posé des questions et sa profonde innocence avait causé la stupéfaction. Elle ne se souvenait de rien hormis d'avoir couru dans des champs, vu les flammes d'un feu de camp et rencontré les migrants qui l'avaient conduite chez le shérif.

Quand on lui posait davantage de questions sur les monstres, elle se refermait sur elle-même et devenait presque catatonique, effrayant tout le monde, à commencer par Mrs Cottle.

Les migrants qui l'avaient déposée s'étaient hâtés de reprendre la route avant qu'on puisse les retrouver. Peut-être avaient-ils peur des représentants de la loi, avait supposé le shérif. Naomi était telle une enfant tombée du ciel, une fillette à la peau pâle, aux cheveux bruns et aux yeux noisette.

D'où venait-elle ? Le dentiste de la ville, dont le fauteuil couleur de rouille se trouvait dans le bâtiment où le courrier était déposé et où on servait de la crème glacée, avait regardé ses dents et analysé qu'elle devait avoir neuf ans. Le docteur avait dit que quelqu'un avait pris soin d'elle… peut-être un peu trop, avait-il chuchoté à Mrs Cottle, et tous deux avaient secoué tristement la tête.

Elle n'avait pas d'anniversaire, pas de début et, concluait-elle, pas de fin.

Tous les soirs, elle se tenait sur la terrasse, devant la ferme, à côté de la porte qui représentait la sécurité, et comptait les étoiles. Elle avait dû apprendre à compter. Elle avait dû apprendre à lire… un peu. Quelqu'un lui avait enseigné tout cela. Ce qui signifiait qu'elle pouvait recommencer à apprendre.

Les étoiles brillaient aux cieux où elles apparaissaient tels de petits yeux bienveillants. Sa mère y était, se disait-elle, et la contemplait de là-haut. Elle lui faisait savoir qu'elle n'avait plus à redouter de se souvenir.

Mais elle n'y parvenait pas. Pendant l'automne et l'hiver qui avaient suivi, elle était restée dehors, sur la terrasse, le temps que le froid la pénètre jusqu'aux os. Elle s'y était tenue chaque soir, des mois durant, essayant de résoudre ce mystère dans sa tête. Qui était-elle ? Où était-elle, avant ?

5

Cela avait pris très longtemps (depuis qu'elle était la fille de la neige, presque un an, évaluait-elle), mais un jour, en posant sa main sur la poitrine de Mr B, elle lui avait montré qu'elle méritait sa confiance.

Une journée d'hiver venteuse où la neige bougeait comme si elle était vivante, formant des congères ici, puis là, comme s'il s'agissait d'un jeu, Mr B sortit une paire de ces drôles de chaussures qu'il avait, semblables à des paniers pour les pieds, mais de taille plus petite. Il entoura de fourrure les tennis défoncées de la fille et noua les lanières bien serrées autour de ses chevilles, sa main demeurant suspendue comme dans un souvenir. Puis il ouvrit la porte et la laissa sortir.

Elle resta là, les yeux écarquillés, à respirer l'essence de son être. Mr B sourit. Elle courut et joua dans la neige, bras écartés, pendant qu'il regardait, surveillait attentivement la forêt, observait comment la neige remplissait les creux de ses traces alors même qu'elles étaient créées. Finalement il la fit rentrer. Elle s'assit à la table, comblée.

Mais pour une raison inconnue, Mr B se mit en colère. Il commença à la traîner vers la cave. Elle ne tenta pas de résister. C'était comme si elle ne se trouvait plus dans la cave mais dehors, dans l'émerveillement de la neige magnifique et sauvage.

Après une autre période très longue, il lui permit à nouveau de sortir. Les intervalles devinrent plus courts, le temps passé à l'extérieur s'allongea et, lentement, il cessa de s'inquiéter autant. Elle apprit la patience, comme une gentille fille de la neige qu'elle était.

À l'extérieur, elle se délectait de tout, en particulier d'apprendre à marcher avec les paniers jaunes magiques qui permettent de flotter au-dessus de la neige. Mr B lui avait montré comment faire, avec ses jambes fortes à lui : ne pas laisser les jambes s'incurver latéralement. Au contraire, incliner un peu les chevilles vers l'intérieur.

Rapidement, ses jambes étaient devenues fortes, elles aussi. Comme les colonnes de glace sur la montagne baignée de lumière jaune par le soleil, celle qu'elle appelait l'église dorée.

*

Mr B maîtrisait tout ce qu'il y avait à connaître au sujet des animaux. Il savait comment repérer des traces minuscules sous les broussailles. Déchiffrait le vol des rapaces au-dessus des endroits où se terrait le gibier. Savait où la neige était criblée de trous enchanteurs en dessous desquels il trouverait des carcasses chaudes faites de chair et de sang.

La fillette apprit que l'emplacement des pièges suivait la vie des animaux, non pas uniquement saison après saison, mais en accord avec les conditions météorologiques. Elle apprit à reconnaître le renard rusé et astucieux, la martre au poil soyeux, l'inévitable mouffette, le coyote malin et le loup qui hurlait dans le lointain. Elle apprit à identifier les traces jaunissantes d'urine révélatrice, la neige poudreuse légèrement creusée au-dessus d'un terrier. La chaleur d'un excrément qui s'enfonce tout seul dans la neige, l'indice que fournissent quelques poils coincés dans une branche, l'odeur musquée d'un animal à grande distance.

Elle était une fille de la neige, elle pouvait, avec ses raquettes, courir sans jamais s'arrêter pendant que Mr B tapait dans ses mains, que sa bouche adoptait ces drôles de formes qui exprimaient la joie. Mais, plus important, elle était une trappeuse qui apprenait à marcher dans les traces de Mr B comme le plus expérimenté des chasseurs.

*

Dans la neige, il est facile de se perdre. La fille de la neige cachait de minuscules bouts de fil dans sa poche, ceux qu'elle arrachait aux poignets de ses pulls qui, alors, dessinaient des veines sur ses bras. Les rares fois où Mr B ne regardait pas, elle glissait la main dans sa poche, là où elle les rangeait, et en nouait aux branches. Pas à la hauteur de Mr B, en bas, à son niveau à elle, cachés dans les arbres.

Elle se racontait qu'elle le faisait pour retrouver le chemin de la cabane au cas où elle s'égarerait. Mais elle savait que Mr B ne la laisserait jamais sortir seule. Il la suivrait à la trace et la tuerait si elle essayait un jour de s'échapper. C'était clair comme le jour, et en imagination elle voyait ses intestins rougir la neige.

Elle avait une autre raison de le faire, un secret qu'elle ne pouvait pas même se confier à elle, parce que si elle le faisait, Mr B pourrait le sentir. Il le verrait dans les yeux pleins de confiance qu'elle levait vers lui.

Elle se demandait si Mr B la prendrait sur le fait, ou remarquerait les minuscules bouts de fil attachés en des lieux extrêmement discrets : autour du nouveau bourgeon d'un sapin, d'un tendre rameau de cèdre rouge. Mais cela ne s'était pas produit. Il était trop occupé à chercher des animaux dans la neige.

*

Quand Naomi se réveillait, elle voyait, couvert de neige, le parking vide devant sa fenêtre et, plus loin sur la route, la station Shell.

Puis le monde disparut.

La neige qui nous sépare, Madison ; la neige et un univers de douleur qui doit durer depuis trois ans… même si tu es morte, surtout si tu es vivante.

Elle posa ses mains sur la vitre, doigts écartés, sentit les gouttes froides de la condensation au contact de ses paumes. Leva un regard irrité vers la neige dense qui tourbillonnait au-dessus des montagnes. Elle détestait être réduite à l'inaction.

Le téléphone sonna dans son dos. En se tournant, elle savait déjà qui l'appelait.

« Je n'arrête pas de penser à toi », lui dit-elle.

Entendre la voix de Jerome était comme un verre d'eau après une longue maladie.

« C'est Mrs Cottle, lui dit-il.

– Je vais venir », répondit-elle sans prendre le temps de réfléchir.

*

Elle descendit de la chaîne des montagnes, conduisant lentement tandis que la neige disparaissait de la chaussée et que l'atmosphère se réchauffait, emprunta l'autoroute qui lui fit dépasser la ville où les Culver et sa grande amie Diane habitaient, et gagner la vallée fertile où l'air était encore froid mais où les pousses d'herbe verte sortaient de terre.

C'était ce qu'il y avait de particulier en Oregon : en l'espace d'une journée, on pouvait passer de la neige au désert. La ville d'Opal marquait le bonheur entre les deux extrêmes.

Jerome l'attendait devant la ferme quand elle s'y gara en début d'après-midi. Elle remarqua les chéneaux dégagés, le toit propre et la barrière réparée. Une ferme sans animaux, une maison sans enfants. Le monde, ici, se mourait. Mais en dessous, le pouls de la terre battait toujours. Du regard, elle admira les collines familières, les vallées et les montagnes qui les dominaient et où ils étaient souvent allés marcher et camper.

Elle descendit de voiture. Comme chaque fois, cela lui tordit le cœur de le voir.

Jerome : son frère d'adoption. Jerome, qui avait perdu son bras à la guerre ; Jerome, qui travaillait maintenant à temps partiel comme adjoint du shérif dans le bureau même où les migrants l'avaient conduite.

La manche vide de son T-shirt était fixée à l'épaule par une épingle de sûreté. Ses cheveux noirs agités par le vent frais. Un jean moulant enserrait ses hanches. Elle devina les muscles de son ventre à travers le tissu léger.

Il la serra contre lui avec son unique bras. Elle sentait le savon à la menthe.

Ils montèrent les marches du même pas. « Tu entretiens très bien la maison », dit-elle.

Il haussa les épaules. « Homme à tout faire, venu de nulle part.

– Allons, ne dis pas ça. » Même si c'était exactement ce à quoi elle pensait.

Mrs Cottle était enveloppée dans un épais cardigan et trois couvertures superposées tricotées au crochet. La Bible à portée de main. Elle dormait, paisiblement, et ses paupières semblables à des cartes routières bleues étaient agitées de tremblements. Naomi se pencha et l'embrassa sur la joue avec une immense affection.

« Elle était éveillée il y a une minute, je te jure, fit Jerome en riant.

– Je sais. »

*

Ils se nourrirent de hachis Parmentier et de carottes primeur à la table de la salle à manger. Jerome but un verre de cidre. Elle, de l'eau.

Il y avait quelque chose de rassérénant chez Jerome. Il en était ainsi depuis le jour de son arrivée. Quelque chose en elle relâcha un soupir dont elle ignorait même qu'elle l'avait retenu. Mrs Cottle avait eu pour coutume de plaisanter en disant qu'ils étaient des jumeaux qui mordaient à pleines dents dans le brasier de la vie.

Mais ils n'étaient pas des jumeaux. Ils étaient autre chose.

« Tu aurais dû me prévenir, dit-elle.

– Je ne voulais pas t'embêter avec ça, répondit-il en coupant le hachis de sa seule main. Tu as ton travail. » Il porta une bouchée à sa bouche. « Ça n'y changerait rien de toute façon.

– C'est très gentil de ta part de t'occuper d'elle.

– Tu me manques, Naomi.

– Tu me... » Ses joues se colorèrent de rouge.

Il leva vers elle ses yeux foncés sous les sourcils peu fournis. Quand ils étaient jeunes, elle pensait qu'ils étaient aussi fins et légers que des papillons tant ils exprimaient de gentillesse.

« Ça faisait longtemps que je ne t'avais pas vue.

– Trois ou quatre mois seulement, avança-t-elle avec optimisme.

– Plus proche de six, répondit-il en adoucissant ces mots par un sourire.

– Tu comptes ? s'enquit-elle avec légèreté.

– Nous ne sommes rien l'un sans l'autre. »

Elle l'étudia du regard. Les tendons délicats de son cou et la protubérance cicatricielle de l'os noueux à l'endroit où son bras droit n'existait plus. Dès ses premiers temps dans la maison, il l'avait encouragée dehors à le rejoindre, courant à travers les champs illuminés de soleil. *Viens voir les pierres, Naomi,* disait-il. *Viens voir les…*

« Il faut que je reprenne la route, annonça-t-elle alors qu'elle rêvait de rester mais redoutait de le faire.

– Passe la nuit ici », la supplia-t-il.

Elle pensa à Madison Culver. Il ne restait probablement plus rien d'elle, juste des os avec un peu de chair séchée que maintenait en place la peau la plus pelée qui se pût imaginer (tout cela, elle l'avait déjà vu) ou, plus vraisemblablement, sans les différents lambeaux de son corps emportés par des bêtes sauvages.

Parfois, il n'y avait pas d'enfant au terme du voyage, seulement un souvenir. Elle ne voulait pas qu'il en aille ainsi pour les Culver, mais cela s'était produit par le passé. Si elle ne pouvait rien leur apporter d'autre, elle leur apporterait ce réconfort. Il n'y avait rien de pire que de ne pas avoir de réponse.

Aussi longtemps qu'il restait une chance, elle ne pouvait rester. Jerome ne le comprenait pas, pensa-t-elle. Ou peut-être, si, disaient ses yeux. Peut-être comprenait-il que, toujours, elle aurait une raison de repartir.

*

Pendant les jours qui avaient succédé à son arrivée, alors qu'à travers une mer d'herbe ils couraient sur les hauteurs qui dominaient la ferme jusqu'à ce qu'ils atteignent une montagne de roches sous l'étendue de ciel bleu éclatant, Jerome l'avait exhortée : *Viens voir les pierres, Naomi.* Avec Jerome, à travers la houlque odorante qui flottait autour de leur taille, elle courait…

Au sommet, proches du ciel à le toucher, ils s'arrêtaient : les pierres.

C'était un lieu magique dont même les collectionneurs locaux ignoraient tout, un à-pic où la terre s'était ouverte en deux, révélant sa vraie nature dans toute sa beauté : une cascade de jaspes étincelants et d'agates embrasées, de prismes et d'éclats de quartz, de telle sorte qu'il n'y avait qu'à y plonger la main pour en retirer une poignée de joyaux. Ces pierres précieuses naturelles pouvaient n'avoir aucune valeur, elles n'en représentaient pas moins pour eux deux un trésor.

« À l'intérieur de chaque caillou se dissimule une pierre précieuse, lui avait-il expliqué. Parfois, la nature fait un miracle. »

C'est là qu'ils partageaient leurs secrets. Chacun son tour, ils prenaient les pierres, poings serrés, yeux fermés, jetant de temps en temps un regard en direction de l'autre : oui, ils s'écoutaient. Jerome lui avait confié que sa mère était une authentique Indienne Kalapuya, morte quand il était bébé. Il avait rebondi de foyer nourricier en foyer nourricier jusqu'à ce qu'il atterrisse, comme en un sanctuaire, chez Mrs Cottle. Il avait une photo de sa mère qu'il gardait en permanence sur sa table de nuit. Tous les soirs, Mrs Cottle l'encourageait à embrasser l'image et à réciter une prière. Il disait qu'il était fier d'être kalapuya car c'étaient des gens braves et intelligents.

Naomi lui avait avoué qu'elle avait essayé mais ne se souvenait de rien, sur avant, si ce n'est qu'il lui arrivait d'en rêver. Elle avait le sentiment qu'elle devait chercher quelqu'un. Qui, elle l'ignorait. Elle ressentait seulement le besoin compulsif de suivre le bord de chaque champ. Mais qui pourrait-elle appeler si elle n'en connaissait pas le nom ?

En l'entendant prononcer ces mots, Jerome avait pris dans les siennes sa main qui tenait la pierre précieuse. « Je viendrai t'aider », avait-il déclaré, les yeux écarquillés.

Viens voir les pierres, lui criait-il et ils avaient couru, saupoudrant les champs de leurs rires, même quand ils avaient été plus âgés, que les poils de barbe avaient ombré les joues du garçon et que sa peau à elle s'était étirée en longueur. Chaque fois qu'ils se trouvaient assis sur ce trône divin, loin au-dessus de tout dans la vallée fertile, Jerome, avec tendresse, prélevait un joyau pour elle : un fragment d'opale, de quartz, une agate étincelante.

Plus belle que les pierres, disaient les yeux du garçon, et le ciel éclatant marquait son accord.

*

Le don du Dieu de miséricorde.

Ces mots résonnaient en elle tandis qu'elle remontait la vallée, traversant les terres agricoles au moment où le soleil tirait sa révérence. Les collines arrondies étaient couvertes de velours vert, les prés du fond de la vallée parsemés de vergers noueux abandonnés. Des nuages roses se déployaient.

À une époque, les gens avaient chéri ces lieux. Naomi se souvenait de la vie dans la vallée comme d'une moisson perpétuelle… fraises déversées dans des cartons peu profonds, haricots verts entassés gardant la poussière de terre, citrouilles sucrées pour les tartes. La plupart des petites villes étaient aujourd'hui désertes. Les fermes familiales avaient été remplacées par des exploitations gigantesques dont les systèmes d'arrosage mobiles s'avançaient lentement sur fond de ciel terreux. Nul ne vivait sur ces fermes monstrueuses hormis un contremaître général et des ouvriers itinérants.

Sans avoir réfléchi, elle prit la sortie suivante, sachant pertinemment ce qui avait stimulé sa mémoire. Elle pénétra dans la ville vide de Harlow, en dépassa les bâtiments de brique, les enseignes de bois qui oscillaient, un petit chariot rouge oublié par un enfant sur le bord de la rue. Elle s'arrêta, l'inspecta : vide, à l'exception d'une poupée qui avait des boutons en guise d'yeux. Elle se souvenait d'un temps pas si lointain où ces rues étaient pleines d'enfants. Dont un petit garçon nommé Juan.

Elle se rendit au cimetière, à la sortie de la ville, repérable à ses vieilles pierres. Le soleil se couchait tout juste et une brise vivifiante soufflait sur la terre désertée. Elle s'agenouilla et chassa la terre qui couvrait la tombe.

Juan Aguilar avait été un des premiers enfants qu'elle avait cherché. Sa mère était une ouvrière agricole sans papiers qui, après avoir soupesé le risque de s'adresser à la police pour signaler la disparition de son enfant contre celui d'être expulsée, avait opté pour la police… et été expulsée. Dans sa cellule, où elle était enchaînée dans l'attente du bus qui la reconduirait à la frontière, elle avait confié à Naomi qu'elle avait nommé son fils Juan parce que cela signifie « le don du Dieu de miséricorde ».

Naomi était alors nouvelle dans le métier ; elle manquait de confiance en elle : ainsi avait-elle raisonné par la suite. Elle soupçonnait un homme, un patron d'exploitation agricole, sans autre indice que sa façon de regarder. Elle avait entrepris de le suivre car elle voulait en apprendre plus, sur lui… découvrir des indices sur qui il était et pourquoi pareil sentiment s'imposait à elle.

Mais il l'avait repérée. Il savait.

Un jour, elle l'avait suivi alors qu'il traversait la ville dans un vieux camion tout cabossé. Il s'était arrêté à la poste où il avait pénétré en portant une grosse boîte suspecte entourée de ruban adhésif. Un instant plus tard, il en était ressorti.

Curieuse, elle avait attendu un peu et était entrée à son tour en se demandant ce qu'il avait envoyé. Des éléments de preuve, peut-être. La boîte était posée sur un comptoir. Aussi vide qu'une coquille. L'adresse, sur le pan extérieur, disait seulement : *Va te faire foutre*.

Quand elle était ressortie, il n'était plus visible nulle part.

Le lendemain, Juan avait été retrouvé au fond d'un puits. Il n'était pas tombé. Il y avait été déposé : les deux jambes brisées, le puits entier éclaboussé de sang. Lorsqu'on l'en avait retiré, son petit corps doré et élancé était couvert de globules semblables à des rubis collés à la peau. L'homme avait disparu et, à ce jour, on ne l'avait pas retrouvé. L'affaire avait été classée.

Après cette expérience, Naomi avait fait le serment de ne plus jamais se laisser abuser. De considérer chaque acte d'un œil soupçonneux, chaque témoin comme quelqu'un qui devait être interrogé, et chaque élément de preuve éventuel rencontré au fil de l'enquête comme un piège.

Elle s'agenouilla sur la tombe jusqu'à ce que son nez touche le sol. « Quand tu seras prêt, revêts une nouvelle peau, dit-elle, nous t'attendrons. »

*

La vie, pour la chose appelée B, était comparable à des éclairs de lumière, des instantanés en couleur représentant l'eau d'un lac gelé aux premiers jours de l'été. Elle se discernait dans la forme des nuages, ou dans un sapin en contrejour sur fond de ciel argenté.

Le lendemain de la première fois où elle avait dormi dans son grand lit, il était rentré de sa tournée de trappeur et s'était assis au bord de la couche. Quelque chose en lui était *différent*, et pourtant il ignorait de quoi il s'agissait. Il avait posé ses mains sur sa propre tête ; touché ses cheveux, ses yeux qui pouvaient voir. Mis ses doigts dans sa bouche, se demandant pourquoi d'autres semblaient disposer de moyens de *se connaître réciproquement* quand leurs lèvres bougeaient. Couvert ses oreilles de ses mains, sachant qu'une partie du problème se trouvait là. Il avait vu la façon dont la fille tournait la tête quand il s'approchait d'elle. Vu comment les oreilles des renards bougeaient avec des mouvements vifs. Les siennes ne bougeaient pas.

En lui, il sentait les bruits : le battement de son sang, le tambour de la vie. Il sentait cette vie au bout de ses doigts. Il captait le goût de la nourriture. Il pouvait toucher la fille. Il aimait toucher la fille. Elle était douce. Elle avait ce que lui n'avait pas… ce dont il s'agissait, il n'en était pas certain. Le résultat était qu'elle tournait la tête. Écarquillait les yeux. Lui souriait. À lui… à qui personne ne souriait.

Il y avait très longtemps, l'être appelé B avait pensé qu'il existait pour de bon. Il avait eu le sentiment qu'existait un lien, comme le cordon qui, quand on l'arrache à son repaire, raccorde la femelle du renard au renardeau nouveau-né. On sentait l'odeur de ces toutes nouvelles créatures, aux orbites glauques et aveugles, on s'étonnait de voir leurs yeux clos avant de poser sur elles une main ferme et d'appuyer. Ce lien avait été perdu de longue date, pour resurgir de sa mémoire lorsque la fille était venue.

Elle était magique. Elle l'éveillait à la vie. Pourquoi, alors, continuait-il d'éprouver une telle rage ?

6

Plus d'une année et demie s'était écoulée depuis sa création, et la fille de la neige ne pouvait s'empêcher de grandir. C'était parce qu'elle buvait le lait de la forêt, le sang du cèdre rouge. Il courait dans ses veines et dans les coudes qui perçaient son pull déchiré. Ses orteils lui faisaient mal dans ses chaussures de tennis. Sa culotte jaune vif était devenue grise et en lambeaux.

Son pantalon avait raccourci et ses chevilles dépassaient, jusqu'à ce qu'elle se rende compte, un jour, que cela s'inscrivait dans la magie. Elle grandirait assez pour courir au-dessus des arbres. De là-haut elle pourrait repérer les animaux dans les pièges et en avertir Mr B.

Mr B l'avait regardée en fronçant les sourcils quand elle lui avait montré le pantalon qui mordait dans la chair de sa taille, les vieilles chaussures couvertes de crasse. Il en avait ressenti de la colère. Il l'avait traînée vers la cave aux provisions, poussée pour qu'elle descende l'échelle. Plus tard, il lui avait apporté à manger. Elle s'était nourrie et endormie profondément.

À son réveil, il n'était plus là. Elle avait mal aux poignets, au derrière aussi. Elle essaya de ne pas s'y attarder. Parfois, les bois n'étaient pas bienveillants.

*

Il faisait froid dans la cave. C'était bien, qu'elle ait des couvertures et des tas de fourrures qui sentaient fort. Il avait laissé de la nourriture : un sac de pommes de terre marron qu'elle mangea crues, et un pot de beurre de cacahuètes avec une cuiller métallique tordue.

Comme elle aimait le beurre de cacahuètes, elle ouvrit le pot en le cassant et en lécha prudemment les parois intérieures avant de dissimuler les tessons dans l'angle, mais finit par aller les récupérer quand la faim la tenailla, se disant qu'il en était peut-être apparu un peu plus dessus.

La nuit, elle pleurait jusqu'à ce que le sommeil l'emporte.

Par la suite, elle descendit de la couchette, posa ses petites mains sur le sol et sentit les vibrations de la terre. C'était ainsi que Mr B l'entendait, s'imaginait-elle : par l'intermédiaire des vibrations. Il percevrait combien elle était désolée et s'en reviendrait.

*

La trappe s'ouvrit. La lumière filtra dans la cave. Il installa l'échelle mais demeura en haut.

Au bout d'un certain temps, quand elle se sentit assez courageuse, la fille de la neige grimpa.

Il y avait une boîte en carton humide posée sur la table. Dessus, l'inscription *Œuvre caritative*.

Elle s'avança, légèrement prise de vertige. Il la retint par le coude et la força à s'asseoir.

Il poussa le carton vers elle en émettant les bruits qu'il faisait quand il était joyeux, ou inquiet, ou pris d'un autre sentiment qui pouvait facilement se transformer en colère. La fille de la neige fut heureuse d'avoir laissé derrière elle ses propres sentiments.

Les vêtements contenus dans la boîte étaient humides, ils sentaient le moisi. Elle les sortit : une chemise de nuit de femme adulte, de dix tailles trop grande ; une seule mitaine violette, une chaussure de poupée, un jean de garçon qui lui irait peut-être et une seule sandale en caoutchouc. De la poussière et des chaussettes de bébé.

Mr B la regardait avec ce qui s'apparentait à de l'espoir.

Elle comprit soudain : il ne pouvait franchement pas entrer dans un magasin et demander des vêtements pour une fille de la neige. Ce n'était pas comme s'il y avait, en ce monde, un lieu où pareille chose était possible. Il avait dû voyager, et attendre patiemment pour se procurer pareils trésors.

Elle lui sourit, rassurante. Sortit un pull rose, et doux, en resta le souffle coupé : il était joli ! Et un pantalon collant d'un noir un peu passé avec des licornes scintillantes sur l'ourlet. C'était le plus beau cadeau qu'on lui eût jamais fait. Elle fut prise d'une envie de serrer Mr B fort dans ses bras, mais se retint et se contenta de lui sourire.

Cette nuit-là, il la laissa dormir à nouveau dans son lit.

Il était une fois une petite fille appelée Madison qui détestait l'école.

Madison savait qu'elle était censée l'aimer. La majorité des enfants aiment l'école, disaient les instituteurs. Mais Madison n'aimait pas l'école, et sa maman comprenait. « Tout le monde n'aime pas les toits, disait sa maman. Certains parmi nous aiment le ciel. »

Madison adorait lire, et écrire. C'était juste qu'elle n'aimait pas l'école. Elle aimait être chez elle et aller se promener.

Un jour, l'institutrice de Madison avait levé un globe dans les airs. « C'est le monde », avait-elle affirmé. Madison avait pensé que ce monde paraissait horriblement gris et froid. Il était entouré d'eau bleue, aussi rond et glissant qu'un ballon.

« Et voici votre pays », avait poursuivi l'institutrice. Cette fois, elle tenait une carte qui ressemblait à un fouillis de lignes et de couleurs, et c'était les États-Unis.

Madison était rassurée. Si elle était obligée de se cacher, eh bien, ce serait facile d'y arriver. Elle n'aurait qu'à le faire à l'intérieur des lignes.

Plus tard, le même jour, les élèves avaient chanté *This Land Is Your Land*[1], puis ils avaient joué dehors à la spiroballe, par une belle journée ensoleillée.

C'était dommage que Madison n'aime pas l'école. Si elle l'avait aimée, peut-être aurait-elle mieux appris comment s'en aller de ce monde.

---

1. Paroles ajoutées en 1940 par Woody Guthrie (1912-1967), sur une musique déjà existante.

Le conte une fois terminé, la fille de la neige ouvrit les yeux et vit la cuiller métallique tordue, sur le sol de boue séchée où elle l'avait laissée après avoir mangé le beurre de cacahuètes.

Elle se leva, l'emporta dans l'angle et l'y enterra soigneusement.

*

La concession suivante était celle des Claymore.

Naomi avala un petit déjeuner copieux au restaurant dont la serveuse ne l'appelait plus *Ma chérie*, mais lui adressa un hochement de tête indifférent comme si elle habitait là. Elle avait l'habitude que personne ne lui demande ce qui l'amenait en ville. Les gens désormais, avait-elle découvert, avaient pour coutume d'apparaître puis de disparaître de la vie de leurs congénères, de telle sorte que personne ne demandait plus : *C'est pour un travail ?*, ne disait plus : *Mon Dieu, vous avez l'air fatigué*, ou encore : *Dites, vous avez de la famille ici ?* L'Amérique était un iceberg brisé en un milliard de morceaux sur chacun desquels se tenait une personne qui tournoyait tel un débris de glace dans une tempête.

Cet endroit déteint sur moi, songea-t-elle. Glace et tempêtes.

Elle récupéra dans son assiette le restant de bacon tendre, finit sa dernière tranche de pain grillé tartinée de confiture de fraise, et gagna la sortie.

*

Sur sa carte, une très fine ligne qui pouvait représenter une route de terre était vaguement visible sur le versant des montagnes, à la limite entre la propriété Claymore et la chaussée goudronnée, à plusieurs kilomètres de l'endroit où Madison avait été portée disparue.

Elle roulait lentement. La neige tombée lors des récentes tempêtes formait des congères le long de la chaussée. Elle trouva l'embranchement : une des rares trouées, dans la forêt, depuis longtemps envahie par la végétation. L'accès en était un mur de neige tassée.

Elle se gara, se saisit de son équipement et partit à pied. Sa démarche s'était adaptée aux raquettes et elle appréciait l'agréable sensation de faire travailler ses cuisses. Elle abaissa davantage le bonnet sur ses oreilles, ouvrit légèrement la fermeture éclair de la parka pour laisser échapper un peu de chaleur.

À en juger par les arbustes qui avaient poussé en plein milieu, l'étroite route de terre n'avait visiblement pas servi depuis de nombreuses années. Elle estima les efforts que cela avait dû requérir pour dégager un passage dans ce genre d'endroit, probablement à la main.

La forêt, ici, poussait à une altitude plus élevée, avec des arbres gros et accueillants, mais aussi de profonds puits de neige qui promettaient d'être traîtres si l'on s'en approchait trop… Elle avait entendu parler de randonneurs, tombés dans ces trous, qui s'étaient retrouvés pris au piège.

La route escaladait le flanc de la montagne escarpée et elle fit de même, continuant d'en suivre les lacets avant de parvenir à une paroi rocheuse verticale qui offrait des vues à couper le souffle sur l'autre versant, et à un mur de neige inquiétant au-dessus d'elle. Elle s'avançait d'un pas léger, respirait à petites goulées. Loin en contrebas, elle distinguait un large cours d'eau froissé encore gelé et recouvert d'une neige printanière. Elle se demanda si le dégel se produisait jamais ici, si les rivières et les glaciers consentaient à alimenter les rivières et les lacs en contrebas.

De l'autre côté du canyon lui parvenait un lointain grondement. Elle s'arrêta.

L'une des rares fois où elle avait commis l'erreur de se laisser interviewer au sujet de son travail, un reporter lui avait demandé pourquoi elle s'exposait à de tels risques. Elle n'avait su que répondre. « Nous mourrons tous un jour ou l'autre », avait-elle dit en se rendant compte que sa réponse n'était pas très convaincante. La véritable raison était que, sans ce travail, il n'y aurait pas de Naomi.

Elle préférait repenser à ce que Jerome avait dit, lorsqu'elle était allée les voir, Mrs Cottle et lui, juste après son retour de la guerre, alors qu'il venait d'être rendu à la vie civile après le séjour à l'hôpital militaire. Il se tenait sur le seuil de la cuisine, l'épaule amputée enveloppée dans des bandages frais, un fin duvet sur sa tête rasée. « Nous avons tous besoin d'avoir un but dans la vie », avait-il dit.

Elle s'était préparée à repartir. « Déjà ? lui avait demandé Mrs Cottle. Tu viens à peine d'arriver. »

Jerome avait ajouté, le regard bienveillant posé sur elle : « Prends garde que cette quête ne te détruise pas. »

On ne peut rien détruire quand il n'y a rien, avait-elle songé.

Le grondement cessa et elle reprit sa marche en inhalant de grandes goulées d'air rafraîchissantes. L'air était si pur et froid que cela s'apparentait à faire le plein de santé. Elle sentait la puissance contenue dans ses jambes, la ferme détermination qui guidait sa marche. L'énergie la picotait à la surface de sa peau.

La route se terminait en une petite clairière, creusée au flanc de la montagne, où elle trouva un grand trou encadré de poteaux de soutènement. Au-dehors, une ancienne rampe d'orpailleur s'était effondrée sur le flanc. Il y avait des tas de vieille terre, surmontés de neige gelée irrégulière.

Naomi observa à distance le trou encadré par les rondins. La mine paraissait abandonnée, mais cela ne signifiait pas grand-chose. Elle s'en approcha à petits pas.

Un souffle d'air froid et fétide provenait du trou.

Qu'avait dit l'employée ? *Certains sont venus pour l'or, avec pour seul résultat de passer pour des imbéciles.*

Qu'est-ce qui, à l'origine, avait incité le pionnier à croire que c'était l'endroit approprié pour creuser une mine d'or ? Était-ce une croyance irrationnelle ou un espoir fou ? Il avait dû lui être extrêmement pénible d'extraire la terre froide, de la faire fondre au-dessus de la rampe, de chercher avec ses mains gelées les pépites révélatrices pour ne trouver que des amas de terre noire.

Il n'y avait aucune trace de présence humaine récente, mais une autre entrée pouvait exister. Madison pouvait se trouver là-dedans.

Naomi plongea la main dans son sac à dos à la recherche de sa lampe torche. La lumière blanche et froide fouilla les profondeurs de l'immense trou noir. Il semblait ne se terminer nulle part.

Elle respira profondément et s'aventura à l'intérieur.

*

Dave, le garde forestier, était parti vérifier l'état des routes, après la tempête, quand il vit une voiture garée avec désinvolture près d'un tas de neige sur le bord de la route goudronnée. Il la reconnut immédiatement comme appartenant à Naomi pour l'avoir vue lors de ses visites au poste de surveillance.

L'irritation et l'admiration le gagnèrent. Cette femme ne baissait jamais les bras. Cela lui fit penser à son père qui disait, à propos de sa mère avec qui il avait été marié cinquante-quatre ans avant qu'elle ne décède : *Chaque jour qui passe sans que je la tue, je ne fais que l'admirer davantage*.

Sur le bas-côté, le véhicule attendait sa conductrice avec la patience d'un chien. Dave ôta son gant pour toucher le capot. Froid. Il remarqua que la glace avait piqueté le plancher : elle avait roulé dans des villes qui utilisaient le nettoyage cryogénique. D'autres voyages, à travers des étendues désertiques, avaient abouti à une décoloration due à la chaleur. L'intérieur vide du véhicule semblait destiné à décourager les voleurs citadins.

Et sur le siège arrière se trouvait la balise qu'il lui avait confiée.

Il se redressa, l'exaspération le cédant à l'inquiétude. C'était le milieu de l'après-midi. La femme qui retrouvait des enfants s'était aventurée sans balise dans une région où les glaciers sont traîtres. Seule.

Il soupesa les différentes possibilités. Patienter pour s'assurer qu'elle revenait saine et sauve ? Cela signifiait attendre la tombée de la nuit, mais il ne pourrait, alors, partir à sa recherche qu'après le lever du soleil. Dans le monde où il évoluait, l'espoir de sauver des gens vivants s'évaluait généralement en heures, pas en jours.

Il scruta le ciel inflexible, si réticent, même au moment présent, à lui révéler ses secrets. Il était gris, couvert de nuages d'un horizon à l'autre. Les tempêtes, ici, survenaient presque sans prévenir, comme l'enquêtrice devrait désormais le savoir.

Merde, à la fin. Il ouvrit sa portière, attrapa ses raquettes sur le plancher, devant le siège du passager. Son équipement de survie était déjà dans son sac à dos, prêt à servir : matériel d'escalade, corde, petite pelle s'il lui fallait creuser un igloo durant la tempête, nourriture et fusées de détresse.

Il suivit les traces de raquettes qu'elle avait laissées, franchit la congère pour atteindre ce qui lui sembla être une ancienne route à l'abandon. Il n'en connaissait même pas l'existence. Mais apparemment Naomi la connaissait, elle, et le sentiment d'admiration vibra un peu plus fort dans la poitrine du garde.

Il marcha, retint son souffle en contournant la paroi verticale, jusqu'à ce qu'il finisse par atteindre le trou rudimentaire encadré par les poteaux de bois. Durant les années écoulées, il avait déjà rencontré plusieurs de ces mines oubliées : des pièges mortels pour les curieux.

Les traces de Naomi menaient droit à l'intérieur.

*

Elle n'avait hésité que momentanément. Faire demi-tour pour aller chercher de l'aide la retarderait beaucoup. Comme cela se produisait toujours lorsqu'elle était à la recherche d'un enfant, et ce quel que soit le temps écoulé depuis sa disparition, l'urgence s'imposait à elle.

Il y avait également un autre argument : il était plus périlleux de quémander une aide extérieure que d'agir seule. Une grande partie de ce qui l'avait marquée, dans son passé oublié, était le danger représenté par ceux qui montraient de la gentillesse. On ne peut jamais savoir qui n'est pas dangereux, lui disait sa raison, et cette conviction érigeait en elle un mur solide. Très peu avaient réussi à le franchir : Jerome, Mrs Cottle, et son amie Diane. Elle se sentait le plus en sécurité quand elle affrontait l'inconnu seule.

En baissant un petit peu la tête, le puits de mine était tout juste assez grand pour qu'elle se tienne debout. Sa torche explora l'intérieur rocheux. D'un noir d'obsidienne : de la lave ancienne et un sol riche assombris par l'âge. Il n'y avait aucune lueur d'espoir.

Pourtant, le mineur avait persisté. C'était bien un comportement masculin, pensa-t-elle non sans amusement. Dieu seul savait combien d'années il avait passé à creuser ce trou perdu au milieu de nulle part.

Le sol était glissant sous ses pieds, et elle ne s'était avancée que d'un mètre ou deux lorsqu'elle remarqua que le puits s'inclinait. Elle prit conscience des tonnes de terre et de roche, au-dessus d'elle, du poids d'une montagne entière.

L'air froid se renforçait, il soufflait presque de bas en haut dans le puits, et elle commença à s'interroger sur les rivières souterraines, ces masses d'eau qui ruissellent à travers les montagnes telles des cascades cachées, quand soudain ses pieds cessèrent d'adhérer au sol et elle partit en glissade.

Elle sentit que le sac à dos la tirait en arrière par les épaules, que de grosses pierres roulaient sous elle, puis elle tourna sur elle-même et chuta dans le vide.

*

Quand elle reprit connaissance, elle s'aperçut qu'elle avait toujours la torche (en réalité, sa main s'y cramponnait avec la dernière énergie), et qu'elle était allongée sur le dos en haut d'un amoncellement de terre et de fragments de roche tombés du trou.

Le faisceau de la lampe était plus diffus. Elle était restée évanouie… elle ne savait pas pendant combien de temps.

Elle relâcha ses doigts et dirigea la faible lumière alentour. En creusant, le mineur avait abouti tout droit dans une grotte souterraine. Les murs noirs étaient luisants d'humidité ; l'eau noire, en contrebas, renvoyait la lumière. Il était impossible de deviner quelle en était la profondeur. Elle fut prise d'un frisson. Se demanda ce qu'avait ressenti le mineur lorsque sa pioche avait révélé non pas un filon d'or mais une grotte noire et froide.

Au moins, elle savait que Madison n'était pas ici, songea-t-elle en dirigeant le faisceau lumineux dans chacune des anfractuosités.

Elle avait de la chance d'avoir atterri sur le tas de terre plutôt que de dégringoler plus bas dans l'eau. Elle en garderait des douleurs le lendemain, mais ça s'arrêterait à peu près là… à condition d'escalader le puits de cette mine. Elle se releva gauchement sur la terre meuble. Ne sentant plus ses pieds, elle les remua un peu, sentit le picotement des fourmis.

Après, elle se déplaça avec mille précautions, les yeux levés. Déglutit. Le trou du puits était bien au-dessus d'elle : elle avait vraiment eu de la chance de tomber sur cette terre. Il lui fallait escalader la paroi noire glissante pour l'atteindre. Un seul rocher descellé et elle risquerait une chute pire que la précédente.

Elle parcourut lentement des mains la paroi verticale, ausculta la roche mouillée. Prit son temps, examina tout en détail. La pente était trop raide ;

c'était en réalité une muraille noire qui, dressée à la verticale, rendait toute ascension impossible.

Elle s'assit, s'efforça de ne pas laisser la peur contourner les défenses du noyau de dureté, en elle, sur lequel elle se reposait. Éteignit la torche pour économiser les piles. Son estomac protestait, lui rappelant que, bientôt, elle aurait faim.

Elle enveloppa ses genoux dans ses bras et tenta de garder son calme. Obligea sa respiration à ralentir. Il y avait un moyen de sortir, se remémora-t-elle. Il y a toujours un moyen de sortir. Elle allait se calmer jusqu'à ce que l'idée lui vienne.

Le bruit de l'eau qui gouttait devint son horloge. Le temps s'écoulait et, en elle, s'installa la panique. Prise au piège. Elle se vit courir dans un champ sombre… et l'angoisse qui avait grignoté aux franges de son être s'épanouit en une authentique terreur.

Elle se releva. Elle allait trouver un moyen de sortir.

*

« Besoin d'aide ? »

Une lumière l'éclaira d'en haut. C'était Dave, le garde forestier. Au-dessus de la source de lumière, il était impossible de discerner son visage. Les yeux de Naomi étaient levés vers lui.

Elle força sa voix à ne pas trembler. « Si cela ne vous ennuie pas. »

*

Il prit le temps d'assurer les cordes avant de la hisser hors du trou.

Ils repartirent alors en silence dans la galerie de la mine.

Dehors, c'était la fin de l'après-midi. Clignant des yeux à cause du soleil, Naomi comprit qu'elle était demeurée sans connaissance durant plusieurs heures. Elle se frotta le front sous son bonnet et sentit un mince filet de sang.

« Laissez-moi soigner cette entaille », déclara Dave d'une voix autoritaire.

Elle s'assit sur un arbre abattu. De son sac, il sortit la trousse de première urgence et pansa la blessure avec rapidité et efficacité. Il s'arrêta pour interroger son regard en quête de signes de commotion. Vit la peau crémeuse, l'ombre de l'épuisement, sous les yeux, la bouche grande et pulpeuse.

Elle lui retournait un regard candide.

« C'était une bêtise de votre part de vous aventurer à l'intérieur.

– Comment avez-vous su que j'étais là ? demanda-t-elle au lieu de répondre.

– J'ai vu votre voiture sur le bord de la route. Je me suis inquiété. »

Le regard qu'elle posa sur lui suggérait qu'elle n'était pas totalement convaincue. Elle se leva, obligea la vie à circuler à nouveau dans ses jambes, puis relaça rapidement les raquettes.

« Déjà, comment avez-vous su que cette mine existait ? demanda-t-il, totalement déconcerté par le calme qu'elle affichait.

– Je me suis procuré les anciens titres de propriété.

– Excellente idée. Mais Madison n'aurait absolument pas pu s'égarer jusqu'ici.

– C'est vrai. »

Il fronça les sourcils. « Vous n'allez pas imaginer que quelqu'un l'a enlevée, si ? La famille s'était arrêtée là par pur hasard. Ce n'est pas comme si Jack l'Éventreur attendait, caché derrière un arbre. »

Elle se recoiffa avec une petite grimace quand elle passa sur le pansement. « Vous n'avez pas envisagé qu'elle ait pu revenir à la route avant d'être recueillie par quelqu'un qui passait en voiture ? »

Il rougit. « Non, je ne l'ai pas envisagé. »

Elle ajusta son sac à dos, prête à repartir. Il semblait impossible de la détourner de son but.

« Vous avez laissé votre système de localisation dans la voiture. »

Ce fut à Naomi de rougir. « Pardon.

– Je ne crois pas que vous l'ayez oublié. Je crois que vous ne me faites pas confiance.

– Est-ce que cela a la moindre importance ? »

Il voyait le reflet de son image dans les yeux de la jeune femme.

« J'essaye de vous aider. J'ai envie d'en apprendre plus, sur vous.

– Je ne vois vraiment pas pourquoi, répliqua-t-elle. Il n'y a rien à apprendre, sur moi. »

Elle l'avait déclaré d'une façon qui fit courir un frisson sur l'échine de Dave, comme si elle n'avait pas plus de nom que les arbres, pas plus de contour défini que le vent, pas plus de contenu que la grotte dans laquelle elle était tombée. Comme si elle pouvait disparaître aussi facilement que les enfants qu'elle recherchait.

« Il n'y a rien qui l'interdise. »

Elle sourit, de son sourire aisé, généreux, et, cette fois, il y décela de la tristesse. « Je vous suis reconnaissante de m'avoir sauvée », dit-elle comme si sauver des gens était son lot quotidien, et il soupçonna qu'il en allait ainsi.

« Vous le dites comme si vous ne valiez pas la peine de l'être, laissa-t-il échapper.

– Je n'ai de valeur que celle des enfants que je retrouve, affirma-t-elle avec douceur. Et vous venez de m'aider afin que je puisse retrouver Madison, alors merci. »

Il la dévisagea, avait envie de lui demander : Et c'est tout ? Mais il lut sur son visage que oui.

Elle se détourna pour reprendre sa marche, le visage environné par la neige et les arbres, un voile soyeux de cheveux bruns sur l'épaule, la courbe d'une hanche en mouvement.

*

Dave la suivit jusqu'à la vieille route. Les raquettes étaient un tel prolongement de ses pieds qu'il ne les sentait plus. Pas davantage que le sac sur son dos. Le poids sur son âme.

J'ai déjà tout perdu, Naomi, songea-t-il. Ne me laissez pas perdre à nouveau.

Devant lui, sa silhouette, silencieuse, déterminée.

En grandissant, il n'avait voulu qu'une chose, ce que ses parents possédaient : l'amour vrai. Rien n'était jamais venu corrompre cette vision. Pendant un temps, il l'avait eu. Ç'avait été comme de s'étendre dans le lieu le plus doux qu'on pût imaginer. Puis il l'avait perdu, et une part de lui-même s'était perdue en même temps.

Personne ne vous dit jamais ce qu'il faut faire quand l'amour s'éloigne. On vous conseille toujours de le capturer et de le préserver. Pas de le regarder franchir la porte pour aller mourir seul plutôt que dans vos bras.

Naomi ne veut pas de toi, lui chuchota sa raison.

Mais il n'était pas disposé à abandonner. Son cœur le lui disait clairement.

*

Le premier être que Naomi avait autorisé à l'approcher n'avait pas été Mrs Cottle. Ça n'avait pas été Jerome non plus… même si cela s'était produit un peu plus tard.

Non, le premier être qu'elle avait autorisé à l'approcher avait été le chat de la maison.

Il s'appelait Conway Twitty[1] the Kitty, et Naomi l'adorait.

Elle n'avait jamais eu d'animal familier auparavant, et celui-ci se mettait en quête d'elle, il ronronnait, disait Mrs Cottle, plus fort que le diable

1. Guitariste et chanteur de rock et de *country* (1933-1993). Par ailleurs, Kitty signifie « chaton ».

affublé de flatulences récurrentes, Dieu soit loué ! Chaque nuit, Naomi délaissait son lit trop grand (trop d'air entre le sol et la courtepointe, trop de vide entre les draps, trop peu de place pour courir) et trouvait un autre endroit où dormir : près de la porte d'entrée, emmitouflée dans un sac de couchage, ou alors, la plupart du temps, dans le placard sous l'escalier où elle se sentait bien cachée avec la petite porte qui fermait à clé, et chaque nuit, Conway s'insinuait dans l'endroit qu'elle s'était choisi et marchait habilement sur ses jambes. Sentir son poids était un immense bonheur.

Ces premiers mois lui revinrent alors : le bien-être procuré par la présence de Conway entre ses jambes et par le sourire de Jerome ; quand, au-dessus de l'évier, elle se jetait de l'eau sur le visage après être rentrée de l'école en courant, les gouttes sur ses cils ; quand ils s'asseyaient à table pour manger, tous les trois et nul autre.

L'amour n'était pas une question de chiffre, avait-elle alors compris. Ce n'était pas une question de se vendre ou d'attendre quelque chose en retour. Ça n'avait rien de commun avec l'espoir de trouver la sécurité. C'était juste…

Ce ronronnement.

*

Son amie Diane lui expliqua par la suite que, dans le spectre qu'englobe la douleur, il est préférable pour un enfant de s'attacher à son tortionnaire que de vivre l'abysse sans fond de l'indifférence. Les enfants élevés dans des orphelinats, sans contact physique, deviennent de petits singes que le manque d'attention recroqueville sur eux-mêmes. S'ils ne disposent même pas d'un visage qu'il leur est donné de voir, ils courent le risque de devenir aveugles.

Au moins, dans le cas d'abus sexuels, lui expliqua-t-elle, tu as quelqu'un contre qui te révolter. Les mauvais traitements sont basés sur les prémisses que l'on existe, que l'on peut même devenir objet de maltraitances. C'est déjà quelque chose.

« Tu as une drôle de façon d'exprimer les choses, avait réagi Naomi.

– La solution, avait poursuivi Diane sans tenir compte de sa remarque, consiste à retourner cet attachement malsain pour en faire quelque chose de bénéfique. »

Laisser Mrs Cottle la savonner… Ç'avait été le grand pas en avant. Pendant des mois, les pyjamas lavés de frais avaient été déposés sur l'abattant du wc en verre dépoli, la baignoire remplie d'eau, le miroir s'était embué et Naomi était entrée seule dans la salle de bains dont elle avait refermé la porte.

Mrs Cottle attendait toujours poliment à l'extérieur, demandait à divers intervalles si tout allait bien. Naomi se déshabillait, observait chaque fois, à mesure que son corps se dénudait, et constatait comment, avec le temps, ses bras bronzaient au soleil, s'interrogeait sur cet endroit, entre ses jambes. Même lorsqu'elle avait commencé à regarder son propre corps sans ressentir de peur, elle avait refusé de laisser Mrs Cottle entrer.

Elle se lavait, se rinçait, s'amusait avec les jouets laissés sur le côté de la baignoire. Avec le temps, elle s'accoutumait à ce que cela signifiait, d'être une enfant. Mais la porte n'en restait pas moins close. Pas une seule fois Mrs Cottle n'avait émis de protestation, ou suggéré qu'il en aille autrement. Elle se contentait d'attendre, calme et enjouée.

Un jour, Naomi s'arrêta d'éclabousser en tous sens. Elle tira à elle le rideau de la douche pour dissimuler sa nudité et appela, hésitante : « Mrs Cottle ?

– Oui, ma chérie ?

– Est-ce que vous pouvez me savonner le dos ?

– Bien sûr, mon cœur. »

La vieille dame entra, lui lava le dos, et sa vie en eût-elle dépendu, Naomi n'aurait su dire pourquoi elle fondit en intarissables sanglots pendant que sa mère adoptive lui frottait le dos.

*

Il lui avait fallu une année pour retourner cet amour.

« Cela fait maintenant à peu près un an que tu es là, lui avait dit Mrs Cottle. Je pense que tu dois avoir dix ans. »

Elle avait prononcé ces mots comme si elle n'y attachait guère d'importance, comme s'il n'y avait pas de quoi ressentir de honte. Mrs Cottle était bien trop avisée pour présenter sa remarque sous forme de question.

Elles cassaient des noix sur le perron. Mrs Cottle avait déclaré qu'elle avait envie de penuche[1]. Naomi ignorait totalement ce dont il s'agissait, mais se disait que ce devait être délicieux parce que, dans sa gorge, tout ce qui sortait de la cuisine de Mrs Cottle était semblable à du miel.

Avec le casse-noix, Mrs Cottle venait d'en ouvrir une grosse. Elle s'y prenait si bien que les deux moitiés de la coque s'étaient séparées sans être le moins du monde abîmées. En frottant un

1. Sorte de nougat aux fruits secs fait avec du sucre brun.

peu avec ses doigts, la peau aussi fine que du papier s'était décollée. Le petit tas de noix cassées par Naomi avait l'aspect de la sciure, la taquinait Jerome. Il était dans la maison, occupé à faire ses devoirs sous une flaque de lumière jaune. Les insectes dansaient de l'autre côté de l'écran moustiquaire et tout était paisible… à l'exception, avait remarqué Naomi, d'un mouvement à la lisière de la forêt et du champ. Aussitôt en alerte, son attention s'était détournée de sa tâche.

« Qu'est-ce que tu vois, là-bas, ma chérie, lui avait demandé Mrs Cottle.

– J'essaye de la voir, avait-elle répondu, l'air ailleurs, sans même se rendre compte qu'elle parlait.

– Qui essayes-tu de voir ? » La voix douce lui parvenait de très loin. Une noix était soigneusement nichée au creux de la main ridée. « Est-ce ta maman ? »

Naomi avait fait non de la tête. « Elle est trop petite », avait-elle répondu, toujours sans avoir conscience qu'elle parlait.

Elle s'était tout à coup secouée pour échapper à sa rêverie, mais pas avant que Mrs Cottle n'ait vu l'expression de son visage. Ce n'était pas de la terreur, contrairement à ce qu'elle avait cru, mais un espoir extatique. Quelle que soit la personne que Naomi voulait retrouver, elle l'avait aimée.

La fillette avait pris une autre noix, tenté de la casser… et l'avait pulvérisée en une douzaine de morceaux. Mrs Cottle avait ri. « Tu as vu ta force ? Je devrais te faire débiter le bois à la hache. »

Elles étaient restées assises un peu plus longtemps et avaient fait croître leur tas de noix. Dans leur dos, elles avaient entendu Jerome se lever, siffloter sans qu'il y ait là de mélodie, et avaient entendu le bruit de la porte du réfrigérateur qui se refermait. *Ce garçon va engloutir ma maison et tout ce que j'ai d'autre*, prétendait souvent Mrs Cottle, *à condition que Naomi ne s'en charge pas avant*. Ils s'entendaient tous les deux comme larrons en foire, étaient affamés comme des loups.

« Je pense que j'ai dix ans, là », avait soudain annoncé Naomi.

Le regard de Mrs Cottle s'était illuminé. « Ça, je veux bien le croire. On devrait organiser une fête d'anniversaire.

– C'est quoi ? »

Mrs Cottle avait été obligée de détourner la tête avant que Naomi puisse voir sa réaction. Souvent, la fillette la surprenait encore : si raisonnée un moment, d'une ignorance absolue le suivant. Depuis qu'elle était là, il avait fallu lui apprendre les choses les plus simples : comment allumer la télévision, comment composer un numéro de téléphone. Mrs Cottle n'avait pas été surprise de voir que Naomi dormait ailleurs la nuit, mais elle l'avait été de la découvrir, le jour, recroquevillée dans les endroits les plus invraisemblables. Une fois, elle l'avait vue au sommet d'une étagère de livres, allongée de toute sa longueur tel un serpent. *J'aime bien être ici, tout en haut,* lui avait répondu l'enfant. Mrs Cottle ne la punissait pas. L'esprit sauvage de la fillette la préserverait des dangers.

« C'est une célébration, on fait un gâteau. »

Naomi avait hoché la tête.

« Je vous aime, Mrs Cottle », avait-elle affirmé de but en blanc en massacrant une nouvelle noix.

Mrs Cottle avait retenu ses larmes.

« Moi aussi, je t'aime. »

*

Ce soir-là, après que le garde forestier était venu à son secours, elle se sentit épuisée.

Au petit restaurant, elle finit un bol de soupe de pois cassés et, le temps qu'elle regagne sa chambre, ses yeux se fermaient. Elle s'enroula dans les couvertures et s'endormit comme une masse.

Elle fit à nouveau le grand rêve, pendant la nuit, ses mains s'ouvrant et se refermant dans son sommeil, en proie à une sensation de perte épouvantable, et, quand elle se réveilla au matin, son visage était aussi trempé que si elle s'était baignée dans les eaux mêmes du paradis.

Du rêve, elle avait gardé un sentiment de regret. Pourquoi, elle l'ignorait.

La honte était une bête singulière, cela, elle le savait. Tout le monde en souffrait, soupçonnait-elle : le dragon que chacun souhaitait occire. Mais dans son cas, c'était différent. Elle voulait se baigner dedans, se tenir sous sa cascade et en sortir bénie.

Chaque fois, sans exception, qu'elle retrouvait un enfant, elle lui disait que tout allait s'arranger. Elle l'encourageait à être fidèle à ce qu'il était, à ne jamais oublier et, néanmoins, à tourner son regard vers l'avenir.

Qu'elle-même pût connaître une telle paix, elle ne pouvait l'imaginer.

7

Lorsqu'il posait ses pièges, les mains de Mr B avaient des gestes doux.

La fille de la neige préférait les délicats collets de fer. Ils étaient si beaux, suspendus aux jeunes arbres, semblables à des filets de salive. Mr B lui montra comment utiliser des raquettes de neige plus petites pour tracer une fausse piste afin que l'animal la suive et aille droit dans les élégants collets. Le lendemain ils y trouveraient peut-être un coyote au museau saupoudré de neige.

Les mâchoires métalliques, Mr B les ouvrait prudemment puis les enfonçait dans la neige avant d'arroser l'endroit de sang provenant du seau des abats. L'animal creuserait, attiré par les odeurs enivrantes, il s'attendrait à trouver une carcasse et se retrouverait la patte prise dans le piège. Après, la fille de la neige aimait venir chercher les renards, telles d'élégantes écharpes rouges dans la neige.

Mr B se munissait d'une barre de fer qu'il glissait sous sa ceinture, en prévision des fois où les bêtes étaient encore vivantes quand ils arrivaient. Il lui montrait comment les achever, rapidement, sans frapper à la tête. Comme la fille de la neige n'aimait pas le faire, c'était lui qui s'en chargeait.

Dans le lit des cours d'eau gelés, ils chassaient le lapin. Dans les collines, ils trouvaient la martre marron. Dans les fourrés sauvages et denses, ils courbaient le dos. Ils parcouraient le monde en d'interminables voyages, marchaient un jour entier pour une fourrure. Puis, parfois, comme lors d'une chute de neige, du monde qui les environnait pleuvait la viande.

Les joues de Mr B rougissaient alors devant le feu, et il avait tout d'un père, ou d'un grand-père, peut-être. Elle l'aidait à gratter les peaux qu'ils faisaient ensuite sécher avant d'en constituer des ballots.

Lorsque ceux-ci étaient suffisamment gros, il les remisait dans la cave et les y laissait. Elle avait appris la patience. Ne panique pas, lui disaient ses entrailles. Car quand il revenait, il était, oh, si fier. Là, sur la table, étaient posés une boîte de

Crisco[1], une bonbonne d'huile, oh, comme elle adorait l'huile, des sacs de pommes de terre, des carottes, de la farine, des conserves et, toujours, un plat préparé Hungry-Man.

Mr B le faisait cuire sur le poêle à bois. Au début, comme il ne voulait pas qu'elle le voie manger ce délice, il l'enfermait dans la cave. Mais cette fois, il la laissa regarder. Il fredonnait intérieurement en savourant le plat : un peu de purée, de la viande de bœuf assaisonnée, une part de dessert. Elle le regardait en bavant. Quand il eut terminé, il hocha la tête, les pieds en chaussettes posés sur le poêle, lui fit signe de venir et elle s'approcha comme un animal de compagnie. Il lui caressa machinalement les cheveux et lui tendit le plateau.

Elle s'aperçut à ce moment-là qu'il lui en avait gardé un peu : une bouchée de viande, le reste de pommes de terre, un petit bout de cerise. Elle s'assit près de ses pieds désormais posés à terre, leva vers lui un regard d'adoration. Il le vit, en éprouva un grand plaisir et, pour la première fois, elle l'entendit émettre un petit gloussement intérieur.

Il avait l'air aussi surpris qu'elle l'était elle-même : que la joie soit entrée en lui, et ait trouvé son cœur.

---

1. Marque de graisse végétale.

*

Un jour, haut dans les montagnes, ils relevaient les pièges à bonne distance de la cabane. Loin en contrebas, elle remarqua une ligne qui ne paraissait pas naturelle, qui traçait pleins et déliés d'une façon que la nature n'imaginait pas. D'un recoin de son cerveau un mot surgit :

Route.

Mr B la surprit à regarder de ce côté-là et la crispation de son visage lui apprit qu'il était mécontent. Fais attention, fille de la neige, sinon il va t'enfermer à nouveau dans la cave. Pour toujours peut-être, et tu y mourras.

En rien elle n'était intéressée par la route. Le geste hésitant et sans le regarder, elle tendit la main vers Mr B.

Au bout d'un moment, il la prit dans la sienne.

*

Ce soir-là, il exprima sa colère. Il était difficile de savoir ce qui le rendait furieux. Il était comme les tempêtes qui se déchaînent sur les sommets. Un moment il était calme, le suivant, sombre et torrentiel, et il déversait une glace si froide qu'elle paraissait brûlante.

Il la traîna hors de la cave où il l'avait brutalement enfermée dès leur retour. Les pièges aux mâchoires métalliques couvraient entièrement la table. Il les avait tous ouverts. La salive, dans la bouche de la fille de la neige, se tarit immédiatement. Elle avait vu la façon dont les mâchoires se referment instantanément : les os broyés du renard, du coyote, du lapin fragile qui a le goût de l'herbe et des aiguilles de pin. Avec une rapidité foudroyante, Mr B l'empoigna par les cheveux. Il la maintint au-dessus d'un des pièges afin qu'elle le voie bien. Elle hocha la tête. Il se saisit d'une de ses petites mains rétives et elle l'ouvrit dans une supplication qui prit la forme d'une étoile de mer. Il maintint la main pâle et tendre au-dessus des mâchoires de métal rouillé afin qu'elle n'oublie pas. Je comprends, affirmèrent les yeux bleus qu'elle levait vers lui. Elle sentait les larmes monter à ses paupières et les réprima.

Lentement, elle relâcha sa respiration afin qu'il en soit caressé. De la sorte, il était sensible : telle une plante dans le vent. Il aspira l'air qu'elle rejetait, en éprouva de la satisfaction. Ses yeux s'adoucirent et il libéra sa main. La fille de la neige savait ce qu'elle devait faire alors. N'était-il pas son créateur ?

Elle se retourna d'un geste vif et, trop vite pour qu'il puisse l'en empêcher, tendit la main entre les mâchoires de métal. Laissa son index en suspens juste avant de toucher le déclencheur métallique. Garda sa main immobile, les yeux levés vers lui, lui présentant sa réponse dans ce regard. Elle était prête à ce sacrifice, à tenir le rôle de l'animal brisé pris au piège.

Le visage de Mr B exprima le plaisir. Je ne m'enfuirai pas, lui disait l'offrande de cette main. Je ne partirai pas.

*

Les parents scrutèrent Naomi, leur visage exprimant la peur. C'était le premier rendez-vous où elle devait leur faire part de ses progrès, et elle n'avait rien de neuf. Les mains de la mère étaient maintenant posées sur ses genoux. Le père, dans l'attitude typique de nombreux hommes, avait le regard tourné vers la fenêtre. Cette fois encore, il était assis dans le fauteuil inclinable, loin de sa femme, à l'autre bout de la pièce.

Naomi résuma précautionneusement ce qu'elle avait accompli jusque-là. Ce qu'elle ne mentionna pas, ce furent les messages qu'avaient laissés sur son téléphone les autres parents paniqués, la liste qui ne cessait de s'allonger. Parmi eux, les nombreux appels du procureur concernant la disparition de Danita Danforth dont tous les journaux locaux parlaient.

« Nous pouvons vous payer pour que vous contin..., s'empressa de dire la mère.

– Je ne le fais pas pour l'argent », l'interrompit brusquement Naomi. Elle se radoucit car elle n'ignorait rien de leur chagrin, désirait seulement qu'ils comprennent.

« Il arrive que je ne trouve rien », ajouta-t-elle. C'était sa plus grande honte. Parmi les affaires d'enlèvements, les pires étaient celles où elle ne trouvait rien. Annoncer aux parents qu'elle passait à autre chose était une des tâches les plus difficiles qui lui incombaient.

Elle gardait présent à sa mémoire le nom de chacun des enfants qu'elle n'avait pas retrouvés. Parfois, ils venaient à elle dans ses rêves, leurs mains ouvertes et suppliantes, des plaques de cuir chevelu apparentes là où leurs cheveux avaient été arrachés, des marques de brûlures qui la remplissaient de remords et de honte.

Le père tourna son visage vers elle. « Nous n'avons pas abandonné et nous voulons que vous n'abandonniez pas, vous non plus.

– Combien est-ce, le maximum de temps que vous avez consacré à une affaire ? » insista la mère.

Naomi eut un sourire de tendresse intérieur à ce souvenir. « Huit mois.

– Vous l'avez trouvée vivante, n'est-ce pas ?

– Oui.

– Tout le monde croyait qu'elle s'était égarée, mais elle avait été enlevée, n'est-ce pas ?

– Oui. » Elle s'appelait Elizabeth Wiley. Naomi se souvenait combien elle avait été proche de capituler. Elizabeth, à l'âge de dix ans, avait un jour disparu de chez elle dans des bois isolés du Kentucky. Cet après-midi-là, sa mère, une artiste, s'était détournée de son four à céramique alors que l'argile séchait sur ses mains, pour découvrir que sa fille n'était pas dans la cuisine, pas dans sa chambre… qu'elle n'était nulle part, en fait.

La police, après avoir passé la maison au peigne fin à la recherche d'indices, avait fini par conclure que la petite fille, qui adorait cueillir des fleurs sauvages, était sortie en ramasser dans les bois et s'était égarée. Ce n'était pas la première fois qu'une enfant disparaissait dans les immenses forêts vastes, enchevêtrées, et parfois impénétrables du Kentucky.

Rien n'indiquait qu'il eût pu y avoir une intervention criminelle, et rien ne manquait dans la maison. C'était une tragédie, avaient écrit les journaux, puis tout le monde était passé à autre chose… à l'exception de la mère d'Elizabeth.

Pendant huit mois, avec beaucoup d'opiniâtreté, Naomi avait travaillé sur cette disparition sans rien trouver. Elle avait passé des semaines à inspecter les bois proches de la maison isolée, sans rien découvrir d'autre que de vieilles traces de chevaux et des zones envahies de sumac vénéneux. Elle avait mis hors de cause quiconque avait, un jour ou l'autre, été en contact avec Elizabeth Wiley, depuis ses instituteurs jusqu'au boucher de la ville. Ç'avait été par pur hasard si elle était passée en voiture, un jour, devant une ferme en ruine où il y avait des chevaux, et si elle avait vu les rangées d'écuries silencieuses qui s'éloignaient dans le matin brumeux du Kentucky, et un vieil homme qui pelletait le foin, le visage couvert de plaques rouges dues à l'allergie.

« Je vous en prie, continuez.

– J'en ai bien l'intention. »

La mère, rassurée, lâcha un soupir, et Naomi éprouva, comme toujours, un coup au cœur devant l'impuissance de l'amour. Ressentirait-elle la même chose si elle avait eu un enfant qui, par la suite, aurait disparu ? Elle savait bien que oui. Elle aurait l'impression que des bêtes sauvages la déchiraient vive. Sa mère avait-elle réagi pareillement ? Elle n'avait aucun moyen de le savoir.

Elle souleva la pile de livres que Madison avait laissée sur la table du séjour. Celui du dessus racontait une histoire qu'elle connaissait et aimait beaucoup : *Sylvestre et le caillou magique*. Dessous, il y avait un recueil de légendes du folklore africain. Puis un volume de contes de fées russes. Elle le feuilleta et vit de splendides illustrations représentant une fillette en robe de paysanne qui se promenait dans une forêt blanche.

« Elle adore les contes de fées », commenta-t-elle, et la mère sourit, soulagée d'entendre le verbe conjugué au présent.

« Ma mère est originaire de Russie, précisa le père. Les contes de fées sont notre lait. Nul ne peut se passer de croyance. »

Naomi inclina la tête en le regardant. Il venait de lui donner une idée.

Elle lui présenta le livre russe. « Lequel de ces contes préfère-t-elle ?

– Oh, c'est facile, intervint la mère. Il s'appelle *La Fille de la neige*. » Elle se tut, toute à son souvenir, et Naomi se représenta Madison nichée sur ses genoux pendant qu'elles lisaient ensemble. « C'est l'histoire d'une petite fille qui est créée à partir de neige.

– Est-ce que la fille de la neige devient un être vivant ? » Le visage de l'enquêtrice trahissait la quête et la faim.

« Oui.
– C'est merveilleux », conclut Naomi.
Elle partit en emportant le livre.

*

« Qu'est-ce que c'est ? »
Diane se tenait sur le seuil de sa maison victorienne peinte, de l'autre côté de la rivière, et affichait un large sourire tandis que Naomi grimpait les marches, le volume à la main.
« Des contes de fées », répondit-elle en se penchant vers son amie pour échanger une chaleureuse accolade.
Diane la prolongea longuement. Dans son étreinte, Naomi fondait comme cela lui arrivait rarement avec quelqu'un d'autre.
Elles s'étaient rencontrées lors d'une de ses enquêtes, à l'époque où elle travaillait encore essentiellement en Oregon. Avant qu'elle ne commence à être connue, aimait à préciser Diane par manière de plaisanterie. Elle était psychologue, travaillait avec des enfants traumatisés, et ses témoignages enflammés avaient fait sa réputation dans les salles des tribunaux. Elle avait travaillé pour l'État lors d'une affaire que Naomi avait résolue : elles s'étaient retrouvées sur les bancs, à l'extérieur du prétoire, dans l'attente de

leur passage à la barre des témoins, étaient immédiatement devenues des amies proches.

Diane était une femme imposante aux cheveux d'un roux flamboyant et aux yeux verts les plus lumineux que Naomi eût jamais vus. Maintenant qu'elle avait dépassé la soixantaine, elle présentait une aisance dont Naomi pensait qu'elle pourrait servir de modèle pour quiconque vieillissait. Plusieurs années auparavant, Diane lui avait proposé d'utiliser sa chambre d'amis comme une sorte de camp de base.

Naomi n'y restait dormir que rarement, mais c'était bon de pouvoir disposer, sous l'avant-toit, de cette petite pièce remplie de boîtes en carton. Diane avait accepté Naomi comme personne ne l'avait fait avant elle à l'exception de Jerome. Quand Naomi arrivait, elle était toujours heureuse de la voir. Quand elle repartait, cela lui convenait également… même si des jours, des semaines ou des mois s'étaient écoulés depuis sa dernière visite.

Les murs de la maison étaient peints de couleurs vives et agréables à contempler. Il y avait des châles sur les canapés, des lampes à l'éclairage tamisé dans les angles. Les cloisons étaient couvertes de livres et d'œuvres d'art disposées avec soin. C'était une maison plaisante, apaisante, où Naomi s'était aussitôt sentie à son aise, tout comme en présence de son amie.

« Raconte-moi », ordonna Diane dans la cuisine où elle préparait le thé. Elle sortit son plateau préféré.

« Une nouvelle affaire, que pourrait-il y avoir d'autre ? sourit Naomi. Les parents habitent ici, en ville. »

Diane chercha dans le réfrigérateur. De la viande froide, du fromage, un petit bocal de condiments faits maison. Dans l'arrière-cuisine, elle prit un paquet de tranches de pain à tartiner, des gâteaux secs salés, un bocal de moutarde relevée.

« Tu veux ma mort ?

– Seulement si tu me devances sur le fil. » Diane partit de son rire délicieux.

Elles mangèrent dans le séjour, burent du thé, baignées par la lumière douce qui provenait des fenêtres aux stores baissés. La maison avait une odeur de citron et d'encens. Naomi sentit son cœur ralentir et son corps se détendre. Elle parla, un peu, de Madison, puis, quand elle fut prête à le faire, de Mrs Cottle qui se mourait.

« Tu as des regrets ? » demanda Diane d'une voix enjouée. Elle tartina un appétissant petit sandwich composé de fromage sur un biscuit salé.

« Je suppose. Mais plutôt de la peur. Et des secrets. »

Les sourcils de Diane se levèrent sur son front. « Jerome.

– On s'arrête là. » Naomi avait la voix qui tremblait. Une nuit, dans un moment de faiblesse, ou peut-être de force, elle avait parlé à Diane de quelque chose qu'elle craignait de s'avouer à elle-même.

« Comme tu veux », dit Diane. Elle engloutit son sandwich et s'en prépara un autre.

Naomi enroula des bouts de viande froide autour de son fromage, mangea, sans prendre le temps de goûter, dans l'attente de la question qui allait suivre. Mais qui ne vint pas.

Diane désigna d'un geste du menton le livre de contes de fées enluminé, relié de blanc, posé sur la table. « Est-ce que ta fillette aimait les contes de fées ?

– Elle les aime, c'est sûr.

– L'espoir ne meurt jamais. Souviens-toi juste que le mal non plus. Parfois, il est impossible de les différencier.

– Nul ne le sait mieux que moi. »

Elles mangèrent en silence pendant quelques minutes. Naomi ne put s'empêcher de remarquer la légère déception peinte sur le visage de son amie. Elle veut que je lui parle de Jerome, pensa-t-elle. Mais je suis aussi muette qu'un serpent. Un serpent qui est lové dans ma poitrine et, juste au-dehors ? La pomme.

Avant de partir, elle alla jeter un coup d'œil à l'étage, dans sa petite chambre : regarda le lit impeccablement fait, les pierres que Jerome lui avait données, alignées sur le rebord de la fenêtre. Les cartes envoyées par les enfants qu'elle avait sauvés. Les dessins faits par eux, accrochés aux murs. *TOI*, disait une image au crayolor avec une flèche qui pointait vers une femme souriante, à côté d'un petit enfant. Où qu'elle se trouve, elle éprouvait du réconfort à savoir que cette pièce existait. Elle pouvait imaginer une fillette, dans cette pièce, une fillette Naomi qui dormirait dans ce lit bien fait, se réveillerait en levant les yeux vers ces cartes postales.

« Tu restes cette nuit ? » lui demanda Diane, dans son dos, qui grimpait les étroites marches pour lui apporter un jeu de serviettes-éponges propres.

Naomi fit non de la tête. « Je vais reprendre la route du motel, dans la montagne, afin de poursuivre mes recherches demain matin à la première heure.

– La forêt nationale de Skookum, médita Diane. Tu sais ce que ça signifie, Skookum ? »

Elle fit non de la tête.

« Lieu dangereux. C'est un mot indien. »

Naomi laissa derrière elle l'image de l'enfant qu'elle avait été, chaudement bordée dans le lit.

*

Le lendemain matin, elle lut le conte de fées favori de Madison, assise sur un tronc d'arbre tombé à terre d'où elle dominait le relief où la fillette avait disparu. Elle le lut à haute voix comme si Madison l'écoutait.

Il était une fois un vieux village où vivaient un vieil homme et sa femme.

Le vieil homme portait un veston et il avait une barbe. Sa femme était toujours hors de portée de voix, comme si elle n'existait pas. Naomi trouva cette précision intéressante.

Le vieil homme était malheureux. Comme il voulait une enfant-fille, il en fabriqua une avec de la neige.

Une fille parfaite créée avec de la neige, aux cheveux semblables à des prairies de glace et aux yeux du bleu le plus froid : une jolie petite fille de la neige aux cheveux blancs.

« Je suis la petite fille de la neige, façonnée dans la neige. »

Un récit de la genèse, pensa Naomi : la naissance venue du néant. Naomi Sans-Nom.

La fille de la neige grandit, mais elle découvrit que la vie, toujours, s'accompagne d'un prix à payer. Pour les simples mortels, c'est l'âge : le tic-tac de la succession des saisons, très semblable au lent décès de la terre. Pour les dieux et les esprits, il n'y a pas de mort, mais ils ne doivent jamais quitter les cieux.

« Il y a une chose que tu ne dois jamais faire, disait son père à la fille de la neige. Tu ne dois jamais tomber amoureuse. Car si cela arrive, ton cœur se réchauffera. Tu fondras, et tu mourras. »

La fille de la neige grandit. Un jour, dans la forêt, elle rencontra un chasseur. Il joua de la flûte pour elle. Et le monde devint vivant pour la fille de la neige. Elle tomba amoureuse du chasseur, et son cœur se réchauffa. Naomi tourna la dernière page. La jeune fille était allongée dans la neige, les joues roses. Mourait-elle à ce moment-là ou devenait-elle seulement mortelle ? Cela n'était pas précisé clairement.

Son père sut qu'il l'avait perdue et il la pleura.

Naomi tourna ses regards vers les montagnes solitaires et impitoyables. Selon toute vraisemblance, Madison était non seulement morte, mais son corps non plus ne pourrait être récupéré. Cependant, elle ne pouvait pas abandonner… pas encore.

L'histoire n'était pas finie.

*

Le soir, ce fut le commentaire du père de Madison qui ne quitta pas son esprit tandis qu'elle redescendait au motel. *Les contes de fées sont notre lait*.

Au cours des étés où elle avait vécu dans le foyer d'accueil de Mrs Cottle, Naomi et Jerome dévalaient la pente jusqu'à la bibliothèque une fois leurs tâches achevées, ils y remplissaient de livres des sacs en papier avant de remonter à la maison sous le ciel couleur lavande en respirant l'air enrichi de l'odeur envoûtante du maïs frais.

Jerome aimait les livres qui traitaient des endroits où l'on pouvait découvrir des pierres, et il lisait ceux qui parlaient de sa tribu, les Kalapuyas. Naomi aimait les contes de fées. Ils étaient remplis d'enfants laissés seuls, abandonnés dans des forêts, rôtis dans des fours, retenus captifs dans des tours d'une hauteur gigantesque, essayant tous de retrouver le chemin de leur maison.

Nul ne peut se passer de croyance : la croyance que même si le mal, dans le monde, est partout présent, un soupirant viendra nous réveiller du sommeil par un baiser ; la croyance que la petite fille s'échappera de la tour, que le grand méchant loup mourra et que même ceux dont l'âme est empoisonnée par la malveillance peuvent, lors d'une seconde naissance, être aussi innocents que la pureté même.

*

« L'un et l'autre, vous vivriez tout le temps dehors, si vous pouviez, non ? » les avait grondés Mrs Cottle.

Naomi, qui redoutait toujours les réprimandes ou autre chose qui n'avait pas de nom et était pire, avait hoché la tête avec prudence. Elle et Jerome avaient dressé une fausse tente dans la pâture, derrière la maison. Ce n'était pas une vraie tente. C'était une couverture posée sur une corde, tendue avec inventivité : des deux côtés elle était attachée à des branches. Et le feu qui brûlait devant eux n'était pas un vrai feu de camp, mais un brasero de fortune représenté par une vieille boîte métallique d'une livre de café Folgers.

Mrs Cottle était sortie de la cuisine et avait traversé toute l'ancienne pâture, traçant son chemin entre les bouses desséchées des vaches qui avaient vécu là dans le temps, avant que ça ne revienne plus cher de les élever que de les vendre.

Jerome avait passé la tête à l'extérieur en souriant. « N'entrez pas, Mrs Cottle. J'ai pété. »

Elle et Naomi avaient ri en échangeant des regards entendus. La vieille dame s'était accroupie.

« Bon alors, tous les deux, qu'est-ce que vous me cuisinez pour le dîner ? »

Ils s'étaient consultés du regard, embarrassés. Ils avaient prévu de rentrer plus tard en cachette pour se nourrir pendant qu'elle ne regarderait pas.

« J'ai préparé un délicieux bœuf aux haricots dans la maison et il n'y a personne pour le manger avec moi. » Elle semblait triste. Fit claquer ses doigts. « J'ai trouvé ! On va dire que c'est un vieux chariot bâché. »

Jerome et Naomi avaient tourné la tête vers la maison. Du coup, la lumière de la cuisine semblait différente. Oui, comme un chariot bâché d'autrefois, arrêté sur les pentes de la grande prairie, avec à l'intérieur une authentique cuisinière de wagon bâché. Ils sentaient l'odeur du bœuf aux haricots qui leur mettait déjà l'eau à la bouche.

« Vous devriez être prudents, ici comme ça, avec les Indiens sur le sentier de la guerre », avait ajouté Mrs Cottle.

Jerome l'avait regardée d'un œil sévère. « Ce n'est pas comme ça que ça se passait, lui apprit-il. La plupart des premiers habitants ont été très accueillants. »

Elle avait souri. « Bien sûr. Il se trouve que je connais bien le cuisinier. Peut-être que vous pourriez entrer là-bas, vous autres campeurs, et remplir vos assiettes… vous pourrez les rapporter ici pour manger. »

Jerome avait poussé un cri de joie et avait jailli de la fausse tente comme une flèche. « Vous voulez dire que nous pouvons passer la nuit ici ? »

Y avait-il eu une lueur d'amusement dans les yeux de Mrs Cottle ? « Attendez un peu que les moustiques rappliquent. »

*

Après cela, Jerome et elle avaient été libres. Non qu'ils ne l'aient été avant, mais leur horizon s'était élargi, ils avaient désormais la liberté de s'éloigner sur les longues crêtes pour trouver des pierres précieuses, de camper dans les bois. Ils partaient en exploration jusqu'au moment où leurs conversations, à l'école, ne se composèrent presque plus que de plans pour l'après-midi, ou de l'excitation du week-end à venir.

Mrs Cottle ne leur imposait que peu de règles, mais Naomi s'en souvenait encore parce qu'elles avaient tenu le rôle de guides toute sa vie durant. Ils ne devaient jamais faire confiance à des gens qu'ils ne connaissaient pas. Et même s'ils les connaissaient, les avait-elle mis en garde, il n'y a que très peu de personnes que l'on connaît *vraiment*. Ils ne devaient jamais croire à la première chose qu'on leur racontait, ni partir du principe qu'un insigne de policier était un véritable insigne. Faites confiance aux gens que vous connaissez et que vous aimez, disait-elle et répétait-elle tout le temps.

Pour le reste ? Elle disait : Allez-y. Allez explorer la vie, profitez-en, plongez dedans et roulez-vous dedans à corps perdu, puis revenez heureux. Ils voyaient dans l'éclat de ses yeux que leur mère adoptive avait, autrefois, agi exactement de la sorte.

L'hiver, ils s'apprenaient mutuellement comment marcher avec des raquettes. Au printemps, dans les rivières proches, ils nageaient et pêchaient la truite, le crapet arlequin et l'achigan à petite bouche. L'été, ils cueillaient les airelles, les baies de la ronce remarquable, et allaient camper dans les bois. Un jour, Jerome se mit au tir à l'arc et les emmena toutes les deux à la chasse. Naomi n'aimait pas le côté chasse, mais elle se délectait du chant des oiseaux le matin et du goût des *pancakes* cuits au-dessus du feu de camp.

Et toujours, ne pouvait-elle s'empêcher de s'avouer, elle aimait se réveiller près de lui.

*

Le même soir, tout en observant le soleil plonger derrière les montagnes, elle appela Jerome de son motel. Les sommets coiffés de neige prirent une teinte violette, puis lavande et, finalement, d'un or profond et fascinant.

« Comment va-t-elle ?

– Ce ne sera plus long, maintenant. »

Leur mère adoptive ne la reconnaîtrait plus. Plus avant l'autre monde.

« Je suis désolée. » Elle aurait voulu pouvoir remonter le temps, à l'époque où la possibilité existait encore, et dire à Mrs Cottle tout ce qu'elle ressentait depuis toujours. Et, surtout, elle voulait lui dire merci d'avoir été la seule mère qu'elle ait connue.

« Ça ne fait rien », lui répondit-il, et elle le crut.

Elle se représentait Jerome, à la maison, le vieux téléphone dans la seule main qu'il avait encore, sans personne alentour dans un rayon de plusieurs kilomètres, aspirant à entendre sa voix.

« Je t'appellerai quand le moment sera venu », lui dit-il.

8

Le soir, Mr B aimait avoir chaud. Il mettait plein de bois dans le poêle noir afin que ses parois rougeoient. Il s'asseyait juste à côté dans le fauteuil.

Quand il laissait la fille de la neige sortir de la cave, elle s'allongeait sur le lit et le regardait. Il ne se sentait pas très à l'aise quand elle l'observait, mais elle voyait bien qu'il aimait ça.

Un soir, il était resté assis à enduire de graisse les raquettes. Il en prélevait dans le petit pot afin d'en frotter les lanières qui servaient à les attacher. La graisse, ils la fabriquaient eux-mêmes avec celle des animaux qu'ils cuisaient et réduisaient à un jaune vif, puis Mr B y versait un ruisseau de sève d'arbre chauffée. L'élixir qui en résultait avait la couleur de l'acajou foncé et la senteur de la plus odorante des forêts : les aiguilles et les griffes, les ciels imprévisibles.

La porte du poêle, ouverte, précipitait une ronde d'ombres sur les murs. Les cheveux de Mr B étaient semblables à une forêt exotique, aux herbes luxuriantes, et les côtés de ses joues tels une savane.

Il tourna son regard vers elle.

Il y avait des moments comme celui-ci où le monde était chaud et où la fille de la neige n'avait pas peur… même si elle aurait dû. Elle aurait dû lire dans la chaleur qui émanait du poêle, dans le regard de ses yeux, et avoir très peur.

Mais ce n'était pas le cas. Car dans ces yeux se lisait une expression sur laquelle elle ne pouvait se tromper.

C'était celle de l'amour.

*

Être née de la neige signifiait savoir des choses que les gens ordinaires ignoraient. Par exemple, que le monde était une haute maison de glace, et que si l'on pouvait voir à travers les murs, on n'était pas obligée d'entendre ce qui se passait à l'intérieur, ni d'en éprouver d'émotions. On pouvait observer une personne qui se trouvait dans une autre pièce où elle faisait quelque chose de différent. On pouvait s'asseoir par terre, à l'étage supérieur, regarder en bas et se voir roulée en boule dans un lit avec Mr B.

Que se passait-il dans ce lit ? C'était une chose que les enfants d'autres mondes ne comprendraient jamais. Les professeurs leur apprenaient des choses sales. Comme dans ces listes de questions, à l'école, qui demandaient : *Avez-vous déjà été victimes d'attouchements dans des endroits intimes ? Avez-vous déjà vu des gens nus ?* Ces listes n'avaient aucun sens dans le monde de la neige. C'étaient comme des feuilles de papier très laides, remplies de mensonges, qu'il convenait de déchirer en mille morceaux.

Entre les draps, Mr B avait une odeur. C'était l'odeur qui allait de sa poitrine à ses aisselles où s'entremêlaient des nuées de poils. Ils étaient doux et crépus, et humides la nuit quand il poussait des cris de plaisir. Il avait deux pointes de seins couleur de feuilles mortes et un ventre tendre qui n'avait jamais vu le soleil.

Et plus bas ? C'était là où tous, ils mentaient. Tous, et la fille de la neige aurait été en colère contre les gens d'autres mondes s'ils avaient existé.

Mr B ne voulait pas lui faire de mal… cela, elle le voyait bien. Il désirait le mystère et la chaleur de son corps. Il voulait se sentir bien. Il ne savait pas comment, ni pourquoi.

Elle voyait bien que Mr B avait l'ombre d'un souvenir qui le hantait ; il ne comprenait pas que les choses pourraient être différentes. C'était à elle qu'il appartenait de le lui montrer. Après tout, elle était la lumière et la perfection, et un corps de gelée blanche et d'air. Rien de ce qu'elle pouvait faire, observé de la pièce la plus haute, au sommet du château de glace, ne pourrait jamais être mal.

Il était une fois une fille appelée Madison qui aimait tellement les contes de fées que, parfois, elle les imaginait vrais.

L'un de ses préférés était un conte africain appelé *Le Toupillon de la queue de la vache*. En voici l'histoire :

À la lisière de la forêt du Liberia se dressait le village de Kundi. Et dans ce village vivait un homme appelé Ogaloussa.

Un matin, Ogaloussa quitta le village avec ses armes pour aller chasser et il ne revint pas. Au bout d'un certain temps, les gens cessèrent de parler de lui.

Mais son fils ne l'avait pas oublié. Chaque jour, il allait dans les champs et il appelait son père.

Finalement, un jour, les villageois s'enfoncèrent dans la forêt et trouvèrent les os d'Ogaloussa. Ils les recouvrirent de ses vêtements et de ses armes.

Ogaloussa se releva d'entre les morts et revint à la vie.

De retour au village, il tressa un magnifique tourillon de vache. Tous le voulaient et chacun prétendait le mériter parce qu'il avait trouvé ses ossements.

Mais Ogaloussa le donna à son fils. « Je vais le donner à celui qui est venu m'appeler », dit-il.

C'est pour cela que, depuis ce temps, les gens disent : un homme n'est pas mort aussi longtemps qu'il n'est pas oublié.

La fille de la neige espérait que c'était vrai.

*

« Ah, la femme qui retrouve les enfants », dit en souriant Lucius Winfield, l'enquêteur de la police de l'État d'Oregon.

Naomi referma la porte derrière elle, prit la chaise située de l'autre côté du bureau lorsqu'il l'y invita de sa grande main bronzée.

Par les fenêtres, elle voyait les maisons nimbées d'un épais brouillard. De l'endroit où elle était assise, elle distinguait l'endroit où habitaient les Culver et, sur l'autre berge de la rivière, le quartier pittoresque de son amie Diane. Au loin, très loin, se trouvaient les montagnes couvertes de neige où Madison avait disparu. Elle parvenait même à apercevoir l'autoroute que la famille Culver avait empruntée en quittant sa modeste demeure et qui ondulait comme un serpent en sortant de la ville. Combien de fois avaient-ils regretté cette journée ?

« Vous venez encore empiéter sur une de mes affaires ? » demanda-t-il d'une voix imperturbable.

Naomi aimait bien Winfield : il était toujours très soigné, depuis l'argent naturel qui teintait ses cheveux soyeux jusqu'à la large bague de l'université dont il était sorti diplômé. Ils avaient souvent travaillé ensemble au fil des années écoulées.

« La fille des Culver, confirma-t-elle.

– Oh. Pauvre petite. »

Les murs de son bureau étaient couverts, non de documents évoquant ses succès, mais de plaques honorant les organisations caritatives qui avaient sa préférence. Il était difficile de deviner qu'on le considérait comme l'un des meilleurs policiers du pays s'il s'agissait d'intervenir quand quelqu'un menaçait de se tuer. Au sein des forces de l'ordre, on nommait ses semblables les orateurs des rebords de fenêtre. Lorsqu'il ne persuadait pas des adolescents suicidaires de descendre du parapet d'un pont, ou des adultes forcenés armés d'une arme à feu de sortir de chez eux, ce policier de cinquante-six ans enquêtait sur les disparitions d'enfants. Dans un cas comme celui de Madison Culver, où une autre agence s'était chargée de la recherche concrète de la fillette, cela signifiait qu'il avait enquêté sur les parents et tous les autres suspects.

« Les parents Culver étaient des gens bien », affirma-t-il. Sa voix basse était apaisante. « On a strictement rien trouvé, à leur sujet.

– Parlez-moi d'eux, lui demanda Naomi en s'adossant à son siège.

– Oh, à vos ordres, chef ! Le père… c'était quoi son prénom, déjà ? James Culver. Prof de maths : auxiliaire, si ma mémoire est fiable. Je peux sortir les rapports. Rien qui craigne. Plusieurs amendes pour excès de vitesse, point final. Absolument rien à lui reprocher. Ils se sont mariés jeunes, mais leur couple avait l'air solide. Kristina Culver : un peu rigide, mais elle m'a plu. »

Naomi eut un petit sourire intérieur. Que Winfield juge quelqu'un rigide était assez ironique. Lui-même, baptiste et pieux, accompagnait sa mère à l'église tous les dimanches… deux fois. « Mais encore ?

– Oh, vous savez. Le genre à couper les grains de raisin de sa fille en deux, des grains bien sûr bio… une pratique qu'elle aurait cessé si elle en avait eu d'autres, des enfants. Il semble qu'ils essayaient, d'ailleurs. Mais ça a mis un terme à leurs tentatives.

– Vous les avez rayés de votre liste ? demanda-t-elle pour en revenir aux faits avérés.

– Bien sûr. Impossible, vraiment, de trouver un mobile qui les aurait poussés à abandonner leur fille comme ça dans la forêt. Aucune raison de le faire. Ils avaient l'air vraiment dévastés par ce qui s'était passé. D'autant que c'est le genre de gens qui se seraient dénoncés mutuellement s'ils avaient entretenu le moindre soupçon l'un à l'égard de l'autre. Des gens bien, comme j'ai déjà dit, et pas le moindre doute dans le regard des membres de leur famille ou de leurs amis. Vous savez l'éloquence que ça prend, quand ça se produit. Ou alors parfois c'est en sourdine, mais on l'entend quand même. »

Naomi acquiesça. « Merci. »

*

Winfield scrutait la jeune femme assise en face de lui. Elle entrait et sortait de sa vie comme un code mystérieux. Même s'il la connaissait depuis près de dix ans, il ne savait réellement rien d'elle. Aussi amicale soit-elle, aussi large soit le sourire qu'elle affichait, elle ne révélait rien de personnel.

Les discrètes tentatives qu'il avait faites pour satisfaire sa curiosité s'étaient heurtées à des rebuffades… pas par froideur, mais parce qu'elle se consacrait exclusivement à ces disparitions. Et cependant, il détectait en elle quelque chose de profondément vulnérable. C'était cette facette de la jeune femme qui parlait à son âme.

Il n'était pas orateur des rebords de fenêtre pour rien.

« Je suis incapable de m'imaginer ce que ça peut représenter », lui dit-il à voix basse en étudiant sa réaction.

Comme il s'y était attendu, elle cligna des paupières. L'espace d'un instant il crut déceler, à une ombre qui traversait son visage, qu'elle savait, et ce d'une manière qui dépassait largement l'exercice de sa profession.

Cela ne lui posait pas de problème. Dans l'univers de Winfield, tout était intensément personnel.

Il se leva pour lui ouvrir la porte. « Ne prenez pas de risques, dans le vaste monde. Ne vous précipitez pas comme un chien possédé des feux de l'enfer. »

Le grand sourire éclaira les traits de la jeune femme.

C'était une vieille plaisanterie entre eux, cette façon dont elle se précipitait au-devant du danger. Une fois, rendu furieux parce qu'elle lui avait fait redouter le pire, il lui avait passé un sacré savon parce qu'elle était entrée la fleur au fusil dans le repaire d'un groupe de motards des Gypsy Jokers, persuadée d'y trouver un enfant disparu. Il l'avait traitée de chien possédé par les feux de l'enfer, la pire des insultes qu'il pouvait imaginer. Naomi était restée patiemment, à minuit, sur un trottoir battu par la pluie, tandis que l'enfant était pelotonné en sécurité à l'arrière de la voiture de son collègue, enveloppé dans un poncho. Le lendemain, en arrivant à son travail, Winfield avait trouvé un paquet de *hot dogs* sur son bureau.

Et, sans autre forme de procès, elle s'était une nouvelle fois évanouie dans la nature.

*

Devant le poste de la police de l'État, par cette journée ensoleillée et froide où le parfum des fleurs de cerisier purifiait l'air, elle hésitait. Elle devrait poursuivre son travail sur l'affaire Danita Danforth. Elle ne savait pas quand elle retournerait en Oregon, et cette femme était bouclée dans une cellule, pas plus loin qu'ici, en ville. C'était une toute nouvelle affaire : l'enfant n'avait disparu que depuis un mois. Le genre de situation où une journée peut faire toute la différence.

Elle n'avait pas d'exigences, pour les affaires dont elle acceptait de se charger : il n'existait aucune frontière qu'elle n'était prête à franchir, aucun facteur économique, aucun passé familial ni aucune autre raison qui pût l'inciter à refuser de travailler sur une disparition d'enfant.

Ce n'était pas la faute du disparu, se disait-elle, si les parents étaient trop pauvres pour payer, s'ils avaient un passé de criminels ou étaient eux-mêmes sur la liste des suspects. Comme l'était Danita Danforth.

Elle n'avait eu de cesse d'éviter de s'en occuper, non parce que Danita, la mère de la fillette disparue, était accusée ; non parce qu'elle semblait coupable, mais parce que l'enquête était encore ouverte, active, et que Winfield risquait de ne pas apprécier son ingérence ; et pas non plus, assurément, parce qu'il n'y avait pas d'argent, juste les allégations persistantes, quoique déconcertantes, de la représentante légale de Danita.

Elle l'évitait parce qu'elle redoutait que son intuition soit exacte.

*

« J'essaye de ne travailler que sur une seule affaire à la fois », expliqua-t-elle à Danita, assise à l'une des tables du parloir en compagnie de son avocate, une jeune femme d'aspect austère qui avait des taches de rousseur et une mèche de cheveux précocement argentés.

Danita donnait l'impression de ne plus avoir la force de lutter. Sa peau était couleur de cendre, ses yeux ternes. Ses cheveux noirs en bataille. Elle portait sur elle cette odeur d'incarcération associant lessive et émanations corporelles. Ni maquillage, ni rasoir, ni pince à épiler. La jeune mère, désormais, paraissait boursouflée, malheureuse, démoralisée.

La presse l'avait condamnée avant que le procureur ne l'eût mise en accusation. Naomi savait que les choses ne se présentaient pas bien. Danita était pauvre, jeune et noire. Elle habitait avec sa grand-mère dans une maison menaçant ruine du quartier mal famé de la ville où, le soir, elle était agent d'entretien. Les media clamaient haut et fort qu'elle avait un casier judiciaire.

Baby Danforth (c'était le nom de l'enfant) avait disparu il y avait un peu plus d'un mois, par une froide journée de février. Danita affirmait qu'elle était rentrée de son travail nocturne par une aube brumeuse. Le berceau, à côté de son lit, était vide. Sa grand-mère dormait paisiblement sur le canapé. Il n'y avait aucune trace d'effraction. La police avait procédé à un relevé d'empreintes, fouillé la maison de fond en comble.

Rien n'avait disparu. Hormis la petite fille.

La grand-mère déclarait qu'elle était revenue la veille au soir de son cours d'études bibliques et avait trouvé la maison vide. Elle en avait conclu que Danita avait emmené l'enfant à son travail : cela lui arrivait parfois, même si elle n'était pas censée le faire. La police s'était concentrée sur Danita. Ses déclarations étaient reprises par tous les organes d'information. Elle avait embrassé sa petite fille avant de partir. Non, la petite dormait. Non, elle l'avait emmenée chez le docteur. Non, un homme qu'elle ne connaissait pas l'avait suivie. Non, c'étaient trois hommes inconnus… et l'un d'eux avait une moustache.

Les choses avaient commencé à tourner très mal quand elle n'avait pas passé le cap du détecteur de mensonge… pas plus qu'une deuxième fois. Elle avait adopté une attitude agressive à l'égard des policiers et avait eu une crise de rage inquiétante au tribunal. Si elle donnait une impression de culpabilité, c'était en raison de son attitude insensible, aliénée, sous l'œil de la caméra.

« Je suis persuadée qu'elle est innocente, insista l'avocate tandis que Naomi scrutait Danita.

– Je préférerais que ce soit elle qui me le dise, répondit l'enquêtrice d'une voix douce.

– Il y a une bonne raison, si elle a échoué…

– Chut. » Naomi se pencha vers la prisonnière. « Danita. »

La jeune maman lui retourna un regard sans expression : j'ai perdu mon bébé, disait-il. Qu'est-ce qui peut m'arriver de pire ?

Naomi ne lui demanda pas si elle était coupable. Elle ne lui demanda pas ce qu'elle avait fait du bébé. Elle lui posa la seule question qui importait.

« Danita, est-ce que vous voulez que votre bébé revienne chez vous ? »

La jeune femme s'anima. Des larmes jaillirent de ses grands yeux marron. Ses mains, gantées de chaînes, s'abattirent sur la table. Ses jambes se prirent à courir sur place. Elle courait vers son enfant (en pensée, Naomi se représentait cette image), se baissait pour la prendre dans ses bras, hurlait de joie, l'étouffait de baisers.

Naomi se tourna vers l'avocate. « Je me saisis de l'enquête. »

*

Une fois sortie de la prison en compagnie de l'avocate qui était devenue souriante, Naomi s'enquit : « Comment avez-vous entendu parler de moi ? »

Parfois, il y avait beaucoup à apprendre de cette question. Pour la famille Culver, ç'avait été le résultat d'une recherche : le père avait découvert son nom dans des articles où il était question d'enfants qui avaient disparu avant d'être retrouvés avec succès. En d'autres occasions, des policiers l'avaient recommandée, et plus d'un réseau de parents affligés et terrifiés avait transmis son nom. Elle ne faisait pas de publicité. Le bouche à oreille lui apportait plus de travail qu'elle ne pouvait en assurer.

L'avocate de la partie civile cessa de sourire. « Accompagnez-moi à mon bureau, je vous le dirai. »

L'indigent cabinet de la défense était tel que Naomi s'y était attendu : un labyrinthe constitué de petits boxes où l'on apercevait des visages jeunes et déterminés, et d'où provenait l'odeur de la nourriture à emporter. Elle se sentit ragaillardie rien qu'en marchant dans ce lieu.

L'avocate disposait d'un petit espace dépourvu d'ouverture sur l'extérieur, encombré de robes de prétoire jetées sur les sièges, de piles de classeurs et de dossiers. Il y avait une citation au-dessus du meuble de travail : *Soyez prudents quand vous formulez un souhait. Il se pourrait qu'il soit exaucé.*

« C'est une histoire que je n'ai jamais aimée, dit Naomi.

– Quelle histoire ? demanda l'avocate en se déchargeant de son sac rempli de dossiers et en exécutant des mouvements d'assouplissement avec ses épaules.

– *La Patte du singe*. Cette citation est tirée de plusieurs variantes de ce récit. La femme fait le vœu que leur enfant mort revienne, mais lorsque le mari l'entend frapper à la porte, il prononce le troisième et dernier vœu et l'enfant disparaît à jamais. Qui donc agirait de la sorte ? »

L'avocate se laissa tomber dans son fauteuil et indiqua l'autre à Naomi. « Peut-être quelqu'un qui a peur des fantômes.

– Les fantômes ne sont que des gens qui sont morts et que nous n'avons pas retrouvés.

– Vous m'êtes sympathique, dit l'avocate en souriant et Naomi sentit naître l'amorce d'une amitié. Vous m'avez demandé comment j'ai entendu parler de vous. Votre nom est connu, dans notre cabinet.

– Oh. » Il ne lui était pas venu à l'idée que ces gens de loi aient pu représenter des personnes qui avaient enlevé des enfants. Quand elle réussissait à retrouver un disparu, elle considérait l'affaire comme terminée, à moins d'être appelée à témoigner. Ce qu'il advenait des kidnappeurs ou des pédophiles n'était pas une chose à laquelle elle pensait une fois sa mission accomplie. Elle passait immanquablement à l'affaire suivante. Il fallait qu'il en aille ainsi. Sinon le poison envahirait son âme. Elle ne voulait pas savoir s'ils étaient acquittés, condamnés, ou autre chose.

« Mais nous ne sommes pas des méchants. » L'avocate soupira en retirant ses chaussures. Elle fit jouer ses doigts de pied sous le collant. « Considérez-nous comme des défenseurs de l'égalité des chances.

– Je travaille pour l'égalité des chances.

– Dans ce cas, nous allons bien nous entendre.

– Mais il est possible que je trouve un élément qui établira sa culpabilité, et si cela se produit, je ne le garderai assurément pas sous silence. »

Le regard de l'avocate trouva le sien. La mèche de cheveux gris argent glissa sur son front. « Je ne crois pas que cela se produise. Mais de toute façon… c'est un risque que je suis prête à prendre. »

*

Le soir, après le long trajet pour revenir de la ville, Naomi arrivait tout juste au motel lorsqu'elle reconnut un camion vert cabossé qui était garé devant : GARDE DE LA FORÊT NATIONALE DE SKOOKUM.

Dave était appuyé contre le flanc du véhicule : apparemment, il l'attendait. Quand il s'approcha d'elle, ce fut avec une attitude étonnamment réservée.

« Comment vous avez su où je loge ? » Elle ne s'était pas exprimée d'un ton amical.

« Où est-ce que vous auriez pu trouver une chambre ? »

Elle regarda alentour. Il n'avait pas tort.

« Je peux vous inviter à dîner ? » Elle orienta ostensiblement son regard vers la bague qu'il portait à l'annulaire.

« Je suis veuf, dit-il en faisant pivoter la bague avec tristesse. J'ai perdu ma femme dans la forêt. »

Ils dînèrent au pied des montagnes, dans un restaurant dont Naomi n'avait aucune idée qu'il pût exister, dissimulé à l'intérieur d'une maison couverte de lierre dont le parking boueux était encombré de voitures.

La salle était bondée. Le maître des lieux accueillit le garde forestier comme s'ils étaient cousins.

Il n'y avait pas de menu. Le restaurateur apporta une carafe de vin blanc frais et disparut derrière le rideau qui isolait la cuisine. Naomi regarda autour d'elle et remarqua l'employée du hameau qui lui adressa un bonjour chaleureux. Elle portait une robe à fleurs de couleur vive et était installée avec le plus âgé des frères Murphy qui posa un œil soupçonneux sur Naomi. Il se détourna pour demander quelque chose à l'employée qui, sans quitter l'enquêtrice du regard, lui murmura à l'oreille.

Naomi but une gorgée de vin.

Le propriétaire revint avec un plat de poulet, sentant bon l'ail et le citron, servi avec des morceaux de pommes de terre. Il y avait de la salade, des haricots blancs, et même si tout avait pu être acheté au supermarché local, ce fut l'un des repas les plus délicieux qu'elle eût jamais mangé.

« Je suis désolé d'en avoir parlé à Earl Strikes, lui dit Dave. Je suis passé par son magasin et il m'a raconté que vous n'aviez pas l'air particulièrement contente, pour reprendre ses termes. Je n'aurais jamais dû lui parler de ça.

– C'est vrai.

– Vous êtes toujours aussi dure ? »

Elle baissa les yeux. « Un type m'a dit que je suis comme un cheval de course avec des œillères, quand je suis à la recherche d'un enfant.

– Et je parierais que vous y êtes toujours, à la recherche d'un enfant.

– Oui. »

Pendant plusieurs minutes, ils mangèrent en silence. Le garde forestier semblait de plus en plus déconfit. Naomi prit conscience qu'il avait probablement souhaité qu'il s'agisse là d'un repas romantique. Il devait se sentir bien seul, là-haut, dans la montagne. Elle était désolée pour lui. À l'exception de Jerome, elle ne se sentait jamais à l'aise avec les hommes. Elle détourna son esprit de ces pensées.

« Parlez-moi de votre femme.

– Oh. » Il cessa de manger, s'essuya la bouche. Ses yeux détectèrent de la compréhension. Sa femme avait disparu et Naomi était à même de concevoir ce que cela signifiait. C'était là, pensa-t-il, et nulle part ailleurs, que résidait le sens de l'empathie de la jeune femme.

« Nous n'étions mariés que depuis deux ans, commença-t-il. Nous étions gardes forestiers ensemble… c'était merveilleux, à dire la vérité. Nous adorions marcher, escalader, tout ce qui a un rapport avec être dehors. Sarah était courageuse et intelligente. Vous l'auriez appréciée. »

Sarah. Naomi se souvint de l'affiche, sur le mur, au milieu de toutes les autres : la jeune femme aux yeux magnifiques qui avait disparu dix ans auparavant.

« Elle avait parcouru d'un bout à l'autre la piste des crêtes du Pacifique[1], grimpé plus de sommets que vous ne pourriez l'imaginer. Je n'ai jamais rencontré meilleure garde forestière. » Il se tut, la regarda. « Je ne devrais pas vous parler de ma femme décédée. C'est mon premier rendez-vous depuis dix ans.

– Vous venez de me dire qu'elle est morte. L'affiche mentionnait disparue.

– Elle est morte. Je le sais. » Des larmes étaient apparues dans ses yeux. « Elle avait commencé à souffrir de maux de tête cet automne-là. Nous étions descendus en ville, étions allés dans les meilleurs hôpitaux, avions sollicité un deuxième puis un troisième avis. C'était déjà trop tard. Cancer : très rapide, inopérable, phase terminale. Ils ont dit qu'il n'y avait plus rien à faire hormis veiller à ce que ce soit le moins douloureux possible.

– Comment avez-vous fait ?

– Elle ne voulait pas mourir à l'hôpital. Nous sommes donc retournés à notre poste de surveillance et avons aménagé l'appartement pour elle. Ça s'est aggravé très rapidement. Mais elle n'a pas attendu d'avoir perdu toutes ses forces. Un

1. Chemin de grande randonnée de 4 240 km, reliant les frontières canadienne à mexicaine.

jour, je suis rentré après être allé vérifier l'état des routes, juste avant une très violente tempête, et le lit était vide. Elle avait laissé un message. Elle refusait de dire où elle allait et ne voulait pas que je la suive. Elle disait qu'elle voulait mourir contre la joue de Dieu. Je ne l'ai jamais retrouvée.

– C'est pour ça que vous restez ici, que vous cherchez les disparus ? demanda Naomi dont la voix avait repris sa neutralité.

– Non. » Il embrocha une feuille de laitue avec sa fourchette et se remit à manger en lui souriant. « Je reste parce que j'aime ce travail. Je me souviens de Sarah, ici. J'ai peur de l'oublier, si je partais. »

En retournant à sa chambre ce soir-là, après que Dave lui eut déposé un petit baiser chaste sur la joue, elle réfléchit à ces paroles. C'était drôle comment, quand le moment venait de passer au lendemain, certains restaient alors que d'autres partaient.

*

Dans son sommeil, Naomi courait. Elle sentait ses pieds marteler le sol noir et mouillé. Elle laissait le nom inventé derrière elle, prête à s'en débarrasser comme des vêtements usés jusqu'à la corde qu'elle était contrainte de porter, de l'impression nauséeuse laissée par la soie et la dentelle sale. Elle courait éperdument, son souffle obstruait sa gorge de hoquets brûlants. Voyait les bois, au loin, là-bas. Elle était dans un champ. La terre meuble cédait sous ses pieds… elle respirait l'engrais et la bonté de la nature.

Elles avaient émergé du tunnel et trouvaient cela : l'air. Et l'espoir. *Cours,* avait chuchoté Naomi en montrant l'exemple. *Cours !*

Elle s'arrêtait. La lune était une ombre frêle de l'autre côté d'une forêt sombre. Une odeur distante, profondément familière et cependant oubliée.

La fumée d'un feu de bois.

Cette fumée signifiait un feu, dehors, et un feu dehors signifiait des gens. Des gens, cela signifiait de l'aide !

Elle s'arrêtait. Elle se tournait, tendait la main et…

Naomi se réveilla dans un hurlement. Elle l'entendit se répercuter dans la chambre avant de parvenir à lui faire réintégrer sa gorge. D'une chambre proche lui parvint un juron et un cri. « C'était quoi ? » s'écria quelqu'un.

Juste moi, pensa-t-elle. Elle s'essuya le visage avec les mains, sentit la flaque de sueur environnant ses jambes qui continuaient de cisailler l'air.

Juste moi : en proie au plus épouvantable de tous les cauchemars.

*

« Si tu ne te souviens pas d'avant, disait Jerome avec l'ingénuité de l'enfance, comment tu peux savoir que tu t'appelles Naomi ?

– Je le sais, c'est tout », répondait-elle en fronçant les sourcils tandis qu'ils vaquaient aux tâches qui leur incombaient (un travail, véritablement, dont Naomi se délectait), réparaient des barrières inutilisées en prévision du jour où du bétail pourrait de nouveau paître, nettoyaient les chéneaux, remplissaient des paniers de fruits cueillis aux branches des arbres noueux de la pâture, prêtaient main-forte pour faire cuire puis remplir des bidons de plusieurs litres de pâte à tartiner à la pomme, de jus de pomme, de garniture pour les tartes aux pommes.

« Tu es sûre que tu ne te souviens pas ? » insista Jerome par la suite alors qu'ils coursaient le poney sauvage qui s'était échappé d'une ferme et vivait dans les collines, aussi dangereux qu'un sanglier.

Les années passaient et, toujours, Jerome posait la même question. « Je sais juste que c'est mon nom », lui avait-elle répondu l'année où ils avaient treize ans et s'en revenaient de camper dans les bois. Plus tard, observant son visage dans le miroir au-dessus de la coiffeuse de Mrs Cottle, elle avait étudié ses yeux noisette et sa peau claire. Qui es-tu, Naomi Sans-Nom ?

« Je trouve que c'est un joli nom », avait dit Jerome durant leurs années d'école secondaire passées dans la grange blanche où était installé l'établissement d'insertion professionnelle qu'ils avaient toujours fréquenté, et lorsqu'ils avaient révisé ensemble en vue des examens. Naomi n'avait pas manqué de remarquer qu'il n'avait jamais eu de petite amie. Exactement comme jamais elle n'avait regardé les autres garçons.

« Il me va parfaitement, c'est tout », avait-elle dit l'été de leurs quatorze ans alors qu'ils se tenaient par la main pour sauter du sommet des hauts rochers qui dominaient l'étendue d'eau profonde où ils pouvaient nager dans la rivière, sentaient le courant gonfler leurs shorts, alors que Jerome la dépassait rapidement en taille, qu'elle voyait sous l'eau les cuisses musclées du garçon, semblables à de la soie, au contact des siennes. Qu'elle sentait ses bras l'entourer par-derrière, qu'il faisait le clown, qu'elle sentait la tiédeur…

« Tu sais ce qu'il signifie ? » lui avait-il demandé des mois plus tard, un jour où il étudiait son guide de conduite pour obtenir le permis anticipé en vigueur dans le monde agricole afin de piloter un tracteur, et qu'elle voyait ses mains soudain devenues viriles sur le papier rugueux.

« Pourquoi mon nom a-t-il autant d'importance pour toi ?

– Parce que c'est le tien, idiote. »

L'année de leurs seize ans, alors qu'ils étaient appuyés sur une barrière et qu'elle lui tendait un pot de limonade fraîche relevée de feuilles de framboisier, il lui avait dit :

« Mrs Cottle prétend que c'est un nom tiré de la Bible. »

Plus tard, au site des pierres, quand il en avait choisi une pour elle, il avait ajouté, les yeux adorateurs : « Il signifie "Mon délice".

– Je ne parviens toujours pas à me souvenir de plus de choses, avait-elle regretté.

– Quelqu'un était sûrement très heureux de t'avoir. »

*

Un jour, Naomi découvrit que l'on possède un nom légal même si l'on ignore qui on est. Elle devint une enfant adoptée officiellement et, comme elle n'avait pas de nom légal, elle fut, pour les registres, Naomi Cottle.

Mais elle n'était pas devenue ce nom complet et en ressentait de la honte. Il y avait un autre nom, cela, elle le savait dans les profondeurs de son cerveau. Quel était-il, elle l'ignorait.

Elle connaissait des orphelins qui se sentaient comme des poissons dans l'eau avec leur nouveau nom, et qui enfin respiraient normalement. Un jour où elle venait de démanteler un réseau de pornographie enfantine, elle avait découvert une fillette que personne n'avait jamais identifiée. Numéro 9, l'avaient appelée les policiers parce qu'elle était le neuvième enfant sans nom qu'ils croisaient au fil des ans. Annonces dans les journaux, messages diffusés à la télévision : personne ne s'était manifesté pour la réclamer.

Comme elle le faisait pour tous ses enfants, Naomi avait suivi ce qu'il advenait de Numéro 9 : elle avait été confiée à des parents d'accueil, des gens d'une grande gentillesse qui n'étaient pas sans rappeler celle de Mrs Cottle. La première année qu'elle avait passée auprès d'eux, avaient-ils confié tristement à Naomi, ils avaient dû l'obliger à porter des combinaisons de travail qui se fermaient dans le dos à l'aide d'épingles. Car autrement elle se déshabillait dès qu'elle voyait un homme inconnu. Lorsqu'elle avait perçu de la fierté dans le regard de ses parents adoptifs, elle avait compris qu'elle avait fini par apprendre à ne plus avoir pareil comportement. Et quand elle avait été adoptée, Numéro 9 avait choisi un nom lu dans un livre d'astronomie que possédait sa mère adoptive. « Je m'appelle Libra », avait-elle longuement insisté, et elle était donc devenue Libra Jones, un nom euphonique si Naomi en avait jamais entendu un.

Libra Jones était morte quelques années auparavant. Ni de chagrin, ni du suicide qui va de pair (cela, Naomi en avait vu plus d'un exemple), mais des caprices de la vie. Elle avait été atteinte d'une leucémie aiguë. Naomi était allée la voir, sur la fin. Son visage était enflammé, quoique pâle. Ses grands yeux s'étaient posés sur celle qui l'avait sauvée. Les parents adoptifs étaient présents, la mère serrait dans ses mains le fameux livre d'astronomie un peu ridicule. « Je m'appelle Libra », avait-elle affirmé à sa famille, paisiblement mais avec une ardente fierté, avant de mourir. Naomi n'était jamais parvenue à comprendre la profonde vacuité qu'elle avait ressentie en cet instant. Elle était sortie de la pièce plus brisée que jamais.

Mais pour l'heure, allongée dans son lit moite, elle prit conscience que le grand rêve appelait en elle des fragments de souvenirs. Avant, elle ne disposait que de vagues indices ; maintenant, ils prenaient forme. Elle se demanda si cela était dû à Jerome et à la promesse de réponses présente dans ses yeux. Ou peut-être était-ce dû à Madison, une petite fille qui courait seule comme elle à travers les forêts miraculeuses.

*

Une fois, des années avant que la fille ne vienne, Mr B avait observé une voiture qui sortait du parking enneigé du magasin. Il ne l'avait pas quittée des yeux tandis que la famille, la mère, le père et leur jeune fils, s'en allait. Le garçonnet, à la vitre arrière, s'était envolé, pour ne plus jamais être revu. Mr B n'avait pas su pourquoi il avait ressenti une telle tristesse. Puis la fille était arrivée et tout n'avait pas été perdu. Lui aussi était redevenu tel un garçonnet : sauvage, libre et rempli d'espoir.

La lune, avait remarqué Mr B, réveillait l'aube et toutes deux, par conséquent, semblables à de pâles cousines, ne se voyaient jamais. Même par les journées les plus riches d'espoir, la lune ne pouvait qu'apercevoir le soleil dans un ciel lointain.

C'était ainsi que se voyait Mr B. Un recoin secret de son être se languissait du soleil. Mais il était la lune, qui braquait son regard au loin. Tous deux se levaient et redescendaient, ils se levaient et redescendaient et ne pouvaient que poser l'un sur l'autre des regards languissants. Le paisible passage des jours ne disait rien de différent. Il lui indiquait qu'il en irait toujours ainsi.

L'été, la neige reculait de manière alarmante sur les contreforts montagneux, mais là-haut, sur les pentes, les sapins demeuraient seuls et funestes, coiffés d'un amoncellement de glace. Le cèdre rouge agitait ses branches. En de rares bosquets se dressaient des noyers. L'huile même de la noix échauffait l'air, rougissait l'herbe en contrebas.

Toutes ces choses avaient existé avant que la fille n'apparaisse. Mais maintenant elles avaient une réalité.

9

La fille de la neige avait voulu un mariage. Il faut un mariage avant d'être mariée, non ? C'était sa deuxième année de fille de la neige, les choses se passaient bien avec Mr B. Il était gentil et avisé quand il ne se mettait pas en colère contre elle. Il lui apprenait tout ce qui concernait les animaux de la forêt. Il lui montrait comment ils utilisent les touffes de poils de leurs oreilles et l'éventail de leurs moustaches pour se diriger dans le noir. Le monde était un bel endroit, avec Mr B comme guide.

Dans les profondeurs de l'hiver silencieux, les wapitis restaient immobiles sous les arbres, leurs propres bois semblables à des branches. Les cerfs faisaient choir la neige de leurs cuissots pendant qu'ils mangeaient. Elle se demandait pourquoi Mr B ne se procurait pas un fusil pour tirer ces animaux. Ils pourraient se nourrir longtemps grâce à un seul cervidé. Elle décida que cela devait avoir un rapport avec le bruit. Il ne voulait pas sentir l'onde du bruit, exactement comme il n'aimait pas qu'elle fasse des formes avec sa bouche. Cela brisait le silence.

Il y avait aussi une autre raison. La fille de la neige le comprenait même si ce n'était peut-être pas le cas pour Mr B. En silence, on pouvait prendre des animaux aux pièges pendant des siècles sans que personne n'en sache jamais rien. Mais un seul coup de feu pourrait révéler leur présence au monde entier. Des étrangers pourraient venir, et il était important qu'il n'en soit rien. Mr B ne voulait pas que des gens venus d'ailleurs pénètrent dans le monde où elle avait été créée. Elle était trop spéciale pour ça.

*

Cet hiver-là, la neige tomba inlassablement, et des tempêtes les contraignirent parfois à rester dans la cabane des journées entières. Même si cela correspondait exactement aux conditions de sa naissance, elle ressentait un chagrin sans fard. Quand les flocons cessèrent de tomber, Mr B la précéda, cérémonieusement, à l'extérieur. Il s'immobilisa non loin de la cabane et pointa le doigt sur un tout petit sapin au développement parfait.

Puis il lui montra une scie à main glissée sous sa ceinture. Elle ne comprit pas pourquoi, mais fut prise d'une envie de pleurer.

Ils traînèrent le sapin dans la cabane. Mr B cloua deux branches sous le bas du tronc afin qu'il tienne debout. Il le dressa là, en plein milieu de la pièce.

La fille de la neige offrit un cadeau. Avec un bout de vieux crayon qu'elle avait trouvé sous l'évier, elle exécuta un dessin sur un fragment d'écorce de cèdre rouge. Elle décora l'arbre : baies rouges venant de la forêt, bouts de tissu trouvés dans la cabane. Mr B afficha son air furieux et effrayé comme s'il voulait la corriger brutalement. Elle posa la main sur son torse afin de le calmer. Il sourit et prépara un gros ragoût avec les lapins qu'ils avaient attrapés. Le sang ruisselait sur la planche à découper. Elle y posa la main et, quand il la vit, il lui lécha les doigts jusqu'à ce qu'ils soient immaculés.

*

Vous connaissez les chiffres ? La fille de la neige les connaissait.

Le numéro un était comme ceci : 1. Vous voyez la neige sur sa tête ? Il représente le un. Le numéro deux était comme cela : 2. Si on le trace en utilisant la graphie compliquée, avec une boucle dans le bas, il possède deux pointes, une dans le haut, une dans le bas.

Trois, c'est la même chose, mais il s'agit d'un homme de grande taille qui n'en finit plus : 3. On peut compter les pointes, pour lui aussi, et on arrive à ce total-là. Trois.

Quatre. Regardez un peu ! 4. Comptez-en les pointes. Un quatre ouvert pointe vers le ciel, mais un quatre fermé aussi a le même nombre de pointes d'étoiles. Une, deux, trois, quatre.

Cinq. Fonctionne à l'identique : 5. Il faut ajouter une étoile à son ventre pour faire une pointe, et comme ça il en a cinq.

Dans les profondeurs de la caverne, où elle restait enfermée quand Mr B n'était pas là, la fille de la neige traçait des chiffres, comptait extatiquement. Un, deux, trois, quatre, cinq. Sur la forme appelée MOM elle dessina une corde, se dressa sur le sol de terre boueuse et sauta. Un, deux, trois, quatre, cinq.

Une comptine qui avait des rimes s'imposa dans sa tête, qu'elle entendit aussi fort que s'il y avait de la musique, aussi clairement que si c'étaient des voix dans la cour de l'école. *Apple on a stick, makes me sick, makes my heart go two, forty six.*

L'écho des voix dans une cour, les filles plus âgées qui chantaient des paroles… mystérieuses…

dont on rêvait de comprendre le sens. Nattes et peau, jambes repliées dans les airs…

Not because I'm dirty, not because I'm clean, just because I know the places in between.

La fille de la neige sautait, dessinait des moulinets avec ses mains, une corde invisible montait plus haut, plus haut…

Hey, boys, how 'bout a fight ? Here comes snow girl with her pants on tight. She can wibble, she can wobble, she can do the splits. Bet she can't count up to six[1].

La fille de la neige comptait, la fille de la neige sautait.

*

Le musée historique, à l'intérieur de l'hôtel de ville, n'était pas beaucoup plus grand qu'une pièce de dix *cents* : un carré délimité par des parois amovibles, érigé dans un angle, près du

1. Comptine de cour d'école librement adaptée :

Pomme au bout d'un bâton, la vue m'en écœure, à la deux-quatre-six, fait battre mon cœur / Pas parce que je suis sale, pas parce que je suis propre, mais parce que j'sais bien c'qu'y a entre les deux / Hé, les gars, une bagarre à coups de poing ? Fille de la neige est serrée dans son falzar. Elle peut gigoter à droite, à gauche, faire le grand écart. Mais j'parie qu'elle sait pas compter jusqu'à six.

bureau de l'exploitation des terres. Une table était installée devant, couverte d'un étalage de brochures très soigné que nul n'avait dérangé. Tout près se trouvait une grande boîte blanche en carton. Sur le côté, au marqueur, quelqu'un avait écrit : *Dons aux bonnes œuvres : ne la volez pas, celle-là.*

Dedans, le musée était vide à l'exception des vitrines d'exposition. Une maquette de treuil à vapeur, une petite rampe aurifère (avec un coup au cœur, Naomi repensa au malheureux Robert Claymore), des scies à bois d'un temps révolu, des pièges de chasseurs et un ancien numéro de journal qui pendait d'une rotative. Il y avait un petit écran qui autorisait la consultation de microfiches, une chaise étroite posée juste devant et, près d'elle, un meuble de rangement en fer étiqueté avec soin à l'aide des lettres de l'alphabet. Des images étaient accrochées de guingois sur les frêles cloisons. Tout avait besoin d'un bon coup de nettoyage.

Naomi étudia les photographies affichées. Elles étaient en noir et blanc, comme si les historiens avaient oublié la région bien avant l'invention de la photographie en couleurs. On voyait un explorateur de la première heure, à l'intérieur d'une grotte creusée dans un glacier, un groupe de bûcherons qui semblaient minuscules au pied d'un cèdre rouge gigantesque. Certains des premiers colons étaient représentés, dont les membres du clan Murphy, qui avaient l'air miséreux et prolifiques devant leur bicoque de plain-pied.

Elle s'immobilisa face à un cliché montrant un grand gaillard à l'échine rigide, au visage contrarié et à la longue barbe noire, à l'extérieur d'un magasin tout juste construit. DESMOND STRIKES, disait la légende. À côté se trouvait un autre cliché : À L'ÉPOQUE DU COMMERCE DES FOURRURES. C'était la même boutique, une bonne décennie plus tard. Un homme en chapeau et costume se tenait devant. Il était entouré de tous côtés par des amoncellements de peaux d'animaux. Un acheteur, sans doute. Des trappeurs l'entouraient, dont certains fumaient.

Naomi avait fait ses recherches : comme l'employée le lui avait dit, le commerce des fourrures, bien que périclitant ou défunt dans la majeure partie du pays, se pratiquait toujours dans l'Oregon. Il y avait, en Russie, une demande pour les fourrures de cet État… suffisamment pour que l'usage de pièges soit ici encadré. Certains petits mammifères, tel le ragondin, étaient considérés comme n'ayant pratiquement aucune valeur, alors que d'autres, la magnifique martre, par exemple, étaient très recherchés et, par conséquent, en danger.

La surveillance n'était pas très efficace. L'État était trop grand et les forêts trop sauvages pour que quelques rares gardes affectés à la protection des espèces puissent appréhender la majorité des braconniers. Les ballots de fourrures vus au magasin de Strikes lui revinrent en mémoire.

Un des trappeurs, sur la photo, se tenait en retrait. Le regard de Naomi se porta sur lui avec la nette impression de le reconnaître : Oh. Comme on se retrouve.

*

Naomi ne se souvenait pas des années où elle avait été prisonnière, des années entières, aussi neutres qu'un ciel vide, et pourtant, ce n'était pas la même chose que de ne pas avoir de souvenirs.

La mémoire ne tenait aucun rôle. C'était l'impression d'un contact physique oublié qui revenait en voyant la forme d'une pomme. C'était l'odeur plaisante captée en marchant près d'une maison inconnue, au moment où cuit le repas, qui tout à coup vous submerge d'un désir ardent.

Pendant un temps infini, elle avait pensé qu'elle devait se souvenir. Mais un jour, recroquevillée dans la maison de Diane à la suite d'un mauvais rhume, elle avait confié ses inquiétudes à son amie et Diane avait répondu : « Ça te reviendra quand tu seras prête. »

Naomi, qui avalait du thé citronné pour sa gorge meurtrie, avait demandé : « Et si je ne suis jamais prête ?

– Ça n'a pas d'importance non plus. Arrête de penser que tu as besoin de tout savoir avant de pouvoir le comprendre. »

Naomi avait tenté de trouver la paix dans ces paroles. Si ce qu'elle avait enduré était trop horrible pour qu'elle en ait gardé le souvenir, c'était la volonté de Dieu... Il la soulagerait de ces fardeaux dans les cieux et les jetterait aux enfers.

Néanmoins, elle n'ignorait pas que quelque part, sous la couche épaisse de mauvaises herbes qui recouvrait sa vie, elle se souvenait réellement, et cela la tourmentait. Un jour, alors qu'elle arrachait une petite fille de trois ans d'entre les bras du pédophile mort qui l'avait retenue prisonnière, elle avait été bouleversée par un sentiment soudain. L'odeur agréable des cheveux de la fillette, le contact de sa peau chaude, la façon dont elle s'était pelotonnée et nichée contre son corps comme en quête d'un réconfort à des actes contre nature, tous ces facteurs avaient eu pour résultat que l'enquêtrice s'était sentie emportée dans un immense tourbillon qui lui avait fait remonter le temps. Elle avait dû s'asseoir, la petite serrée contre elle, jusqu'à ce qu'elle ait repris des forces.

Chaque enfant qu'elle retrouvait était une molécule, une partie d'elle-même abandonnée dans le monde terrifiant qu'elle avait laissé derrière elle. Elles finiraient toutes par s'agglomérer pour composer un seul être, uni dans le triomphe final. Nous n'avons pas été oubliés, l'assuraient ses actes. Tu ne nous repousseras pas.

*

La collection de microfiches contenait en fait des numéros chiffonnés d'un journal local défunt, le *Skookum Challenge*, qui avait cessé de paraître des décennies auparavant. Elle fut aussitôt charmée par les récits désuets (Mrs Hornbuckle promet que le récital de ce Noël se fera dans la joie), et le prix suranné de la publication.

Elle marqua une pause pour aller à la boulangerie s'acheter une pâtisserie fraîche et une tasse de café avant de revenir. Au-dehors, le ciel était d'ardoise. Elle détectait dans l'air les cristaux de glace.

Des avalanches considérées comme fortuites, le premier enfant vivant de l'année salué par un hourra, les avis de décès dépassant le nombre de naissances. Les notices nécrologiques qui reprenaient l'expression fréquente *décédé dans les bois*. Naomi avait passé suffisamment d'années dans l'Oregon pour savoir ce que cela signifiait : un accident survenu durant l'abattage des arbres. La découverte d'une créature prise dans les glaces, suivie d'une correction : *Chers lecteurs, c'était le 1er avril ; nous sommes désolés que cette plaisanterie n'ait pas été bien reçue*.

Elle lut jusqu'à ce qu'elle soit prise d'un mal de crâne, mais ne trouva presque rien sur les trappeurs et l'endroit où ils dissimulaient leur cabane. Comme de nombreux chasseurs, ils avaient appris à ne pas attirer l'attention sur eux. C'était l'endroit rêvé pour le faire.

Avant de décider d'en rester là, elle remarqua un titre au sujet du garçon disparu qu'elle avait vu sur l'affiche accrochée au mur de Dave. Le même visage en noir et blanc lui souriait. Il avait sept ans lors de sa disparition. S'il avait survécu, il serait proche de la cinquantaine.

*

Se prémunissant contre sa migraine, elle sortit et faillit se cogner contre le vieux tacot orange dans lequel roulait la famille Murphy. Elle regarda alentour, ne vit personne dans la rue déserte. La boucherie était dans le pâté de maisons suivant. Peut-être les frères s'y trouvaient-ils, s'ils n'étaient pas dans un des bars du coin. Il commençait à faire très froid et l'air portait une odeur vive presque semblable à celle des pins.

Elle inspecta le véhicule. Comme elle avait grandi dans l'Oregon, elle savait qu'à une époque, ces grands camions d'un autre âge servaient à entasser les bûcherons, plus serrés que des sardines à l'odeur repoussante, en prévision du long trajet qui les conduirait dans la forêt. Désormais, il était rare qu'on les utilise pour autre chose que la chasse prohibée, ce qui semblait être le cas d'après ce que l'on pouvait distinguer à l'arrière. De puissantes sources de lumière et…

« Qu'est-ce que vous fabriquez ? »

Elle pivota sur place. C'était un des frères Murphy. Pas celui qu'elle avait vu au restaurant, qui était le plus âgé, mais un plus jeune.

Elle tenta de contrôler les battements de son cœur. Cet homme… ce chasseur… s'était approché d'elle par-derrière, aussi silencieux que l'air.

« Je regarde dans votre camion », répondit-elle avec calme.

Il recula d'à peine deux centimètres, pas assez pour s'avouer vaincu. Plutôt avec la sagesse prudente du chasseur.

« On n'arrête pas de vous voir partout. Au magasin de Strikes. Au restaurant. » Il fronça les sourcils. Il avait une barbe roussâtre bien taillée, remarqua-t-elle, des lèvres d'un rose soutenu. Ses yeux étaient couleur noisette. De près, il paraissait plus propre qu'elle ne l'aurait imaginé.

« Et alors ? » s'enquit-elle avec un brin d'irritation. Que disent les boxeurs ? La meilleure défense, c'est l'attaque.

« Vous travaillez pour les gardes-chasse ou autres ?

– Ou autres. »

Le visage de Naomi se fendit d'un sourire auquel même ce frère Murphy ne put s'empêcher de réagir en souriant lui aussi.

« Ce n'est pas une réponse », dit-il.

Elle ne voulait pas se laisser enfermer dans un mensonge qu'elle n'avait aucune envie de débiter. Elle se contenta de sourire, de hocher la tête et de s'éloigner vers sa voiture. Tout du long elle sentit qu'il la suivait des yeux.

*

Elle avait aimé Mrs Cottle, et aimé Jerome. Mais qu'était l'amour si on ne pouvait s'en échapper ?

L'année de ses seize ans, un jour où elle faisait du jus de pomme : « Combien il y en a, de façons de les préparer, ces satanées pommes », avait gémi Jerome avant que Mrs Cottle ne réponde : « Ne jure pas, alléluia. » Ils se trouvaient tous les trois dans la cuisine, la veilleuse était allumée à l'extérieur (avec la même sérénité, toujours), un plat tintait dans l'évier, la petite lumière rouge de la cuisinière brillait, chaque chose comme elle se devait d'être, mais quelque part en elle-même, Naomi voulait tout écarter de son chemin et courir. *Courir*, prise de panique. *Courir* pour retrouver sa…

« Jerome ? » La voix de Mrs Cottle avait sonné comme une mise en garde.

Il s'était approché de Naomi. L'avait entourée de ses deux bras… dont un que lui volerait la guerre. Au début sur la défensive, elle s'était laissé gagner par le réconfort de son étreinte. Il l'avait gardée contre lui plus longtemps que nécessaire, jusqu'à ce que Mrs Cottle émette un toussotement dans son dos.

« Tu es ici, Naomi », avait rappelé leur mère adoptive, comme toujours, quand ces moments submergeaient la jeune fille. Elle prenait grand soin de ne jamais lui dire *chez toi*. Elle ne pouvait lui proposer de définition correspondant à *chez toi*. Pour certains enfants, il s'agissait de deux mots terrifiants. Elle disait donc : *Tu es ici*. Ici, dans la lumière blanche de sa cuisine, l'odeur du jus de pomme mis en bocal et celle du bâton de cannelle qui trempait dans le babeurre avant d'être ajouté au gâteau : la recette secrète pour qu'il soit bon, affirmait-elle. Ici, avec deux personnes qui l'aimaient.

« Je suis ici », avait répondu Naomi d'une voix lasse, sa manière de leur faire savoir que ça allait. Que ce moment était passé.

Plus tard, elle était sortie sur la terrasse. À l'intérieur, le gâteau reposait sur le plan de travail, il en manquait trois parts carrées, un peu de glaçage avait coulé sur les côtés. L'odeur de la cannelle continuait d'imprégner la cuisine, et elle était la proie d'une grande souffrance à cause de toutes les choses dont elle ne gardait pas le souvenir quand bien même elle savait.

Elle avait levé les yeux vers les étoiles qu'elle avait étudiées chaque nuit pendant les premiers mois, et pris conscience qu'à mesure que les années passaient, elle les étudiait de moins en moins. Sa mère était toujours là-haut, elle veillait dans les cieux. Elle le sentait. Certaines choses demeuraient un mystère, mais elle savait que sa mère était morte avec une certitude qui faisait d'elle ce qu'elle était.

La porte moustiquaire avait claqué derrière elle. Jerome. « Ça va ? avait-il demandé.

– Je suis désolée. » Elle s'abreuvait d'air nocturne frais, d'étoiles.

Plus hésitant, il lui avait touché le bras. « De quoi as-tu peur ?

– J'aimerais le savoir.

– Moi, j'ai longtemps eu peur que Mrs Cottle me rende », avait-il avoué.

Naomi en était restée stupéfaite. Pareille idée ne lui était jamais venue.

« À qui elle t'aurait rendu ?

– À la dernière famille d'accueil où je suis allé. » Pendant un moment, son regard était devenu inexpressif. « Avant de venir ici, je ne savais pas que c'était mal. Tu ne trouves pas ça affreux ? Ils me battaient, et moi je croyais que c'était normal. Mrs Cottle m'a sauvé. » Il l'avait dit avec simplicité, sur un ton de vénération.

Ç'avait été ce jour-là que Naomi en avait pris conscience : à sa manière, Jerome était, dans l'âme, véritablement son semblable. « Tu te sens en sécurité, ici ? lui avait-elle demandé

– Oui, et toi ?

– Oui. » Là résidait le mystère. Maintenant qu'elle était en sécurité, pourquoi voulait-elle encore partir ?

10

Le cerf et le wapiti vivaient avec passion sur cette terre, un grand carré que la fille de la neige dessinait sur les parois de la caverne. Dans sa tête, elle en connaissait les dimensions en se référant aux endroits où elle allait relever les pièges avec Mr B. Elle les gravait sur la carte : les hautes crêtes sur lesquelles ils cheminaient, les forêts profondes, les espaces où la terre s'évasait jusqu'à des lacs invisibles qui lui apparaissaient comme des yeux bleus étincelants durant la brièveté de l'été. La fille de la neige dessinait cerfs et wapitis sur ses murs, dans le noir elle suivait de ses doigts leurs contours. Avec le temps, la carte était devenue aussi sauvage et habitée de pelages que la forêt elle-même.

Cerfs et wapitis étaient libres. D'autres étaient libres également : le soleil funeste qui causait la fonte de la neige. La lune sauvage qui montait au-dessus des forêts de froidure était libre. Le vent qui soufflait était libre. Même la neige qui fondait sous un ciel de fer était libre.

Mais elle, libre, elle ne l'était pas. De plus en plus, elle comprenait que Mr B ne l'était pas non plus. Il était enchaîné en ce lieu au même titre qu'elle, par des liens aussi fins que les filins des pièges qui étranglaient, et aussi durs que des prisons de glace. Si vous me laissez faire, Mr B, songeait-elle, je peux nous rendre libres tous les deux.

Quand il ne regardait pas lorsqu'il l'emmenait avec lui, la fille de la neige continuait de nouer ses minuscules fils aux arbres. Parfois, des mois s'écoulaient avant qu'elle ait l'occasion d'en attacher un nouveau. Elle n'était pas sûre de savoir pourquoi elle le faisait, mais avec le temps, le seul fait d'y penser la rassurait : des petits traits colorés qui progressaient à grands pas dans la profondeur de la forêt, comme l'aurait fait un géant ou les couleurs qui descendent à l'oblique du royaume des cieux.

Cela prit très longtemps. Un fil ici, un minuscule nœud attaché là.

Sur la toile de boue de ses murs, elle sculpta le vaste carré de sa représentation du monde et tenta de retrouver les endroits où elle avait attaché les bouts de ficelle. D'un minuscule point à l'autre, tel un réseau de lignes menant toutes en un seul lieu.

*

Mr B avait gardé le silence, comme d'habitude. Mais ce n'était pas réellement le silence : elle avait appris à écouter les petits sons qui montaient de sa gorge, le frôlement humide de ses cils, le ruissellement quand il urinait dans la neige, le bruit sec quand il coupait du bois pour le poêle.

Avec le temps, sa vie s'était remplie de musique.

Ils mangeaient de la mouffette (elle avait appris à ne pas protester, même du regard) et Mr B fredonnait intérieurement, cela, elle le voyait. Il avait les yeux mi-clos, comme s'il se remémorait diverses choses. Mais de quoi se souvenait-il ?

Maintenant qu'ils étaient mariés, elle avait le sentiment que ce n'était pas grave si elle lui touchait la main. Il ouvrit les yeux en grand. Un court instant, elle eut l'impression de voir en lui. D'un geste brusque, comme l'aurait fait une bête sauvage, il écarta sa main. Le froid commença à s'abattrc et elle entendit un faible miaulement, comme si elle était perdue. Cela ne pouvait être vrai. Les filles de la neige ne se perdent jamais. Elles attendent seulement qu'on les retrouve.

Plus tard, elle se réveilla dans la caverne. Elle avait le crâne douloureux. Du sang y avait coagulé. Mr B lui tendait un tissu imbibé d'eau. Le tissu était glacial… bien sûr : il l'avait trempé dans la neige fondue qu'ils buvaient en guise d'eau. Ses yeux étaient froids et distants. Au bout d'un moment, il se leva et partit.

Il était une fois une petite fille appelée Madison qui croyait savoir ce que cela signifie d'être mariée.

Dans le monde de Madison, le mariage, c'était sa maman et son papa. Comme son papa était heureux, elle pensait que quand elle se marierait, son mari serait heureux aussi.

Mais Madison partit en voyage.

Dans le pays où elle arriva, la terre aussi était en colère : la glace dangereuse cédait sous les pieds, des loups hurlaient jusqu'à ce que la lune elle-même semble repue de sang, les animaux mouraient dans des pièges de fer.

« Tu sais ce que ça veut dire, d'être marié ? » demanda-t-elle à la mouffette, au loup, au coyote et au lapin.

Mais au lieu de répondre, tous filèrent au plus vite.

« Pourquoi vous cacher ? leur cria-t-elle tandis qu'ils s'enfuyaient.

– Nous nous cachons parce que ton mari pourrait nous attraper et nous manger au dîner. Et si tu ne fais pas attention, il pourrait te manger, toi aussi.

– Y a-t-il un passage pour sortir de ce monde ? » leur avait-elle crié.

Aucun n'avait répondu, à l'exception d'un minuscule oiseau à la gorge rouge qui s'était posé près d'elle sur une branche. L'oiseau tenait un fil rose dans sa patte.

« Tu ne devrais pas te sentir malheureuse, dit le petit oiseau. Les règles sont différentes, ici. »

« Encore vous », l'accueillit Earl Strikes d'un ton hargneux en se raclant la gorge. Mais Naomi voyait bien qu'il était content de la voir.

« Il n'est pas exclu que j'ouvre une boutique, par ici, déclara-t-elle.

– Ha ! »

Elle fit le tour du magasin en pensant intérieurement : têtes de wapitis, cartouches, farine sous double emballage plastique, pommes de terre et carottes. Bocaux d'authentique sirop d'érable comme elle n'en voyait plus jamais. Boîtes de conserve poussiéreuses contenant du maïs à la crème. Dehors tombait une neige légère. Il y avait des traces de pneus sur le parking : des gens étaient venus.

Elle tenait à ce que rien ne lui échappe. Parce que ce magasin aussi, à sa manière, était un recensement. Ils le sont tous. Pas seulement parce qu'ils représentent le lieu où tout le monde est obligé de se rendre un jour ou l'autre, mais en fonction de ce qui se vend sur les étagères.

Elle revint sur ses pas, marchant lentement à reculons. Derrière le comptoir, Earl eut un sourire satisfait. Naomi ne lui accorda aucune attention. Elle avait découvert que, quand elle marchait en arrière, son esprit fonctionnait différemment. Il en était si chamboulé qu'il s'ouvrait davantage.

Chips, paquets de macaronis, soupe en conserve, papier toilette, sacs de chaux. Un espace restreint consacré aux pièces d'automobiles. Aux ustensiles ménagers, y compris des lampes à essence, du gros sel pour la conservation. Nourriture pour chien. Boîtes de conserve pour chat. Bonbons, bâtonnets à la menthe du temps jadis, petite étagère de…

Jouets.

Elle se souvint de jouets bon marché comme ceux-là que l'on trouvait dans le bazar, à Opal, à l'époque où elle était chez Mrs Cottle. Petits sachets de soldats verts, dinosaures en plastique sortant du moule, chevaux en plastique de différentes couleurs, suffisamment résistants pour qu'un nourrisson les porte à ses gencives. Une poupée myope dont les yeux roses fixaient le vide dans sa boîte en carton gauchie par l'eau. Elle toucha l'un des sachets de soldats. Le plastique en était si vieux qu'il semblait cassant. Quand elle retira ses doigts, ils étaient couverts d'une poussière argentée qui rappelait un papillon de nuit.

Elle se tourna vers Earl pour dire quelque chose et…

Un homme entra, suivi par le carillon de la porte. Il portait un ballot de fourrures qu'il laissa tomber hâtivement près du comptoir sans parler.

L'inconnu passa devant Earl, qui ne dit pas un mot. Naomi regardait. Il emprunta les allées. Comme les chasseurs qu'elle avait vus auparavant, il avait les cheveux gras et une barbe grisonnante de trois jours couvrait ses joues. Il portait une ancienne veste cirée et, quand il passa, elle sentit l'odeur du sang frais.

Il tourna les yeux dans sa direction mais son regard la traversa de part en part.

À l'intérieur de chaque caillou se dissimule une pierre précieuse. Les mots de Jerome lui revinrent en mémoire.

L'inconnu tira la porte givrée, glissa la main par l'ouverture et sortit deux plats surgelés qu'il ajouta à la pile de nourriture, sur le comptoir. Earl fit le compte sur un calepin taché de graisse. Ils achevèrent la transaction sans avoir prononcé une parole. L'homme mit ses provisions dans une vieille musette et sortit.

Après son départ, Naomi s'approcha du comptoir.

« C'est lui, le trappeur, lui confia Earl sans qu'elle ait eu besoin de lui poser la question.

– Pourquoi l'appelez-vous comme ça ?

– On le connaît que sous ce nom-là parce qu'il sait ni lire ni écrire. Ni parler. Il est sourd.

– Il m'a paru un peu sale.

– Vous avez senti, hein ? C'est le sang. Pas si facile, de s'en débarrasser. »

Elle pointa le doigt sur le calepin. « Il vous paie en fourrures ? »

Le vieil homme hésita avant de hocher la tête.

Naomi soupçonna Earl de profiter largement de la transaction. Elle n'en fit pas mention.

« Où se trouve sa concession ? »

Earl se gratta l'arrière du crâne. « Vous savez quoi ? J'en sais rien. Il est arrivé après mon retour de la guerre, y a des années de ça. Le meilleur trappeur de la région, ça fait aucun doute. Mais c'est pas la peine d'essayer d'y parler : il sait pas lire sur les lèvres. Il se fiche en colère, comme si on disait ce qui faut pas. »

Naomi alla se planter près de la porte. Le trappeur sourd avait disparu. Son visage lui rappelait quelque chose. Elle se demanda s'il s'agissait de la même vieille rengaine qui s'applique à tout ce qui paraît vaguement familier, aussi persistant que le vent sur les champs, ou qu'un coq au lever du soleil.

Elle se tourna vers Earl. « Quand vous êtes revenu de la guerre et qu'il était là, qui a disparu ?

– Vous voulez parler de quoi ? D'enfants ?

– De n'importe qui. D'autres trappeurs.

– Oh, vous savez, j'y ai jamais réfléchi, mais ça remonte à bien longtemps : y avait un vieux foutraque qu'était tout le temps en rogne, quand j'étais môme. Un vieux bonhomme méchant comme la gale. S'il avait mis du miel dans sa bouche, il serait ressorti sous forme de vinaigre. Son nom, c'était Hallsetter. Et en plus il fallait lui donner du monsieur. »

Walter Hallsetter, l'homme qui avait fait valoir son droit de propriété sur une parcelle située dans les montagnes, au-dessus de l'endroit où Madison avait disparu.

« Je me suis toujours dit qu'il avait cassé sa pipe, Walter, poursuivit Earl. Personne est trop malfaisant pour mourir, Dieu merci. » Il traça le signe de croix dans les airs. « C'est ce qu'elle disait, ma femme Lucinda, et dans le genre, elle était pas mal non plus. »

*

« Déjà de retour ? » Winfield semblait amusé.

Sans chapeau sous un rideau de pluie printanière, Naomi attendait devant le poste de la police de l'État. Il était sept heures du matin et elle ne s'était pas couchée de la nuit. Elle tenait un dossier en carton marron détrempé sur sa poitrine.

Il ouvrit la porte du bureau.

Sans prendre apparemment conscience du bruit que faisaient ses vêtements mouillés, elle prit place dans le fauteuil en cuir. Winfield fronça les sourcils, agacé qu'elle mouille le beau siège. Il lui tendit une serviette-éponge de sport.

« Vous avez dû grandir au sein d'une meute de loups », commenta-t-il.

Les grands yeux de Naomi se levèrent vers lui comme s'il n'y avait là rien de répréhensible.

« J'ai des noms dont je souhaiterais que vous les recherchiez pour moi. Je pourrais le faire, mais il faudrait des semaines avant qu'on m'envoie les résultats. Je n'ai pas le temps d'attendre. »

Winfield tira à lui son bloc-notes aux feuilles jaunes. « Pourquoi ? » Sa voix paraissait joviale.

Elle plongea une main glacée dans le dossier d'où elle sortit une liasse de papiers humides.

« Walter Hallsetter », dit-elle en commençant à lire, pendant qu'il écrivait, les noms figurant sur les actes de propriété. « Earl Strikes. Desmond Strikes. Robert Claymore. » Elle se tut un instant. « Dave Cross. »

Il leva des yeux à demi voilés par ses paupières. « Le garde forestier ?

– On ne peut jamais savoir.

– Absolument exact. C'est pour ça que je l'ai déjà innocenté. Il participait à une autre battue quand la disparition de Madison a été signalée. On peut rien lui reprocher. »

Naomi eut un hochement de tête, soulagée et néanmoins déçue.

Il rit en considérant sa mine. « Ça vous est déjà arrivé, de rencontrer quelqu'un que vous soupçonnez pas ?

– Bien sûr. » Elle pensa à son amie Diane, à Mrs Cottle, à Jerome. Bon, c'était vrai, il n'y avait pas grand monde en qui elle avait confiance. Winfield… oui, elle l'inscrirait sur cette liste. Peut-être.

Il finit de noter les noms et s'adossa à son siège. « Qu'est-ce que je trouverais si je lançais une recherche sur votre nom à vous, la femme qui retrouve les enfants ?

– Vous ne trouveriez rien.

– Ça, je veux bien le croire. » Il la scruta de son regard sombre. « La perfection faite femme. »

Naomi sursauta presque de manière visible. Son visage s'empourpra. « Non.

– Je le pensais pas, ce que je viens de dire. »

Elle serra le dossier contre sa poitrine comme s'il pouvait la protéger. Il en fut désolé pour elle.

« C'est pas grave, ajouta-t-il d'un ton apaisant. Je crois pas que ça puisse exister. »

*

Comme elle l'avait dit à Danita, elle ne travaillait d'ordinaire que sur une seule affaire à la fois, ce qui lui permettait de se concentrer totalement, de s'imprégner d'une vie et de la faille par laquelle un enfant avait disparu. Ce pouvait être le salon de coiffure où on l'emmenait tous les trois ou quatre mois et où l'homme qui officiait derrière le fauteuil pivotant en cuir noir avait un casier judiciaire. Ou ça pouvait être le voisin qui, à l'heure exacte où les enfants sortent de l'école, était chaque jour aux aguets, à mettre de petites doses d'engrais sur ses rosiers. Mais Naomi se trouvait désormais à travailler sur deux affaires dans la même ville (Madison Culver et Baby

Danforth) et se demandait comment chacune pouvait la détourner de l'autre ou l'en faire bénéficier.

« Voulez-vous du jambon ? » lui demanda Violet, la grand-mère de Danita.

Elle était habituée à ce qu'on lui offre de la nourriture : plus les gens étaient pauvres, plus ils voulaient lui préparer à manger. « J'étais justement occupée à faire cuire des haricots verts. » De la cuisinière montait l'odeur forte des légumes qui mijotaient dans du bacon.

« Un petit peu, peut-être. »

La maison des Danforth était en très mauvais état, elle sentait le vieux bois et la moisissure. La peinture se craquelait et s'écaillait, des planches condamnaient la fenêtre du séjour. La cuisine était d'une propreté immaculée : Naomi repérait les endroits où la vieille dame avait si souvent récuré les placards fendillés que ses gestes avaient laissé des traces.

Pour sa part, Violet avait soigné son apparence, portait un ensemble jupe en laine, propre quoique passablement usagé, avait les cheveux défrisés de frais, et une forte odeur de vaseline chaude flottait dans l'air.

« Je suis heureuse que vous soyez là pour aider ma petite-fille, dit-elle d'une voix apaisée en posant sur la table des assiettes ébréchées.

– Je suis venue pour retrouver le bébé, corrigea Naomi.

– Pour moi, c'est la même chose ». Elle se tut. Sa peau était desséchée par l'âge, ses lèvres froissées de rides.

« Vous pensez que la petite est vivante ? demanda Naomi.

– Non. » La réponse arriva comme une surprise. La vieille dame baissa les yeux sur les assiettes. « Elle était précieuse. Mon arrière-petite-fille. » Elle respira profondément. « Précieuse.

– Où croyez-vous qu'elle soit, alors ? » Naomi la regarda sortir le sel, le poivre et un bocal de vinaigre de piment rouge fait maison.

« Vous ne croyez pas que je le dirais à la police, si je le savais ?

– Si la petite est morte, comment cela pourrait-il aider Danita ? »

Violet lâcha un soupir. « Je vais vous montrer. »

Dans la petite salle de séjour sombre, dont les stores abaissés semblaient l'être depuis toujours, Violet sortit une boîte de sous la télévision. C'était une vieille boîte rouge de bonbons de la Saint-Valentin, en forme de cœur. Naomi se sentit très touchée. C'était là que Violet rangeait les photos de famille.

« Ça, c'est Danita quand elle était petite », lui montra-t-elle quand elles eurent pris place sur le canapé. L'image représentait un bébé sur les cuisses d'une jolie maman. « C'était Shauna, ma fille. Son petit ami l'a tuée quand Danita avait tout juste trois ans. Il est mort en prison, poignardé par un gars qui a fini dans le couloir des condamnés à mort… bon débarras. Là, elle est un peu plus âgée, à l'école. » Cette fois, la photo montrait une Danita à l'air rebelle qui avait les cheveux en bataille et qui grimaçait.

Les clichés se succédèrent et Naomi les prit comme ils lui étaient présentés, l'un après l'autre, jusqu'à ce que ses genoux en soient couverts. À la fin de l'école primaire, Danita était devenue négligée, elle avait le regard mauvais, l'air très en colère.

« J'ai essayé de trouver quelqu'un pour lui venir en aide. Mais ils ont réagi comme si j'étais une femme noire de plus qui voulait se décharger des problèmes de ses enfants sur l'école. C'est *comme ça* qu'ils ont réagi. Comme si Danita représentait un problème et rien d'autre. Comme si elle faisait *tout son possible* pour être désagréable. »

Elle rangea les photos dans la boîte, et sa main s'arrêta au-dessus de chacune comme pour en chasser le chagrin.

« J'ai fini par obtenir de l'aide. J'avais entendu parler de la clinique et je l'y ai emmenée. Elle avait quatorze ans à ce moment-là, et plus de problèmes que vous ne pouvez en imaginer. Elle était dans une de ces écoles qui ont un joli nom et où on se contente d'enfermer les enfants à longueur de temps.

– Qu'est-ce qu'elle avait ?

– Elle est autiste », répondit tristement la vieille dame.

Naomi hocha la tête. L'avocate l'avait plus ou moins laissé entendre. L'absence d'affect, le comportement inapproprié au contexte social, les difficultés d'apprentissage rencontrées, les éclats en public. Tout se tenait.

« Vous savez ce qu'il m'a dit, ce docteur ? Il m'a dit qu'on ne diagnostique pas l'autisme chez les enfants noirs, on diagnostique la méchanceté pure.

– Les médias prétendent qu'elle a un casier judiciaire. »

Violet eut une réaction de mépris. « Un casier judiciaire ? Elle a été arrêtée pour avoir tenté de voler un agenda dans une boutique. Elle craignait de se tromper dans les rendez-vous médicaux de la petite. Un vrai génie du crime, non ?

– Et les tests de détecteur de mensonge auxquels elle a échoué ?

– Si vous vouliez lui faire avouer qu'elle a assassiné JFK, vous y arriveriez sûrement. » Elle eut un ricanement de rejet. « Elle est incapable de faire la différence entre les jours de la semaine.

– Comment est-elle devenue enceinte ? »

Violet leva les yeux et, dans la profonde tristesse de son regard, Naomi détecta de l'humour. « Ma chérie, on ne vous a donc jamais rien appris ? »

*

Naomi se tenait sur le seuil de la chambre de Danita, à l'étage. Le lit était impeccablement fait, il y avait un seul gros oreiller.

Le berceau, vide, ne contenait qu'une pile de couvertures douces. Un mobile en plastique, constitué de bébés éléphants, était vissé sur la partie haute : Naomi pouvait se représenter la petite fille qui ouvrait et refermait les mains pendant que les éléphants dansaient en rond.

Le placard était exigu. Danita n'avait que peu de vêtements, mais tous étaient propres et suspendus avec soin. Par terre se trouvait une paire de vieilles chaussures marron. Quelque chose manquait… quelque chose qu'elle s'était attendue à voir bien avant dans la maison.

Elle savait que les policiers avaient tout retourné dans l'habitation, du sous-sol au grenier.

Ils avaient même creusé en différents endroits de la cave, à la suite d'épouvantables renseignements provenant d'une voisine dont on s'était aperçu qu'elle souffrait elle-même de problèmes de santé mentale. L'affaire était si récente que Naomi pouvait encore distinguer les traces d'empreintes de doigts dans la chambre, sentir la présence des policiers avec leurs gros souliers. Au contraire de celle de Madison, cette disparition était récente et la différence évidente. Il n'y avait pas longtemps, Baby Danforth était dans cette pièce, vivante.

« Danita adore sa fillette, déclara Violet dans son dos. Baby est ce qui lui est arrivé de mieux, dans sa vie. Elle s'est assagie, a appris à travailler. C'était une bonne maman.

– Et ses difficultés d'apprentissage ?

– Je lui ai souvent demandé si elle envisagerait de confier la petite aux services d'adoption. Elle a toujours refusé. Elle disait : "Grand-mère, c'est le seul être humain qui m'a jamais regardée comme si j'étais belle." Alors j'ai bien compris que c'était à moi de veiller sur elles deux. »

Naomi s'immobilisa en sortant du placard. Au-dessus du berceau, le mobile émettait un joli petit tintement.

Quelque chose manquait… elle pivota à nouveau lentement sur elle-même.

« C'est pour ça que ce sera bénéfique de retrouver mon arrière-petite-fille, même si elle est morte, affirma Violet en posant sur sa jupe ses mains qui tremblaient à présent. Parce que c'est moi, la responsable. Je n'ai pas été capable d'aider Danita, et son bébé non plus. Je l'ai déjà dit à Dieu : Il peut me pardonner dans l'autre vie, s'Il choisit de le faire. Moi, je ne me pardonnerai jamais. »

*

« Reprenons tout depuis le début, dit Naomi à Danita qui, assise à la table, avait l'air traquée et prise au piège.

– Elle a déjà… » commença l'avocate.

Naomi lui fit signe de se taire en levant la main. « C'est important. » Elle observait Danita.

« Tu as emmené la petite chez le docteur.

– Oui. On y est allées en bus. Le bus numéro quatre.

– Raconte-moi. » Naomi savait que le docteur l'avait confirmé à la police : Danita était venue le voir la veille de la disparition de la fillette.

Il avait expliqué aux policiers que la maman venait souvent le consulter, presque trop souvent, avec son bébé. La moindre écorchure, la moindre éruption cutanée, déclenchait son inquiétude. La visite s'était terminée dans l'après-midi et Danita avait été vue sur le chemin du retour avec la fillette.

« Baby a pleuré. Je lui ai donné à boire. Du jus de pomme, je crois. Et des petits gâteaux salés. Elle a eu ses vaccins. »

Cela, du moins, était exact.

« Vous êtes rentrées en bus ?

– Oui. » Une lumière sembla se faire. « Un homme bizarre nous regardait. »

L'avocate soupira. Naomi lui adressa un regard de mise en garde. Pareilles visions étaient fréquentes dans les affaires de disparitions d'enfants : l'esprit tente par la suite d'identifier tous les regards, tous les suspects possibles.

« Vous êtes rentrées chez vous.

– J'avais prévu de l'emmener au parc, mais il faisait froid. Et elle ne se sentait pas bien, à cause des vaccins. Alors j'ai préparé de la soupe. Elle était bonne. Je l'ai mangée et j'ai fait une petite sieste.

– Est-ce qu'elle a dormi avec toi ? »

Elle acquiesça d'un air coupable. « Je sais qu'il ne faut pas le faire, que ça les gâte, mais ma grand-mère me câlinait.

– Il y avait quoi, dans la soupe ? »

L'avocate se tourna vers Naomi en fronçant les sourcils.

« De la tomate, en boîte. J'ai préparé un sandwich au thon pour compléter, parce que ma grand-mère n'était pas là. Elle enseigne l'histoire sainte. »

Naomi s'interrompit dans ses questions. Un schéma commençait à se dessiner. « Danita, comment sais-tu que le bus arrive ?

– Je… je l'attends. Le numéro quatre s'arrête presque devant ma porte.

– Comment t'y prends-tu pour te souvenir des rendez-vous chez le médecin ?

– Je… je fais de mon mieux. » Le vernis se fendillait et, l'espace d'un instant, Naomi observa une confusion enfantine. « Je fais de mon mieux.

– Danita, la voici, la vérité. Tu ne te souviens pas vraiment de ce qui s'est passé la veille de la disparition, n'est-ce pas ?

– J'ai essayé, je vous assure.

– Quels jours travailles-tu, Danita ?

– Lundi, mardi, mercredi, pas jeudi, je travaille vendredi, samedi et pas dimanche. » Elle avait récité cette liste comme un mantra.

Baby Danforth avait disparu un jeudi, son jour de congé.

Naomi savait maintenant ce qu'elle avait cherché en vain. « Danita, comment emmènes-tu Baby ? Tu la portes ? »

La jeune maman ouvrit grand les yeux. « J'ai une poussette. »

Il n'y avait pas eu de poussette dans la maison des Danforth.

*

« La police est déjà venue, déclara le directeur de l'école où, le soir, Danita était agent d'entretien.

– Bien sûr, confirma Naomi. Je voudrais consulter sa feuille de pointage.

– Je vais vous en faire une photocopie. »

Le document était simple : une fiche à l'ancienne établissant à quelle heure elle arrivait et repartait. Le soir où la petite fille avait disparu, Danita avait pointé en arrivant et en repartant. « Je croyais qu'elle ne travaillait pas le jeudi, d'habitude, remarqua Naomi.

– Nous avions organisé une grande réunion qui exigeait une journée supplémentaire. Alors, le mercredi, je lui ai demandé de venir le lendemain soir pour nettoyer.

– Je peux voir l'auditorium ? »

Son interlocuteur parut décontenancé, mais il la précéda dans les couloirs silencieux.

Elle avait pris soin de venir à une heure où l'école était fermée. Elle se sentait mal à l'aise dans les établissements scolaires. Avant d'arriver chez Mrs Cottle, elle n'avait jamais pénétré dans l'un d'eux… et avait accepté uniquement parce que Jerome y allait. Elle n'aimait pas cette impression d'enfermement, les chaises en bois inconfortables, les odeurs fortes qui flottaient dans l'air. Les autres enfants lui semblaient tellement étrangers. Ils avaient perdu le sens de la liberté, à condition qu'ils l'aient eu un jour.

La grande salle déserte respirait l'odeur rance d'enfants confinés. Les allées étaient bien balayées, les chaises propres avec le siège relevé. Naomi se représenta Danita s'activant à nettoyer les lieux. Mais où aurait-elle installé la petite ?

« Vous saviez qu'il lui arrivait de venir avec son bébé, quand elle travaillait ?

– La police me l'a dit. Je m'étais renseigné sur elle, quand elle a débuté, et à ce moment-là, c'était un nourrisson. Je n'étais pas au courant. »

Naomi traversa l'immense estrade dont les lourds rideaux étaient ouverts. La poussette avait probablement été placée à un endroit où Danita pouvait la surveiller, entendre l'enfant pendant son travail.

« Comment l'avez-vous recrutée ?

– Nous recrutons notre personnel d'entretien auprès d'une institution qui s'occupe de personnes handicapées. »

Naomi inspecta toute la zone de l'estrade. Sur le devant se trouvait un trou de souffleur qui n'avait pas d'utilité. Déserté, à l'exception de quelques papiers de bonbons. Quand Naomi s'y tint debout, elle se sentit chez elle.

« Comment lui avez-vous rappelé qu'elle devait venir travailler jeudi, demanda-t-elle en se hissant sur la scène.

– Vous êtes perspicace. Je lui ai téléphoné chez elle.

– Elle a répondu ?

– Oui, elle avait l'air ensommeillé. »

Au bord de la scène gisait une poupée de chiffon. Naomi la ramassa, la retourna entre ses mains d'un air songeur. Bras tombants, visage inexpressif, yeux et bouche cousus. Elle la glissa dans son sac.

« Je voudrais voir toutes les pièces que Danita devait nettoyer ou auxquelles elle pouvait avoir accès.

– Toutes ?

– Oui. Ce serait peut-être aussi bien que vous me confiiez les clés. Vous pourrez partir. Je les déposerai dans la trappe de la porte. »

Plusieurs heures plus tard, elle avait achevé d'inspecter l'école de fond en comble. Elle n'y avait trouvé aucune trace du bébé. Elle n'en éprouvait nulle déception. Elle était désormais très près de comprendre ce qu'il s'était passé.

Après avoir fermé la porte, elle glissa le trousseau de clés du gardien dans la fente du courrier comme elle s'y était engagée. La nuit était fraîche et calme, et elle se représenta Danita partant de la même façon, quand le ciel était encore noir, la petite dans la poussette.

Elle avait emporté la poupée de chiffon. Quand elle la posa sur le tableau de bord de sa voiture, elle s'affala, toute molle. Cette poupée avait stimulé quelque chose, dans sa mémoire, dont elle savait qu'elle se souviendrait bientôt.

*

À la ferme, Jerome accompagna Mrs Cottle, la guida lentement jusqu'à la salle d'eau. L'aida à s'asseoir sur le siège. La lava en détournant pudiquement les yeux, vit les vieilles jambes fripées, dans la baignoire, et eut envie de pleurer. Il la retint d'une main tandis qu'il l'essuyait avec l'autre, les sanglots rauques sur son épaule.

« Le paradis viendra bientôt à vous », lui dit-il.

Le moignon de son épaule lui rappelait que la vie avait un coût. La bombe qui lui avait arraché le bras avait explosé alors qu'il tentait de sauver un otage ; il avait eu de la chance. Un accident pourrait le priver de ses deux jambes. Une attaque d'apoplexie pourrait détruire son cerveau. Son cœur pourrait mourir de solitude un peu plus chaque jour. Oui, à n'importe quel moment, la vie pouvait lui voler tout ce qu'il avait encore.

La vie, c'était ça.

Mais la vie, c'était ça aussi : aider Mrs Cottle à se mettre au lit, redonner forme à l'oreiller où elle avait brodé des fleurs, afin qu'elle y pose sa tête. Prêter l'oreille au silence du temps qui passe au-dehors, puis aux chants tristes des oiseaux célébrant l'arrivée de la nuit. Voir les minuscules moucherons se poser sur les vitres au crépuscule, trouver le trou dans la moustiquaire, voir celui qui grimpait sur sa chemise.

Il s'assit près du lit, lui lut la Bible. Il n'y avait rien de hideux dans cette mort particulière. Jusqu'à la mâchoire pendante qui était riche de beauté, de grandeur. Lui qui avait assisté, par-delà les océans, à ce qu'il existe de pire comme mort, le savait.

Tu perds beaucoup, Naomi, se dit-il au chevet de la vieille femme. Tu trouves tes enfants, mais tu ne te trouves pas toi-même. Tu n'es pas assise à son chevet.

Il ne lui en voulait pas. Admirait sa force, sa détermination. Mais il se la représentait dans sa quête perpétuelle, tel le vent qui soufflait au-dessus du champ : elle ne s'arrêtait jamais et jamais n'apprenait que la paix véritable survient lorsqu'on se recroqueville pour protéger l'impalpable. Une petite fougère. Une petite feuille. Une personne à aimer.

Tu peux préserver les deux, songea-t-il en éteignant la lampe sur la table de chevet de Mrs Cottle dont la joue paisible s'enfonçait dans l'oreiller. Tu peux avoir le vent et la quête, et tu peux avoir l'endroit sûr où tu te poses.

Si seulement elle pouvait en avoir conscience. Si seulement elle pouvait avoir confiance en elle.

« Le paradis viendra bientôt à vous », rappela-t-il à Mrs Cottle avec affection, et elle exhala un soupir signifiant qu'elle avait entendu ses paroles.

11

La fille de la neige savait que, dans ce monde, il n'y avait pas d'anniversaires, pas de Saint-Valentin, de Halloween ou de Thanksgiving, pas de dinde, pas de 4 Juillet. Il n'y avait pas de désir d'avoir un chien, ni de discussions sérieuses sur la façon de s'en occuper. Dans ce monde, les chiens étaient des loups furtifs qui, des hauteurs, vous observaient comme si vous aussi étiez de la nourriture.

Mais la fille de la neige avait pensé : pourquoi pas une fête, pourquoi pas un cadeau ?

*

C'était sa deuxième année depuis qu'elle était la fille de la neige. La poudre blanche ne cessait de tomber, cet hiver. Elle s'entassait autour de la cabane en gigantesques congères. Leurs raquettes poussaient de petits couinements de plaisir. Elle attendit qu'ils aient bouclé leur itinéraire de trappeurs. Sur le perron, un tas de lapins.

Elle s'était efforcée d'imaginer ce qui pourrait faire plaisir à Mr B, en plus de sa présence, de son contact. Puis l'idée lui était venue : un autre enfant de la neige.

Elle pria Mr B de suspendre leurs occupations et de patienter. Pendant qu'il l'observait, elle façonna un enfant de la neige.

Elle roula d'abord le corps, puis une deuxième boule plus petite qui serait la tête. Elle trouva deux bâtons pour faire les bras. De petites pommes de pin devinrent les yeux, un croissant de cèdre rouge, la bouche. Un minuscule cône foncé pour le nez.

Mr B ouvrit la bouche, stupéfait, et applaudit, silencieux, la personne qu'elle créait.

La fille de la neige se releva au-dessus de la terre blanche. Pour les cheveux, elle colla de la poudreuse fraîche avec ses mains désormais glacées (elle les posa sur son ventre pour les réchauffer), puis, se sentant inspirée, elle habilla sa création d'une robe en branches de cèdre rouge.

Mr B riait maintenant, intérieurement, sans avoir aucune conscience des bruits qui sortaient de sa gorge, des accents de joie aux tonalités graves.

Au pied de l'enfant de la neige, elle déposa deux pseudo raquettes en écorce.

Elle s'écarta ensuite, attendant que sa nouvelle sœur sorte de son sommeil. Elle se tourna vers Mr B, espéra qu'il allait exercer la magie qui était sienne, qu'il arrache la fille à la neige, l'éveille à la vie. Mais sa sœur ne bougeait pas, fixait la fille de la neige de ses yeux noirs, ternes et morts. La fille de la neige avait envie de donner des coups de pied à sa stupide sœur de la neige, et de la jeter à terre.

Mais alors, avec ravissement, Mr B se mit à danser en cercle autour de la sœur de la neige, comme un enfant qui, pour la première fois, vient de voir quelque chose.

La fille de la neige l'imita et ils dansèrent en silence autour de sa pauvre sœur morte.

*

La fille de la neige avait très envie d'entendre des bruits d'enfants. Ce n'était pas une chose qu'elle pouvait expliquer à Mr B, même avec les mains. Parfois, il lui semblait entendre un rire dans les arbres. Elle avait envie de courir dans cette direction.

Mr B était un homme qui chassait. Les fourrures soyeuses se livraient à lui, même si cela n'allait pas sans réticences. Leur esprit s'enfuyait par leur bouche et errait dans les bois, aussi silencieux que des fantômes. Le temps qu'elle et Mr B trouvent les cadavres, ils étaient généralement raidis et gelés, morts de froid pendant la nuit. Parfois, il devait mettre un terme à leur vie et s'en acquittait rapidement.

Mais cela ne signifiait pas que leur esprit n'était plus là, qu'il ne se cachait pas derrière l'arbre suivant avec une malfaisance enfantine. Peut-être les enfants avec qui elle pourrait jouer étaient-ils l'esprit du renard, le fantôme de la martre et du coyote. Elle gravait leur représentation sur les murs de la caverne.

Elle revenait souvent à cette ancienne marque, dans l'angle, celle qui avait la forme d'un huit mal tracé, et se demandait comment elle avait pu arriver là. Elle posait son visage contre elle, espérant qu'elle lui chuchoterait son secret.

La fille de la neige s'affinait et, nourrie par la forêt, son corps se réchauffait. À présent, ses aisselles avaient une odeur différente. Elle changeait. Le temps passait. Elle grandissait.

Bizarrement, plus elle croissait en taille, plus elle voyait qu'elle était une enfant et Mr B un homme. Cela ne lui paraissait pas normal. Peut-être n'auraient-ils pas dû se marier. Mais Mr B était un homme rempli de craintes et, dans le lit, ils étaient allés au pinacle des cieux. Elle ne disposait pas encore des mots pour décrire ces sentiments, mais elle les connaissait, et elle savait que si elle ne mourait pas, un jour elle comprendrait.

*

Naomi se réveilla en entendant le téléphone sonner.

Elle sentit son cœur passer au tamis des souvenirs, couche après couche, trouva tout au fond quelque chose qui lui rappela sa vieille gaze de coton, les dimanches après-midi, et une mère adoptive qui souriait dans le miroir fendu de la coiffeuse quand elle la surprenait à essayer son rouge à lèvres. Qui disait : *Oh, regardez donc comme cette fille est jolie*. Qui lui montrait comment étaler la couleur sur un mouchoir usé où les taches antérieures s'étalaient tels des bourgeons éclos.

« Je suis navrée, dit-elle à Jerome.

– Elle a été une merveilleuse maman », répondit-il. Il pleurait et n'en éprouvait pas de honte. « Je l'ai bordée dans son lit hier soir, et je lui ai lu un passage de la Bible. Elle est morte très paisiblement.

– Il est peut-être trop tard. Mais je veux lui dire un véritable au revoir. »

*

Elle avait dix-sept ans quand elle était partie. La force qui l'y poussait s'était accrue avec le temps, comme si du charbon embrasé brûlait dans son cœur. Il y avait quelque chose, ou quelqu'un, qu'il lui fallait trouver. Après le virage suivant, derrière la ligne d'horizon du champ le plus proche.

Si elle restait, elle ne trouverait jamais la partie d'elle-même qui lui faisait défaut.

Il y avait aussi l'autre raison, qu'il lui était difficile de s'avouer, celle-là, et qui avait trait à Jerome.

Elle avait donc préparé un sac à dos et, par une chaude journée estivale, les avait tous deux serrés contre elle pour leur dire au revoir tandis que Mrs Cottle essuyait des larmes d'inquiétude. Deux années durant, elle avait voyagé, effectué des petits boulots en chemin, traversé le pays, hantée, en quête de ce qu'elle ne pouvait nommer.

Partout où elle passait, ses yeux fouillaient la lisière des champs.

Elle avait fini par revenir en Oregon, par s'installer dans la même ville que Diane, suffisamment près de Mrs Cottle et de Jerome pour aller les voir, mais assez loin pour maintenir une distance sûre avec l'innommable. Elle avait trouvé un travail dans un refuge pour femmes battues et s'était inscrite dans l'établissement d'insertion professionnelle où elle s'était spécialisée dans le droit pénal en sachant uniquement qu'elle voulait venir en aide à des enfants comme elle.

Par un dimanche ensommeillé, une femme était entrée dans le refuge, éperdue à cause de la disparition de sa fille. Ce jour-là, Naomi avait compris où était sa voie. Quelques années plus tard, elle s'y consacrait à temps complet. Pour atteindre son but, elle avait cherché des formations qui allaient de la collecte de données à l'analyse des scènes de crime, et avait obtenu une licence permettant d'exercer le métier de détective privée. Elle avait rencontré des collègues, appris quelles étaient leurs spécialités, de l'infidélité conjugale aux délits financiers et aux détournements de fonds en passant par les fraudes à l'assurance, sans omettre les affaires de meurtres et la défense des innocents. Elle était la seule, à sa connaissance, à s'être spécialisée dans la recherche d'enfants disparus. Rapidement, des gens en étaient venus à l'appeler la femme qui retrouve les enfants.

Elle se faisait un point d'honneur d'aller voir Mrs Cottle et Jerome aussi souvent que cela lui était possible, mais les dossiers ne cessaient de réclamer sa présence, un enfant de plus exigeait qu'on tente de le retrouver. Puis, un jour, elle avait appelé, et Mrs Cottle, d'un ton soudain acrimonieux, lui avait appris la nouvelle. Pendant que Naomi s'efforçait de retrouver ces disparus, Jerome était parti à la guerre. D'abord engagé dans l'infanterie, il avait rapidement participé à des missions visant à rechercher et sauver des personnes, à localiser des otages. C'était, avait pensé Naomi, très comparable à sa propre vocation.

Il était revenu quelques années plus tard, héros de guerre maintes fois décoré, unanimement salué pour une mission au cours de laquelle il avait découvert où se trouvaient plusieurs otages et les avait sauvés. Sa dernière médaille avait été une Purple Heart[1], sa manière, plaisantait-il, de remplacer son bras amputé. Il était revenu chez Mrs Cottle. Pour s'acquitter de sa dette envers elle, avait-il prétendu, mais Naomi soupçonnait que c'était pour guérir.

Il avait obtenu un poste de shérif adjoint à mi-temps dans ce même bâtiment de briques où Naomi avait été conduite des années auparavant. Il s'était entraîné de la main gauche jusqu'à ce qu'il soit devenu très bon tireur. Avait fait installer la direction assistée sur son petit camion de manière à pouvoir le conduire d'un seul bras. Lorsqu'il ne travaillait pas, il organisait un service régional ambulant de prêt de livres et livrait

1. Décernée pour acte de bravoure au combat.

de la nourriture aux personnes âgées de plus en plus nombreuses et à la population rurale de plus en plus réduite. Il avait trouvé une dizaine de façons d'occuper son temps alors même que la ville se mourait autour de lui.

Naomi était venue en visite, régulièrement, et ce qui n'avait pas été exprimé planait entre eux, pensait-elle, comme la pleine lune à la limite d'un champ. Elle entendait le bruit qu'avaient fait ses pieds dans sa fuite.

Qu'attendait-il ? Elle redoutait que la réponse, ce soit elle.

*

Naomi prit conscience qu'elle n'aurait pas dû être surprise par le nombre de gens qui s'étaient déplacés pour les obsèques de Mrs Cottle. La ville s'était désertifiée, tel un champ de maïs dévasté par les locustes, mais les habitants étaient revenus : des hommes qui n'avaient pas oublié son défunt mari, un personnage qui était aussi large qu'un lac, disait-on, et dont la soif était à l'avenant. Quelqu'un de bien, disait-on. Mais Mrs Cottle n'avait jamais été enceinte, et c'était à cette époque qu'ils avaient commencé à adopter des enfants. Après le décès de son mari, elle avait persévéré.

Des femmes âgées s'accrochaient au coude de Naomi et lui soufflaient au visage en disant : « Oh, mon Dieu, comme elle parlait de vous. » Parmi les présents, une douzaine vinrent témoigner de la vie bien remplie que Mrs Cottle avait menée.

« Elle a toujours été très fière de vous deux », vint leur confier une amie âgée de la défunte qui jeta un regard à Jerome à côté d'elle. Il ne put s'empêcher de plaisanter, bien sûr. « C'est en cherchant à y parvenir que j'ai donné mon bras », lui murmura-t-il à l'oreille, ce qui la fit rire.

Ce fut un moment apaisant, chaleureux. Ils se réunirent dans la maison funéraire proche du cimetière d'Opal, par une matinée froide où le parfum des daphnés emplissait l'air. Naomi fit la connaissance d'une femme qui avait été recueillie avant Jerome et elle : elle avait dû se faire violence, lui avait-elle confié, mais était revenue spécialement pour la cérémonie. « Mrs Cottle est la seule femme qui m'ait jamais aimée », ajouta-t-elle.

Jerome rencontra un vieux monsieur qui avait travaillé sur l'exploitation à l'époque où il y avait encore des bovins. Ce garçon de ferme désormais voûté leur raconta que Mrs Cottle ne se laissait sacrément pas faire quand elle était jeune : elle poursuivait son mari jusque dans les prés quand arrivait l'heure du repas. Cela les fit rire à un moment où Naomi avait plutôt envie de pleurer.

Dans le fond de la pièce se tenait un homme, grand et maigre, qui avait une bonne soixantaine d'années et qu'elle reconnut aussitôt : le shérif de la ville qui l'avait confiée à Mrs Cottle. Jerome et lui échangèrent un signe de tête amical qui suggéra à Naomi une confiance tacite. Le shérif lui adressa un sourire triste.

Devant le cercueil ouvert, tous vinrent lui dire au revoir, chacun à sa manière. Naomi voulait que Mrs Cottle sache à quel point elle lui était reconnaissante.

« Tu avais son amour », lui rappela Jerome lorsqu'ils s'éloignèrent pour accueillir à la ferme les affligés qui n'étaient pas encore disposés à reprendre la route.

« Je ne le lui ai pas rendu, répondit-elle.

– Si. Regarde à quoi tu consacres ta vie. Tu sais qu'elle était fière de toi, non ?

– Non », répondit Naomi. Car jamais elle ne pourrait être fière d'elle-même.

*

Après le départ des visiteurs, ils achevèrent de laver la vaisselle et sortirent sur le perron. Naomi ressentait une lassitude empreinte de tristesse :

le genre de lassitude où l'on voudrait s'enfuir et pleurer en même temps.

« Qu'est-ce que tu vas faire, maintenant ? » lui demanda-t-elle.

De la main qui lui restait, il lui toucha le bras. « Viens.

– Où on va ? »

Il se contenta de sourire. « À ton avis ? Aux pierres, Naomi, aux pierres. »

Elle rit.

Le soleil se couchait quand ils parvinrent au sommet. Naomi se mit à courir, mains ouvertes, et Jerome la suivit, les yeux rivés sur son dos. En contrebas, la ferme leur apparut, et les champs déserts s'étalèrent sous leurs yeux.

Ils ralentirent en arrivant à l'endroit où la paroi rocheuse s'ouvrait et où les pierres précieuses se déversaient. Tout était exactement semblable au souvenir qu'elle en gardait. Il ramassa un fragment de jaspe rouge, mûr comme un fruit, le frotta sur sa chemise.

Il le lui glissa dans la main, referma la sienne sur son poing.

« Naomi », murmura-t-il.

Elle sentit son cœur cogner à se rompre. Tout à coup, dans les yeux de Jerome, elle vit ce qu'il se passait.

« Tu sais que nous ne sommes pas réellement frère et sœur. »

Il s'apprêtait à mettre un nom sur une réalité qui existait depuis toujours, sur ce qu'elle avait tenté de fuir.

« Je t'aime. »

Elle se sentit engloutie sous l'émotion. Son passé tout entier remonta pour l'étouffer, pour lui suggérer que l'amour pouvait être autre chose… un piège qui l'empêcherait de s'échapper.

« Nous étions…, commença-t-elle.

– Deux enfants recueillis par une femme aimante. Maintenant nous sommes des adultes qui s'aiment. »

Il allongea le bras et elle sentit sa main gauche, forte, sur l'arrière de sa tête, sentit qu'il l'attirait vers lui.

Ils s'embrassèrent et ce fut comme cela devait être depuis toujours, et soudain son cœur se remplit du bruit que faisait le vent sur les champs, sur sa joue tandis qu'elle courait, courait, sans jamais s'arrêter. Elle sentait une main dans les siennes, un temps où elle *se souvenait*, où elle savait ce qui s'était passé. Mais tout cela était perdu maintenant.

« Je ne peux pas.

– Pourquoi ? » Son index lui caressait la joue.

« Je ne peux pas rester ici. Je ne peux rester nulle part. » Ses larmes commencèrent à couler.

« Tu peux rester avec moi. »

Elle secoua la tête.

Il la serra contre lui.

*

Ce ne fut pas avant d'avoir repris la route, plus tard, seule, que Naomi vit une pierre rouge sur le siège du passager. C'était le fragment de jaspe posé sur une lettre.

La pierre la regardait fixement, comme pour lui rappeler qu'elle était assez courageuse pour trouver des enfants, mais pas suffisamment pour rester par amour.

Elle arrêta la voiture près d'un champ déserté, où la terre était à l'abandon, livrée à l'herbe et à la moutarde brune. Des touffes vivaces de trèfle incarnat poussaient le long de la barrière. À l'extrémité opposée se dressait un bouquet d'arbres. Comme à son habitude, ses yeux cherchaient un mouvement à la lisière des bois.

Elle ouvrit la lettre.

Il avait une écriture appliquée. Elle se souvenait l'avoir entendu dire, après son retour de la guerre, qu'apprendre à vivre avec son unique main gauche pouvait se comparer à regarder par une fenêtre différente.

Très chère Naomi. Je désire être avec toi... tu le sais maintenant. Je crois que tu l'as toujours su. Je comprends que tu aies besoin de partir, de chercher. C'est pour ça que je souhaite t'accompagner. Pour que tu sois à moi, et que je sois à toi. Pour toujours. Quand tu seras prête à découvrir qui tu es, je serai à tes côtés.

P.-S. : Je sais comment retrouver des gens, moi aussi. Je peux t'aider.

Naomi reposa la lettre et pleura, fort, dans un silence absolu. Alentour, les champs attendaient. Il n'y avait nul bruit, nulle déclaration. La nature n'est jamais la réponse, pensa-t-elle, uniquement le remède.

Elle plia la lettre qu'elle rangea dans son sac, démarra et reprit la route.

*

Diane était sur le perron. Naomi s'effondra dans ses bras généreux.

« Je suis désolée pour Mrs Cottle, dit son amie en la serrant contre elle.

– Ça ne t'ennuie pas ? » On aurait cru entendre la voix d'une petite fille.

Diane la conduisit dans le séjour. « Bon, tu dois penser que tu es habituée à la mort. Mais personne ne s'y habitue. C'est épuisant, c'est la vérité ! Bien. Nous pouvons sortir faire une orgie de pâtes, manger mexicain, ou je peux te préparer une casserole de soupe. À toi de me dire.

– Des foules de nouilles.

– Il faut compenser par la nourriture, acquiesça Diane avec un sourire.

– Ne dis pas ça ! »

Diane se recula. Ses yeux d'un vert vif étaient circonspects. « Ce n'est pas uniquement à cause de Mrs Cottle, hein ? C'était quoi, son prénom, d'ailleurs ?

– Mary.

– D'accord pour les nouilles, mais après m'avoir dit ce qu'il se passe. Ou faut-il que je devine ? »

Naomi se laissa tomber dans un fauteuil. « Jerome, annonça-t-elle d'une voix éteinte.

– Que s'est-il passé ? » demanda gravement Diane.

Naomi le lui expliqua. Tout à coup, sa gorge était en feu, comme si elle ne pouvait plus s'échapper. Elle toucha la lettre qui se trouvait encore dans sa poche.

« J'ai peur.

– Évidemment que tu as peur. » Le sourire de Diane était si affectueux, si aimant. Elle tendit la main pour toucher la joue de Naomi avec douceur et tendresse. « Évidemment.

– Un jour, quand nous étions enfants, j'ai demandé à Jerome si je pouvais dire pardon. Il a voulu savoir pourquoi. Je lui ai dit que je n'en savais rien, que j'avais seulement besoin de le dire. » Les mots se télescopaient. « Alors il m'a dit que oui. Nous sommes allés aux pierres… sur la crête, et il m'a dit : "Maintenant tu peux répéter pardon autant de fois que tu le voudras, et moi, je vais compter." J'ai commencé à le faire. Je n'arrêtais plus de dire pardon, pardon, pardon ! » Elle se tut, prise d'angoisse. « Je n'arrivais plus à m'arrêter. J'ai dû répéter pardon à cinq cents reprises. Plus tard, il m'a avoué qu'il avait perdu le compte. Je n'arrêtais pas de dire : "Pardon. Pardon." »

– Tu as peur d'un homme qui est prêt à te laisser… qui est d'accord pour que tu… que tu fasses ça, hein ?

– J'ai peur de ne pas pouvoir m'arrêter.

– De demander pardon ou d'aimer ?

– Les deux. »

Diane hocha la tête, satisfaite. Elle contempla Naomi avec fierté. « Tu es une fille bien. Bon, allons la manger, cette foule de nouilles. Personnellement, je vote pour celles d'Alfredo. » Elle tapota son ventre rebondi. « Tu connais la vieille expression : “Quand je serai vieille, je porterai du violet” ? Dans mon cas, ce sera des pantalons violets extensibles. De sublimes pantalons violets extensibles.

– Alfredo. C’est le petit restaurant italien, dans la rue ?

– Seulement si tu me tiens par la main en y allant, comme des copines d’école. »

Elles engloutirent des platées de pâtes, avec du pain et du vin, et quelques heures plus tard, l’estomac plein à ras bord, elles rentrèrent à pied par les rues que la nuit rendait luisantes. Naomi bâilla. Elle était trop lasse pour reprendre la route des montagnes.

« Reste dormir », lui conseilla Diane en entrant la première dans la maison.

Naomi utilisa la brosse à dents qu’elle laissait dans la salle de bains de l’étage, se lava et essuya l’eau, sur son visage, avec une serviette propre. Les yeux qui la dévisageaient dans le miroir étaient les mêmes que ceux qu’elle avait vus dans celui de Mrs Cottle. Elle se glissa entre les draps glacés et lavés de frais, et ne rêva de rien jusqu’à ce que l’odeur du bacon la réveille au matin.

*

Exactement comme les lignes électriques chantent et comme la nature parle dans des fils que nous ne verrons jamais, un homme connu seulement sous le nom de Mr B s'était couché entre des draps humides de terre, sous une couverture usée jusqu'à en être douce car jamais elle n'avait connu le moindre filet d'eau, et s'était parlé tout seul dans une langue que nul à part lui ne connaissait.

Il avait fait mal à la fille. Une fois de plus.

Au début, il n'avait pas su qu'il lui faisait mal, jusqu'à ce qu'il voie le O révélateur que dessinait sa bouche et lise la douleur dans ses yeux. Il avait su alors qu'elle éprouvait de la souffrance. Il ne savait pas bien pourquoi il lui avait fait mal. Il y avait un rapport avec le ciel, un champ de neige dégagé et un petit garçon qui se débattait entre les bras d'un homme.

À table, elle l'avait fixé du regard, avait pénétré en lui et ç'avait été comme si quelqu'un s'insinuait dans ses pupilles, descendait dans sa gorge et voyait le monstre tapi au fond de son estomac qui levait des yeux haineux.

Il écrasa ses mains sur ses paupières. S'il disposait d'un langage, c'était celui-ci : chasser, attraper, trancher. S'il avait une vie, celle-ci : peur, dissimulation, colère. Il en était toujours allé ainsi, depuis un temps long comme l'éternité.

En bas, dans la caverne, la fille était allongée sur sa couchette. Il savait qu'elle se levait, qu'elle traçait des images sur les murs. Ces images le ravissaient. Il se demandait si elle avait trouvé la sienne, celle qu'il avait gravée il y avait de cela très longtemps.

B, avait-il exprimé. Il était B.

12

Finalement, la fille de la neige avait compris que Mr B ne savait pas comment prendre un vrai bain. C'était pour cela qu'après tant d'années sa peau avait la couleur de l'écorce des arbres. Il s'aspergeait d'eau de loin en loin, et ça s'arrêtait à peu près là.

Elle avait été créée dans la neige pour aider Mr B qui semblait connaître tant de choses sur de si nombreux domaines... et aussi peu sur d'autres : c'était sa raison d'être.

Elle avait plaisir à lui enseigner quelque chose.

Mais pour l'aider, ce n'était pas très simple. Il n'était pas bon de le mettre en colère. Elle devait faire attention à ne pas provoquer sa fureur.

Un jour, la fille de la neige attendit d'être sûre qu'il était de bonne humeur. Ils étaient sortis relever les pièges et, après leur retour, pendant qu'il préparait à manger, elle avait joué sur la table avec un lot de fourrures d'animaux molles auxquelles la tête était restée attachée.

Après avoir mangé, alors qu'il sommeillait sur le fauteuil, elle se leva très précautionneusement et remplit la poêle propre d'eau obtenue à partir de la neige fondue.

Les yeux de Mr B s'ouvrirent d'un coup.

Un. Deux. Trois. Elle la posa sur le réchaud à bois pour la faire chauffer.

Quatre. Les yeux de Mr B rivés sur elle, flamboyants de colère.

Elle sourit pour le rassurer.

Il la surveillait avec méfiance.

L'eau chauffa et se changea en vapeur.

Cinq. La fille de la neige étala une épaisse peau de coyote sur le sol de la cabane. Elle posa les pieds dessus, près du réchaud et de l'eau chaude, et entreprit de se déshabiller.

Mr B se redressa sur son siège. Ses yeux s'écarquillèrent.

La fille de la neige était maintenant nue. Son corps aussi ondoyant qu'un saule dont l'écorce a été prélevée. À ce moment-là, il y avait chez elle quelque chose de plus nu encore que dans le lit. Elle se tenait immobile, aussi pâle que la lumière de la lanterne, aussi pâle que la neige… le très léger arrondi de son ventre, ses hanches qui n'étaient pas encore formées, ses jambes pâles et énergiques. La minuscule fente qui ignorait toute toison. Les bras doux, tendres ; les mains durcies par l'ouvrage. Le cou chaud, sans rides. La seule véritable couleur, dans tout son corps, celle de ses étincelants yeux bleus.

Il était stupéfait.

Avec des gestes mesurés, elle trempa une petite fourrure dans l'eau chaude en regrettant l'absence de savon, se la passa soigneusement sur les bras. Elle frotta ses aisselles, d'où monta la vapeur d'eau. Elle se lava plus bas, écartant les jambes. Pivota sur place avec la grâce d'une danseuse. Lava son derrière, l'arrière de ses genoux, descendit jusqu'à ses pieds.

Récura afin que son corps tout entier soit rose, neuf et radieux.

Elle finit par son visage, se lavant sans jamais se lasser, sentant la béatitude apportée par l'eau chaude qui coulait sur sa peau, gouttait sur ses épaules.

Au bout d'un moment, elle sentit le sol bouger : Mr B était debout à côté d'elle sur la fourrure de coyote. Elle lui sourit pour l'encourager. Il hésita, ôta son pantalon, sa chemise, ses chaussettes sales qui sentaient mauvais, fut aussi nu qu'elle.

Alors, elle lui tendit la fourrure chaude.

*

Elle s'entendait, entendait son rire joyeux dans les arbres. Elle courait devant Mr B, regardait la neige jaillir sous ses raquettes, s'élever en une brume délicate. Elle le voyait derrière elle, la bouche ouverte dans la forme qui indiquait le rire, il poussait des hululements à son insu… un son précieux que jamais il n'entendrait.

Connaissez-vous la joie ? demande la fille de la neige.

Elle la connaissait. Chacune des fibres de son corps la respirait. Chaque tégument de sa peau, chaque torsade de ses cheveux soyeux, chacune des fines veines bleues de sa cuisse : chacune des fibres dont son corps se composait, sans exception aucune.

Connaissez-vous la beauté ? Connaissez-vous le mot le plus magnifique de tous… *l'espoir* ?

La fille de la neige le connaissait. Elle le murmurait aux fourrures, en bas dans la cave. Elle le disait à MOM. Elle trouvait même moyen de le partager avec Mr B, quand il jouait à chat dans les bois, aussi animé que s'il n'avait jamais joué de sa vie. Quelle tristesse, un homme adulte qui n'a jamais joué.

La fille de la neige connaissait.

Elle s'immobilisa brusquement, sur une crête, vit la blancheur précipitée de sa respiration qui formait un nuage sur ses lèvres. Mr B s'arrêta derrière elle, incertain, attendant, observant. C'était la fille de la neige qui menait le jeu. Le jeu qui pour nom avait vie. Le jeu qui pour nom avait amour.

Avez-vous conscience que la joie c'est la vie et que la vie c'est l'amour ? La fille de la neige le savait. De la première à la dernière, chacune de ses fibres le savait. Elle se remit à courir, criant silencieusement de joie au milieu des arbres pendant que Mr B la poursuivait maladroitement.

I*l était une fois* une fille nommée Madison qui ne comprenait pas la différence entre le bien et le mal.

Madison allait à l'église. Elle tenait la main de son père pendant qu'ils montaient les marches. Son père disait que sa mère, sa grand-mère à elle, avait été russe, et très religieuse.

À l'église, Madison respirait l'encens, regardait la fumée monter dans les airs. Elle ne comprenait pas ce que disaient les hommes qui portaient la robe. Tout ce qu'elle comprenait, c'était la gentillesse du père qui se tenait à côté d'elle, souriait quand elle s'impatientait.

Il n'y avait pas de serpents qui couraient sous les planchers. S'il y avait du poison, il était bien caché… et de plus, elle avait son père pour la protéger.

Madison ne comprenait pas que les gens peuvent être bons et méchants. Pas méchants comme quand on fait une petite bêtise. Méchants comme quand on fait de grosses bêtises. Méchants comme quand on va en prison.

Elle ne savait pas que quand on a ce genre de méchanceté en soi, ce n'est pas comme si votre bonté vous empêche de la voir. C'est plus comme si la méchanceté et la bonté se mêlent complètement l'une avec l'autre.

Madison ne savait pas que l'on peut aimer quelqu'un qui est méchant.

Winfield, l'enquêteur, insista pour inviter Naomi à déjeuner avant de lui communiquer les résultats. « Je n'ai rien de mieux à faire », plaisanta-t-il, ce qui n'était pas vrai, de cela elle était sûre.

Avec beaucoup d'autres policiers, elle y réfléchirait à deux fois. Mais ils avaient déjeuné de nombreuses fois ensemble au fil des ans et, dans la mesure où Winfield la considérait exactement comme elle s'y attendait, elle accepta.

Il étudia le menu en prenant son temps, souriant un peu en se cachant derrière tandis que

Naomi s'agitait visiblement dans son impatience. Enfin, après avoir copieusement pesé le pour et le contre, il passa commande : un sandwich au roast-beef, sans frites. Naomi opta pour le hamburger.

« Vous devriez apprendre à vous détendre, lui dit-il. Bon. » Il sortit son bloc-notes jaune. « Desmond Strikes, rien. Décédé. Earl Strikes doit être son petit-fils, c'est ça ? C'est drôle. Earl a été accusé de commerce illégal de fourrures, y a de ça quelques années. Point final. Il avait une femme, Lucinda Strikes. Il semble que c'était une vraie sorcière avant de rencontrer Dieu. Et probablement après aussi, d'ailleurs, parce qu'on découvre ici qu'elle a été accusée d'avoir cogné sur la tête d'un voleur avec sa Bible. »

La serveuse arriva pour leur apporter du café. Winfield mit trois sucres dans le sien et remua. Il vit que Naomi l'observait. « La vie est pas assez suave à mon goût. »

Elle but le sien, noir, dans l'attente de la suite.

« On continue. Robert Claymore. Vous savez, certains de ces types sont morts depuis des décennies. Ils auraient pas pu l'enlever, votre fillette.

– Je me fais une idée du paysage.

– D'accord. Il est devenu dingue. Enfermé dans l'hôpital de l'État d'Oregon.

– Je peux comprendre pourquoi. »

La serveuse leur apporta la commande, interrompant la question naturelle de Winfield sur la raison… non pas que Naomi y aurait répondu. Chaque fois, il aimait la voir se jeter sur la nourriture. Il serait curieux de la voir s'attaquer à un steak accompagné de pommes de terre.

« Le suivant est Walter Hallsetter. Là, ça va vous plaire. C'était un pédophile. Plusieurs arrestations, mais il a jamais passé une semaine derrière les barreaux. À l'époque, personne prenait ça très au sérieux et les parents refusaient de porter plainte. À sa dernière arrestation, il a versé la caution avant de disparaître comme par enchantement. Voyons… Ça remonte à cinquante ans. »

Tendue, Naomi se redressa. Une frite entre les doigts.

« Mais y a un hic. Il peut pas être vivant aujourd'hui. À moins d'avoir découvert la proverbiale fontaine de Jouvence.

– Peut-être l'a-t-il fait, murmura Naomi. Pas d'avis de décès ?

– Non. » Il parut surpris qu'elle l'ait deviné. Mordit dans son sandwich, la regarda affectueusement.

Il surprit le regard embarrassé qu'elle baissait sur son assiette. « Vous savez, dit-il avec un sourire triste. Je vous apprécie vraiment énormément, vous, la femme qui retrouve les enfants. »

Naomi souriait non sans plaisir, mais il y avait un mur entre eux.

« Les numéros des rapports ? » demanda-t-elle.

Il les lui donna.

*

Elle se rendit en voiture dans les quartiers très excentrés de la ville où une zone industrielle occupait des terrains pleins de dénivelés. Des rails de chemin de fer traversaient les routes, de vieux bâtiments couverts de suie annonçaient des filatures, et une usine d'équarrissage, abandonnée de longue date, réussissait encore à paraître noyée dans la graisse.

Arrivée à un panneau en bois gravé de nombreuses inscriptions, elle bifurqua. C'était là que, derrière les ronces des mûriers et une meute de chiens qui semblaient retournés à l'état naturel, se situait le bâtiment qui abritait les archives de la police. Il était ancien, construit en briques d'un rose pâle : le lieu de stockage de plus d'un siècle de dossiers gagnés de moisissure. L'unique employé avait garé sa voiture tout contre le bâtiment, comme pour protéger ses arrières.

Naomi surveilla les chiens tandis qu'elle entrait par la porte dont la vitre était étoilée d'un coup de feu. Le chien dominant, un croisement de malamute et de Dieu sait quoi, la suivait du regard. Les autres se tenaient derrière lui et haletaient, dans l'expectative.

Le policier se redressa. Il posa la main sur l'étui de son pistolet, les traits déformés par une expression hideuse. Naomi avait déjà eu affaire à lui. On l'affectait de manière permanente à un poste dans ce bureau parce qu'il était inapte à toute autre tâche.

« Une meute de chiens sauvages, dit-il. Je leur tire dessus au jugé. »

Naomi tourna les yeux vers le trou, dans la porte. « Et ils ripostent ?

– Ha-ha. Non, mais ils mordent si on leur en laisse l'occasion. » Il releva la jambe de son pantalon pour exposer une profonde trace de morsure. Des points de suture zigzaguaient aux endroits les plus atteints.

« Nom d'un petit bonhomme. » C'était à peu près le seul juron qu'il lui arrivait de prononcer. Elle aimait plaisanter en disant que d'avoir été élevée par Mrs Cottle l'avait guérie de la manie qui consiste à jurer. Mrs Cottle disait souvent que Dieu nous a octroyé le vocabulaire et que jurer démontre seulement que nous sommes des ânes bâtés.

« Ils perdent rien pour attendre », conclut le policier d'un air sombre.

*

Exprimant clairement qu'il était agacé de devoir quitter son bureau, il la précéda dans un long corridor d'étagères métalliques surchargées de cartons contenant des fichiers, de boîtes de preuves rouillées, de liasses de papiers attachées par des ficelles. Au-dessus de leur tête, les rayons du soleil s'infiltraient par les fenêtres poussiéreuses. Naomi savait où les archives seraient rangées, dans les profondeurs de ce bâtiment caverneux : le classement était chronologique et tout, ici, remontait à des décennies.

« Vous avez de la chance que les dégâts des eaux ne les aient pas abîmées », récrimina-t-il en sortant les boîtes de rangement étiquetées et en soufflant dessus pour en chasser la poussière.

Elle considérait la chance comme un plus et non comme un moins. Mais elle ne le lui dit pas.

Il trouva les rapports, lui tendit les vieux documents avec un haussement d'épaules.

« Bonne chance avec les chiens, lui dit-il en s'éloignant davantage dans le bâtiment.

– Je pensais que vous pourriez m'aider, lui lança-t-elle.

– Je vais aux toilettes », répondit-il avec dérision sans cesser de partir en boitant.

Elle le regarda disparaître, jura en sourdine : Dieu ne s'offusquait pas si l'on jurait *en silence*, elle en avait la certitude. Une fois revenue près de l'entrée avec les dossiers, elle fit des photocopies avant de déposer les originaux sur le bureau.

De l'autre côté de la porte à la vitre étoilée, les bêtes attendaient toujours. Elles l'observaient, babines retroussées sur leurs dents luisantes. Le chien alpha semblait avoir été domestiqué autrefois. Des animaux revenus à l'état sauvage dans les limites de la ville… elle en avait entendu parler dans de grandes villes et avait elle-même été mordue à Detroit. Mais ici, c'était nouveau.

Le préposé avait laissé sur le bureau la boîte dans laquelle il apportait son repas de midi.

Elle eut un petit sourire intérieur. En se préparant à sortir, elle l'ouvrit : un énorme sandwich au jambon et à la saucisse de Bologne, des tranches de fromage américain et un gâteau au chocolat enveloppé dans un film plastique. Elle les lança les uns après les autres au-dessus de la tête des bêtes qui se jetèrent à leur poursuite et, le temps qu'elles se retournent, elle était dans sa voiture.

*

Naomi savait que Winfield lui avait dit la vérité : cinquante ans plus tôt, les affaires de maltraitance sur mineurs donnaient rarement lieu à des poursuites judiciaires. Les parents ne voulaient pas affronter la honte que leurs enfants puissent être considérés comme des victimes. Chaque fois que Walter Hallsetter avait été arrêté pour ce genre de maltraitances, aucune plainte n'avait été déposée.

Mais sa dernière arrestation était différente. Il avait été pris en flagrant délit dans un parc où il essayait de traîner de force un jeune garçon vers sa voiture et, cette fois, il semblait acquis qu'il passerait devant le tribunal. La mère de l'enfant était inflexible et exigeait du procureur qu'il engage des poursuites.

Mais Walter avait versé sa caution et s'était envolé.

Naomi savait exactement où le pédophile s'était enfui : dans la forêt nationale de Skookum où il avait obtenu la parcelle agricole, loin au-dessus de l'endroit où Madison avait disparu. On consacrait peu d'efforts, à l'époque, pour dénicher les criminels en fuite, et les différentes forces de police communiquaient rarement d'un comté ou d'un État à un autre. Internet n'existait pas, ni aucun système informatique permettant de croiser des renseignements. Nul n'aurait pu se douter de l'endroit où Walter s'était enfui sans avoir, exactement comme Naomi l'avait fait, découvert l'acte de propriété de la ferme dans le bâtiment obscur… et nul n'avait eu aucune raison d'aller y chercher.

Winfield avait raison. Après tant d'années, Walter Hallsetter était vraisemblablement mort. Mais Naomi savait que certaines choses ne meurent pas.

Elles se transmettent.

*

Mrs Cottle aurait dit que c'était un péché. Naomi avait eu ce sentiment, à l'âge de dix-sept ans, dans les mois qui avaient précédé son départ, et ça l'avait atteinte au plus profond de son corps. La dernière chose qu'elle voulait, après toutes les incertitudes qu'elle avait traversées, était d'être une pécheresse.

Elle avait remarqué que Jerome grandissait au point de devenir un homme, ses jambes mêmes aussi mystérieuses que celles d'un animal, son dos qui s'incurvait, la pilosité rare qui apparaissait. Les poils indiens, plaisantait-il en touchant le fin duvet, sur ses bras, et le velours doux qui descendait sur sa nuque. Par les soirs d'été, il demandait à Mrs Cottle de lui couper les cheveux dont il tirait une certaine vanité, Naomi s'en était bien aperçue. Il lui adressait de grands sourires entre deux coups de ciseaux.

Elle le regardait traverser le sol bombé de la cuisine. Laisser tomber une poêle car il était empoté. Faire chauffer de la soupe pour elle quand elle était malade… et la porter dans sa chambre alors que la fièvre collait ses cheveux sur ses joues.

Jerome qui entrait accidentellement au moment où elle sortait de la baignoire et où une succession de bulles crémeuses descendaient au creux de ses reins.

Après cet épisode, elle s'était postée devant le miroir de sa chambre, s'était regardée dans sa nudité. Les adultes de son enfance étaient des énigmes, mais des énigmes ténébreuses. Qu'est-ce que cela signifiait, d'être une femme ? Elle n'en avait pas la moindre idée.

Le corps qu'elle avait contemplé dans le miroir était ferme, musclé. La courbure de son ventre rejoignait des hanches larges et pleines. Les seins étaient doux, fiers. En se tournant, elle avait vu un derrière rond, deux fossettes à la base des reins. Lui était revenue une chanson lointaine : *Elle a des fossettes en haut des fesses, mais je l'aime quand même*. Une chanson idiote, une voix entendue dans une crèche. Mais où ?

Elle était restée là à s'étudier. Voilà ce qu'elle était devenue. Le passé qui était révolu avait fertilisé et éclos en d'éblouissantes fleurs blanches. Elle avait posé la main sur son ventre plat, s'était regardée telle que Jerome la voyait peut-être, une pensée grisante.

Ce qu'elle avait laissé dans le passé muet y était demeuré. Qu'adviendrait-il s'il s'en revenait ? Il pourrait dévaler avec le grondement d'une avalanche, exploser dans un cri. Retrouver un pan de celle qu'elle avait été et se l'approprier équivaudrait à se rendre vulnérable au-delà de toute compréhension. Que cette vulnérabilité pût être trahie serait catastrophique. Surtout par la seule personne en qui elle pouvait imaginer placer son entière confiance.

Jerome.

*

Dans le grand rêve, ce soir-là, elle se tenait nue, la nuit, à la limite d'un champ de fraisiers. Ses jambes tremblaient : elle s'apprêtait à courir. Derrière elle, une ancienne trappe masquait l'accès à un bunker en béton caché sous la surface du sol. Les broussailles qui dissimulaient le passage avaient été repoussées sur les côtés.

Une petite fille se tenait près d'elle. Elle avait les cheveux bruns comme elle, un visage en adoration tourné vers elle. Elle avait les mêmes yeux, la même bouche large, mais des pommettes différentes. La petite fille lui souriait, levait la main vers elle comme vers un talisman.

Grande, murmurait-elle. Le cœur de Naomi se brisa et elle se réveilla.

Longtemps, elle avait pensé qu'il n'est pas de lieu sûr, même dans nos pensées. Même là, il peut exister des pièges. Au détour du chemin on peut trouver un secret qui moisit dans le noir tel un champignon vénéneux. Le rêve était tel un sombre démon qui traînait derrière lui des lambeaux du passé. Il était difficile de différencier ce qui était squelette qu'il fallait enterrer et trésor qu'il fallait révéler.

*

Dans son lit, à la ferme, d'où il distinguait l'ombre des cartons de déménagement dans le couloir, Jerome était éveillé ; lui aussi, il pensait à Naomi. Petit garçon, il avait été fasciné par elle, son passé mystérieux, la façon dont elle avait débarqué dans sa vie tel un improbable miracle. Il n'avait jamais souhaité avoir une sœur, mais avait désiré rencontrer quelqu'un comme elle : une fille plus belle que les pierres. Mrs Cottle lui avait interdit, alors, de l'accabler de questions. « Sa vérité, elle la découvrira quand le moment sera venu, l'avait-elle prévenu. On ne peut forcer quelqu'un à se souvenir, pas plus qu'on ne peut le forcer à croire. »

Mais Jerome était un garçon qui débordait de curiosité, qui voulait savoir comment les pierres précieuses étaient créées et tout connaître de la tribu dans laquelle il était né. Pour lui, toute chose relevait d'un récit des origines. Naomi aussi, et ça le perturbait que Mrs Cottle et d'autres gens de la ville paraissent aussi placidement disposés à accepter le néant de son passé. Quelque chose *était arrivé* à Naomi et il avait au plus profond de ses os la certitude que c'était quelque chose de grave, par conséquent il fallait agir pour réparer. Il voulait que justice soit faite face à ce préjudice. L'homme en lui, dès son plus jeune âge, s'exprimait déjà.

Il s'était souvent demandé si une partie des raisons qui l'avaient poussé à partir à la guerre consistait à revendiquer d'être l'homme qui était présent en lui mais que Naomi ne voyait pas… le guerrier qui voulait la sauver.

Un jour, sa curiosité, tel un fruit sombre, lui avait valu des réponses qui ne résolvaient rien.

*

Cela s'était produit après la guerre, quand il avait commencé à travailler au bureau du shérif. Il n'y avait généralement que peu de choses à faire, personne qu'il importait vraiment de policer, plaisantait-il, et le vieux shérif, désormais à la retraite, venait souvent évoquer ses souvenirs.

Le shérif aimait parler. Beaucoup.

« Je ne l'ai jamais vraiment dit à Mrs Cottle, avait-il déclaré en se versant une tasse de café sirupeux qui avait mariné toute la journée dans le bâtiment de brique. Il y avait vraiment des éléments bizarres dans cette affaire.

– Par exemple ? »

Jerome s'était senti mal à l'aise, en partie car il avait eu le sentiment que le shérif lui dévoilait des choses uniquement parce qu'il était un homme, alors qu'il aurait dû rester loyal envers Naomi et Mrs Cottle. Et en partie parce qu'il était persuadé que parler trop sert souvent à dissimuler qu'on n'agit pas assez.

« Oh, quantité de points non élucidés. Motus et bouche cousue était la devise. Sauf pour ces migrants.

– Qu'est-ce qu'ils avaient de spécial ?

– Je n'oublierai jamais. Ils sont arrivés dans leur vieux camion rouillé. Je n'attendais personne, tu sais comment ça se passe. Une journée à s'endormir sur sa chaise. Et brusquement, me voilà avec tous ces gens rejetés par la société qui entrent dans mon bureau, sales, dans leurs vêtements qui sentaient la terre et le feu de bois, et il y a une gamine avec eux, enveloppée dans une couverture mexicaine. Une pauvre gamine, et ce dont je me souviens, c'est de ses cheveux… si brillants, comme la robe d'un cheval. Je ne sais pas pourquoi cette idée m'est venue. Les migrants, ils l'ont poussée vers moi, mais il était visible qu'ils se souciaient d'elle et ils parlaient tous en même temps, ils s'exhortaient mutuellement à ne rien dire, mais il y en a un qui m'a dit un truc avant qu'ils repartent presque en courant.

– C'était quoi ?

– "La loi, elle est pas toujours tendre". »

Par la suite et des mois durant, Jerome s'était interrogé. Il voulait savoir où Naomi avait été retrouvée. Il voulait savoir pourquoi les migrants avaient fait tout ce chemin jusqu'à Opal, depuis l'endroit où ils l'avaient vue, en sachant qu'ici, elle serait en sécurité. Il voulait savoir si la loi n'était pas tendre là d'où elle venait… et ce que cela signifiait. Il voulait que la justice punisse celui ou ceux qui lui avaient fait du mal.

*

Dans les croyances des Kalapuyas, Jerome savait que le monde était créé à partir d'une pierre. Au sommet de la montagne la plus élevée apparaissait la première femme : Le-Lu, notre mère à tous. Le versant de la montagne elle descendait, et à chacun de ses pas, l'herbe sortait de terre, verte comme la vie même. Aux endroits où elle s'asseyait, des cours d'eau coulaient, des fleuves et des lacs s'élargissaient.

À ses seins, Le-Lu portait deux précieux enfants. Au fond de la vallée, elle rencontrait Louve, et Louve lui demandait d'où venaient ses enfants. « Je les ai rêvés », répondait-elle.

Louve se proposait pour garder ses enfants pendant qu'elle voyageait. Le-Lu avait confiance en Louve qui était aussi une mère, et donc elle tissait des paniers afin que ses enfants dorment, et elle les confiait à Louve. Quand elle revenait, longtemps après, au terme de ses voyages dans le monde, ses enfants allaient bien.

Par la suite, les Kalapuyas avaient toujours honoré les loups comme protecteurs des enfants.

Naomi, songeait Jerome, était à la fois louve et mère, enfant et protectrice. Pour lui, elle était Le-Lu, elle conférait la vie à la vallée qu'il portait dans son cœur.

13

La fille de la neige aimait lire. C'était un don important, dont elle était pratiquement sûre que la neige le lui avait apporté, ou peut-être la lune. D'où qu'il lui soit venu, elle aimait voir les mots, voir comment les formes s'alignaient pour transmettre un sens. Il n'y avait pas grand-chose à lire dans la cabane de Mr B, et absolument rien dans la cave sombre. Mais elle s'en contentait.

Dans la cuisine, il y avait l'homme Sirop d'Érable, avec sa drôle de silhouette blanche. Sur la bouteille on lisait des choses comme 100 % PUR, et : FABRIQUÉ À PARTIR DE SÈVE ENTIÈREMENT NATURELLE. Parfois, il y avait Chili en Boîte, il était rond et dur, et sur le métal figurait LA MARQUE DU LOUP – des mots qui avaient un sens – qu'elle murmurait pour elle-même, et beaucoup d'autres mots en tout petit, très difficiles à comprendre. Avec le temps, grâce à l'homme Chili en Boîte, elle apprit ce qu'étaient les INFORMATIONS NUTRITIONNELLES et les CONSEILS POUR LA CUISSON.

Il y avait plein d'autres choses à lire, découvrit-elle peu à peu : sur la bouteille d'huile, le sac de farine semblable à un vieux monsieur câlin qu'on pouvait serrer dans ses bras.

Quand Mr B la vit faire, elle se tourna vers lui pour voir si cela lui déplaisait, mais non : il n'en croyait pas ses yeux. Il prit les objets et les approcha de son visage comme s'il l'imitait. Ils se sourirent.

Il eut une idée et la conduisit aux vieilles étagères de rangement gauchies et moisies, sous l'évier. L'air satisfait, il lui montra que, il y avait très longtemps, quelqu'un y avait étalé des journaux. Fier de lui, il pointa l'index sur les formes qui couraient sur le papier.

Les quotidiens s'effritaient, l'encre était partiellement effacée et ils avaient adhéré au bois, mais avec l'approbation de Mr B marquée par un hochement de tête, elle en décolla précautionneusement des fragments. Des mots venaient en même temps, semblables à des trésors. *Évaluation d'obligations*. Qu'est-ce que ça pouvait bien être ? *Une année record. Météorologie. Première chute de neige. Trappeurs. Avalanche.* C'étaient de petits mots tracés à l'encre datant d'une époque depuis longtemps révolue, comprit-elle en les projetant directement dans le présent.

Un seul d'entre eux lui résistait et elle y réfléchit plus tard, quand elle se réveilla au milieu de la nuit, allongée dans le lit de Mr B. Que faisait le mot *Skookum* sur le papier journal ?

*

Mr B semblait surpris par la quantité de nourriture qu'une fille de la neige avait besoin d'avaler. À mesure qu'elle grandissait, elle passa d'une assiette de ragoût à deux. D'un plat de *pancakes* à deux : des crêpes délicieuses brunies à la poêle qu'il fallait bien mâcher, composées de farine, d'huile et d'eau avec Sirop d'Érable versé dessus. Elle s'asseyait à la table de bois brut et raclait l'assiette avec sa fourchette.

Tout ce qu'il lui donnait, elle le mangeait. Après, elle commença à se lever pour s'en préparer davantage et, comme cela semblait le mettre en colère et le déconcerter, il venait dans la partie cuisine et écartait brutalement les mains de la fille de la neige de la farine, de l'huile et, surtout, de Boîte de Chili.

C'était à cause de la neige, voulait-elle lui expliquer. La faim qu'elle affichait le peinait, comme si à force de manger elle risquait de s'ouvrir un passage pour sortir de la cabane. Comme si elle allait devenir trop forte pour lui, tendre les bras en dehors des fenêtres et se ménager avec ses poings une issue en dépit des couvertures clouées.

Peut-être était-ce pour cela qu'il persistait à l'enfermer à clé, pour qu'elle reste petite.

*

Quand Mr B partit en quête d'un surplus de nourriture, la fille de la neige joua dans la cave. Elle joua aux osselets avec des petites pierres, puis à Quel animal es-tu ? Faire le renard était son préféré. Elle projetait les ombres chinoises d'animaux sur le mur en se plaçant sur le trajet de la lumière qui filtrait par le plancher. Elle dessina une pyramide avec ses mains, puis un clocher, se demandant ce que l'un et l'autre signifiaient.

Quand il finit par venir ouvrir la trappe et qu'il descendit l'échelle, elle se hâta de grimper.

Il lui montra la nourriture qu'il avait rapportée, y compris des réserves de farine et un autre pot de l'homme Sirop d'Érable. À la différence que, cette fois, il lui présenta, comme gêné, mais avec des mains fières, *deux* plats préparés Hungry-Man.

Le cœur de la fille de la neige battit très fort dans sa poitrine.

Pour moi ? exprima son geste.

Il acquiesça, le regard brillant.

Il alluma le poêle et, quand le bois sec eut brûlé et qu'il ne resta que des braises rouges, il mit les deux plats à chauffer. Lorsqu'ils eurent assez cuit, il retira le couvercle en aluminium afin qu'elle voie la nourriture. Lui tendit une fourchette. Il s'installa dans le fauteuil et elle prit place par terre, à côté de lui, mais tout à coup il se leva pour tirer le banc à proximité du feu pour qu'elle puisse s'asseoir. D'un même geste, ils s'attaquèrent à leur festin. C'est bon ? interrogea le visage de Mr B.

Oui, répondit-elle en hochant la tête. Oui.

*

Naomi rendit le livre de contes de fées russe et la mère de Madison le reçut avec des mains reconnaissantes. Elle le posa sur la pile comme un talisman.

L'enquêtrice dit alors qu'elle n'avait toujours rien découvert. Pas une chaussette, pas une chaussure, pas une trace.

« Je ne savais pas que ce serait plus difficile maintenant », concéda la mère de Madison en pleurant.

Entre elles, la vapeur montait des deux tasses de thé. Sur une assiette, du pain à la banane qui n'avait pas été entamé.

La mère s'essuya les yeux. « Si nous ne la retrouvons pas, je ne sais pas ce que je ferai.

– Vous trouverez un moyen de survivre.

– L'autre jour, vous avez dit que si elle revient, elle aura besoin de moi. Je crains de ne pas être capable de l'aider. »

Naomi lui sourit. « Il faut que vous cessiez de croire que l'on peut perdre son innocence.

– Avez-vous gardé la vôtre ? demanda Mrs Culver d'une voix remplie d'espoir.

– Je suis aussi innocente qu'au jour de ma naissance. Peut-être même plus. Personne ne peut m'enlever ça. » Elle reposa son thé. « Je suis une enfant comme votre Madison, si elle est toujours en vie. Est-ce que vous voulez de nous ? »

L'espoir rendait les yeux de la mère vitreux. « Oui, répondit-elle d'une voix rauque. Je veux de vous.

– Dans ce cas, c'est parfait, fit Naomi qui frappa gaiement dans ses mains en faisant sursauter Mrs Culver. Parce que c'est exactement ce dont nous avons besoin.

– Et vous ? demanda plus tard la mère en déposant les tasses dans l'évier pendant que l'enquêtrice enveloppait le pain à la banane dans un film plastique.

– Et moi, quoi ? »

Naomi se sentait à nouveau très lasse. Elle aurait voulu pouvoir se glisser dans le lit de Madison et dormir un million d'années. Quand elle se réveillerait, elle serait quelqu'un de différent, de moins enfermé dans des conflits, quelqu'un qui connaîtrait autre chose que la beauté de son seul cœur.

« Est-ce que vous voulez des enfants ? »

La mère de Madison se détourna du réfrigérateur en tendant la main pour prendre le pain.

« Je… ne sais pas. » Naomi restait interdite comme chaque fois que cette question survenait. Elle aurait bientôt trente ans. Elle n'avait aucune idée de la façon dont les femmes abordaient cette étape. Le passé se dressait comme une barrière, les rêves étaient la clé qui résoudrait peut-être cette énigme.

« Je suppose que les enfants que vous retrouvez sont un peu vos enfants.

– Un jour, nous nous emparerons des rênes du monde, répondit simplement Naomi.

– Vous ne m'avez pas dit si vous voulez des enfants, insista Mrs Culver en rangeant le pain.

– Je ne fais pas ça parce que je veux des enfants, déclara Naomi en sachant ce qu'était sa réponse, mais sans en connaître la raison. Je le fais pour expier. »

Mrs Culver prit une profonde inspiration. Naomi inclina la tête en la regardant. Soudain, elle comprit ce que la mère de Madison voulait.

« Vous pouvez essayer à nouveau, dit-elle d'une voix douce.

– Je… Il ne veut pas. »

Naomi savait que les gens sont prêts à affronter la faillite, aussi bien morale que financière, pour sauver leurs enfants, même si ce qu'ils doivent faire est exactement l'opposé. Ils doivent reconstruire, créer à nouveau.

« Prenez soin de lui, prenez soin de vous. Si votre mariage est solide, il est possible qu'il change d'avis. »

Mrs Culver leva les yeux. « Je crains qu'il ne soit trop tard.

– Pour un autre enfant ?

– Pour le mariage. »

*

Un jour où elle était venue en visite à la ferme, Jerome s'était tourné vers elle dans la cuisine, sous la lumière chaleureuse d'un lieu sûr de couleur jaune enfin trouvé, et lui avait posé cette question toute simple :

« Pourquoi tu ne te réfères souvent à eux qu'en disant la mère ou le père ?

– Comment ça ? » lui avait demandé Naomi. Elle venait de parler de son travail, de ses enquêtes, prenant grand soin de ne jamais dévoiler aucun élément privé.

« Quand tu parles des parents, tu ne mentionnes généralement pas leurs noms », avait précisé Jerome, et Mrs Cottle, qui entrait dans la cuisine, avait acquiescé.

« C'est vrai, ma chérie. Bon, Jerome, mon cœur, tu veux bien être gentil et m'attraper le sucre ? Il est sur l'étagère. »

Naomi avait réalisé qu'ils avaient raison. Elle utilisait le nom des autres personnes, mais le plus souvent pas celui des parents dont les enfants avaient disparu.

La mère de Madison avait un prénom : Kristina. Son père en avait un : James. Ils sortaient des lèvres d'autres gens, mais pas des siennes.

Quand on est né de rien, on n'a pas de nom. Le Seigneur a donné, le Seigneur a repris. Et quand le Seigneur donne une terre fétide, des insectes crus et des vers, de faim on gratte la terre avec ses ongles plutôt que de périr.

Il n'y a plus rien d'autre que vous… et le vaste, le superbe monde.

« J'essaye de les honorer », avait-elle répondu.

Jerome s'était détourné pour se saisir précautionneusement du vieux bocal de sucre blanc dans le placard. « Je pense que tu cherches à garder tes distances. »

*

« Je pourrais m'habituer à tout ça, dit Winfield.

– Ce ne serait pas une bonne idée », répondit Naomi.

Ils marchaient le long de la rivière où des alignements de cerisiers roses et blancs bordaient les rives. Le sol était jonché de pétales odorants. Sur le bord des routes s'entassaient des sacs-poubelle. La ville était dans une phase de restrictions budgétaires, la plupart des services étaient mis à la portion congrue. Naomi avait lu des articles parlant de l'impact que cela avait sur les écoles et les transports publics… et sur les heures de présence de Winfield.

« Je travaille sur l'affaire Danita Danforth », lui annonça-t-elle.

Les yeux du policier se voilèrent. « C'est une enquête qui est toujours en cours.

– Je sais. Il n'est pas dans mon intention de vous créer de nouvelles complications.

– Vous voulez démontrer que vous êtes meilleure que moi ? » demanda-t-il. Sa voix était légère, mais son regard glacial. Toute la tonalité de la conversation avait changé. Bien sûr, songea-t-elle. C'est quelqu'un de fier.

« Je vous en parle parce que j'ai le sentiment que je risque de trouver quelque chose de laid, et au point où j'en suis, ce sera une scène de crime. Je vous tiendrai au courant si cela se produit.

– Même si elle a tué sa fille ?

– Je ne protège pas les parents qui tuent leurs enfants. Vous le savez. »

Ils marchèrent un moment en silence. Sur la rivière, une corne de brume retentit.

« Personnellement, j'ai de grandes interrogations concernant cette affaire », dit-il. Il donnait l'impression de vouloir partager des informations mais de soupeser le pour et le contre. L'expression de son visage indiquait qu'il avançait avec prudence. « Le procureur voulait une mise en accusation. Vous savez comment ça se passe. À ce moment-là, les avocats entrent dans la danse et je ne peux plus parler à Danita. C'est comme si quelqu'un écrasait le frein et que, brusquement, je ne pouvais plus rien faire.

– Ce sont des règles que je me contente d'ignorer », dit-elle en souriant.

Ils firent demi-tour, croisèrent des gens qui s'adonnaient à la course, deux jeunes hommes qui promenaient un chien. Au loin, un gros bateau chargé de grain progressait royalement vers l'aval, si lentement que l'eau semblait à peine s'ouvrir devant son étrave.

Ils s'arrêtèrent quand ils furent de retour à la voiture de Naomi.

« Je n'essaye pas de démontrer que je suis meilleure que vous, Lucius, dit-elle soudain d'une voix incertaine. Vous êtes… mon ami.

– Oh, cela, je le sais. » Il lui ouvrit la portière. « Je vois bien que quelque chose tracasse la femme qui retrouve les enfants.

– À quoi vous voyez ça ? »

Il chercha son regard. « Cela fait maintenant plusieurs années que je vous connais. Vous débarquez dans mon bureau et vous en repartez aussi vite. Cela ne me dérange pas. J'ai bien vu que vous vous aveuglez sur vous-même. Que vous cherchez les autres, mais que vous ne regardez pas en vous. En ce moment, vous luttez contre quelque chose. »

Elle n'avait pas pour habitude de parler d'elle. Elle hésita puis répondit :

« Je ne sais pas s'il s'agit du passé ou du futur.

– Il arrive que ce soit la même chose.

– Est-ce que vous pensez que ça ne pose pas de problème… si un homme et une femme qui ont été élevés dans un foyer d'accueil finissent par… vous voyez ? » Elle avait l'air si jeune, même à ses propres oreilles. « Est-ce que c'est un péché ? »

Lucius ne répondit pas tout de suite, il affichait un sourire éclatant.

« Ce qu'il y a eu avant, c'est ça le péché, dit-il d'une voix douce. Mais je ne crois pas que ce soit le péché qui vous fasse vraiment peur. »

Elle hocha la tête, irrésolue. Commença de monter dans sa voiture.

« Je crois que c'est d'autre chose que vous avez peur », poursuivit-il pendant qu'elle s'installait au volant.

Il la regardait comme si elle lui faisait peine, et elle fut prise d'un frisson… peut-être une partie du monde lui échappait-elle.

« De quoi, alors ? demanda-t-elle, la bouche sèche.

– Vous avez peur, lui dit-il en se penchant de telle sorte qu'il lui murmurait presque à l'oreille, que l'on vous trouve. »

*

Abruptement, Naomi arrêta la voiture au bord de la route au milieu d'un tourbillon glacé. D'autres pouvaient cheminer quand bien même sous leurs pieds la terre ne paraissait pas solide. Ils ne savaient pas ce que cela signifie, de se jeter en chute libre dans les ténèbres. De sentir remonter le passé alors qu'on est en quête d'espoir.

Elle avait envie d'appeler Jerome. Envie de lui dire : Viens, viens tout de suite. Envie de dire : Le péché, je peux l'assumer, même si Dieu doit être à jamais fâché contre moi.

Le téléphone était silencieux, l'invitait à s'en saisir.

Que lui dirait-elle ? Qu'elle était perdue, qu'elle se sentait seule ? Que Winfield avait raison, qu'elle redoutait ce qu'il pourrait découvrir ?

Elle ne voulait pas penser que sa peur était due à cela... à cela seulement... et pourtant si. Un baiser, une caresse, un espoir : un souvenir. Comme Dieu nous a ordonné de nous remémorer, et d'enfanter.

Comment pouvait-elle trouver le futur si elle ne connaissait pas son passé ?

*

La poupée de chiffon provenant de l'école où Danita faisait le ménage était toujours posée sur le tableau de bord, jambes repliées, visage tourné vers le sol. Naomi la prit, la mit sur ses genoux, sourit sombrement en fixant ses yeux cousus. « Tu ne vois pas, ma pauvre petite, dit-elle, et une voix fantomatique s'imposa à elle. Tu ne parles pas. »

Le singe voit, le singe fait[1]. Quelque chose hésita aux confins de sa conscience, puis disparut, car l'idée était là, très forte.

Que font les enfants ? Ils jouent. Même dans les pires taudis, ils transformeront des tas d'ordures en châteaux, des bâtons en armes de guerre redoutables. Parmi les enfants qu'elle avait retrouvés, ceux qui s'en sortaient le mieux à longue échéance étaient ceux qui avaient découvert un moyen de jouer. Qui avaient inventé des mondes imaginaires dans lesquels se cacher. Certains parvenaient même à convaincre leur ravisseur de leur procurer des jouets. S'échapper dans un autre monde représentait pour eux un moyen de se dissocier sans risque, sans perdre tout contact avec la réalité, au contraire de quelqu'un comme elle qui avait tout effacé. Oui, ceux qui s'en tiraient le mieux à longue échéance se ménageaient un lieu sûr dans leur propre tête.

Parfois, ils faisaient même semblant d'être quelqu'un d'autre.

Elle ne croyait pas à la résilience. Elle croyait à l'imagination.

---

1. Dicton illustrant l'imitation, dont l'origine se trouve dans un conte malien.

Elle savait maintenant ce dont elle essayait de se souvenir. C'était dans le magasin de Strikes.

*

À l'intérieur de la ferme désormais morne et déserte, Jerome remplissait des cartons.

Son camion rouge patientait à l'extérieur. Il se souvenait de ses visites récentes à la décharge de la ville, aux corneilles qui criaillaient au-dessus de leur pitance. Cette fois, il fixerait une bâche sur le chargement et, quand il s'arrêterait une fois parvenu à destination, il jetterait les objets que nul ne voulait plus, la mort dans l'âme.

Les pièces paraissaient déjà vides, soulevaient des échos. À l'endroit où la coiffeuse de Mrs Cottle s'était trouvée, le vieux papier mural décoré de chiens (ce dont il n'avait jamais pris conscience auparavant) présentait des couleurs aussi vives que s'il était neuf. En bas du placard, il avait trouvé une raquette de tennis. C'était étrange. Dans une valise du temps jadis qui pesait un poids d'enfer, il sortit un message du compartiment intérieur à fermeture éclair. *Chère Mary*, lui avait écrit son mari avec les gestes frustes et mal assurés d'un fermier, *j'espère que nous aurons une bonne nouvelle à la clinique.*

Des boutons au fond d'un bocal renfermant un nécessaire de couture. Des aiguilles plantées dans un coussin dont le soleil avait défraîchi la couleur. Des photographies de ses enfants adoptifs, y compris de certains dont elle ne leur avait jamais parlé. Lui. Naomi, la peau bronzée, qui souriait sur une photo de classe.

Ses affaires à lui étaient limitées. La boîte où il rangeait ses médailles militaires. Ses vêtements. Tout tiendrait à la place du passager dans le camion, quand il prendrait la route pour nul ne savait où.

Derrière lui, sur le plan de travail de la cuisine, près de la coupe de fruits, une lettre. On lui avait proposé un poste de shérif dans une force de police d'un autre État. Une proposition intéressante : un salaire convenable, la possibilité de recommencer de zéro dans une ville qui ne se mourait pas autour de lui. Il n'en avait pas parlé à Naomi. Il voulait qu'elle le choisisse sans pression ni contrainte. Mais elle ne l'avait pas fait, et il ne savait pas s'il devait essayer une dernière fois.

Tu étais ici, pensait-il en marchant dans la maison et en entendant son propre pas. Il regarda par la fenêtre et se vit avec elle, courant dans les champs quand ils étaient enfants. La maison tout entière ressemblait maintenant à un refus, sa propriétaire et son cœur n'étaient plus là.

Naomi, pensa-t-il, ne me fais pas attendre davantage.

14

Mr B était dehors, il coupait du bois juste à côté de la porte… pour ça, il n'avait pas besoin d'enfermer la fille de la neige dans la cave ; il le verrait, si elle essayait de partir. Il avait la hache. Même maintenant, alors que près de trois ans s'étaient écoulés, elle savait qu'il n'hésiterait pas à la tuer si elle tentait de s'échapper.

Allongée sur le grand lit, elle attendait avec soumission en regardant le plafond où l'écorce des poutres portait les traces noires de la fumée. Les nuages qui passaient dans le ciel dessinaient des formes qui s'infiltraient avec la faible lumière au pourtour des fenêtres. Elle connaissait par cœur chaque centimètre de la cabane, de l'évier sale à la barre métallique, appuyée contre le mur, qui servait à tuer les animaux et dont l'extrémité était enduite de sang et de poils. Les couteaux au-dessus de l'évier, le poêle ventru.

Une nouvelle pensée lui était venue : il y a presque trois ans que je suis là. Je pourrais vieillir ici, comme Mr B. C'était une pensée épouvantable. Aussi merveilleuse que soit la neige, elle n'avait pas envie de vivre là *toujours*. Elle essaya de se représenter ce qui se passerait. Mr B vieillirait, lui aussi. Difficile de se représenter pareille chose. Il paraissait déjà terriblement âgé. Peut-être aurait-il une longue barbe blanche et un gros ventre qui dépasserait.

Et elle, comment serait-elle ? Son corps continuerait de grandir jusqu'à ce qu'elle atteigne la taille de MOM. Elle ne pensait pas que Mr B aimerait. Il verrait la force qu'elle aurait en elle et prendrait peur. Peut-être la ferait-il disparaître à ce moment-là.

Sentant la terreur monter dans sa gorge, la fille de la neige imagina des formes au plafond : un chameau, un éléphant, et celle qui faisait battre son cœur, une forme comparable à celle de MOM qui courait vers elle, les bras tendus pour la soulever de terre.

Ses yeux tombèrent sur la trappe dont le cadenas n'avait pas été refermé. Elle entendit le choc de la hache, le silence qui s'ensuivit. Cela recommença. Elle se laissa glisser au pied du lit, s'accroupit près de la trappe qu'elle souleva. L'étudia et remarqua que le cadenas était fixé à une grosse boucle solidaire d'une plaque métallique. La plaque était vieille, rouillée, et vissée sur le dessus de l'abattant. Les vis étaient vieilles, elles aussi, et certaines paraissaient avoir du jeu.

La fille de la neige souleva un peu plus la trappe pour voir mieux la partie inférieure du système.

La pièce vissée semblait tordue, comme si quelqu'un avait tenté de forcer la trappe en la poussant verticalement. À nouveau, sa gorge se serra et elle sentit les battements de son cœur s'accélérer. Il y avait eu un autre enfant de la neige ici, avant elle. Cet enfant de la neige avait tenté de s'échapper.

La hache s'arrêta. D'un bond, elle regagna le lit et attendit.

Après, la cabane lui parut beaucoup plus petite, et sa caverne cessa d'être un refuge pour devenir un lieu de détention. Seul l'extérieur demeurait ouvert, libre… quand ils cheminaient sur les crêtes, son regard fouillait tous les horizons.

*

Dans de profondes et sombres cavernes le monde se crée, étape par étape. On touche une racine et on pense qu'on est une branche. On goûte la boue, et de cette expérience croissent vos propres organes. On peut enfin rester immobile, en paix, sachant que le monde est une histoire et que bientôt on atteindra le terme de la sienne.

Mais quelle sera sa fin, à elle ?

En bas, dans la caverne, la fille de la neige avait tendu le cou dans le noir, senti sur son visage la lumière d'entre les lattes. Senti l'air frais, caressant. En avait éprouvé de la reconnaissance, en vérité.

Mais elle entendait le craquement du plancher au-dessus de sa tête, elle voyait la trappe s'ouvrir, savait qu'au-dehors existait un monde de neige fraîche, amoncelée là par la main de Dieu, savait qu'il y aurait toujours un homme pour surveiller.

Il était une fois une fille appelée Madison qui vivait dans un monde d'horloges.

Il y avait la grosse montre noire qui indiquait l'heure au poignet de son papa, dont il disait que non seulement elle marquait le passage du temps, mais qu'elle indiquait aussi l'heure qu'il était.

Sa mère regardait le tic-tac du four blanc. Il émettait une sonnerie quand le moment était venu de retirer le gâteau [youpi !] mais son silence agaçant s'éternisait durant ces longs après-midi où Mom recevait la visite de son amie Leslie, et où

Madison avait surtout envie de prendre un bain moussant et de jouer dans la baignoire avec la passoire de la cuisine.

Madison n'avait jamais eu l'occasion de voir si l'araignée qui habitait le jardin de derrière était la même que celle de l'histoire d'Anansi[1]. Elle n'avait jamais eu l'occasion de voir les fées qui habitaient dans l'herbe, ou de découvrir s'il existait une chose semblable à un rocher magique qui vous accordait trois vœux.

Elle était trop jeune pour faire la différence entre les contes de fées et la vie réelle.

« Ne perds jamais ta magie, lui avait dit son père un jour où ils se promenaient.

– Il arriverait quoi, si je la perdais ? » avait-elle demandé.

Il avait secoué la tête, l'esprit concentré sur les nuages.

Dans le monde de Madison, le temps se mesurait en horloges et l'environnement se composait de deux personnes qu'elle reconnaissait à peine en elle. C'était cela, le temps.

1. Personnage populaire de la mythologie ashanti, au Ghana.

Dans ce monde-ci, n'ignorait pas la fille de la neige, le temps était différent. Dans ce monde-ci, le temps promettait la mort.

*

« Bonjour, Earl. »

C'était peu après l'aube et Naomi se tenait sur la terrasse de derrière du magasin encore fermé, à côté des ballots de fourrures.

« Nom d'un p'tit bonhomme en bois, vous m'avez fait une de ces peurs ! »

Il donnait vraiment l'air d'avoir été saisi, le cœur battant sous sa chemise de flanelle et les joues pâles. Il venait de franchir le seuil et ses mains s'activaient déjà sur les boutons de sa braguette, sans nul doute pour se préparer à la miction matinale. C'était le même pantalon taché que d'habitude. Elle se demanda s'il le gardait pour dormir. Pourquoi pas ? Il lui arrivait, à elle aussi, de dormir en culotte.

« Qu'est-ce que vous fichez ici ? aboya-t-il.

– Je me tiens sur votre terrasse, répondit-elle simplement.

– Ça, je le sais, Miss ! » Il était à deux doigts de crier. « Vous m'avez fait peur, poursuivit-il d'un ton plaintif. Mon palpitant. » Il en rajoutait un peu, la main posée sur le cœur.

C'était une nouvelle journée d'un froid glacial, au ciel couvert. Elle se demanda quand, à condition que cela se produise un jour, les températures se réchauffaient un peu, ici. S'imagina que l'été devait survenir avec la violence d'un torrent : deux mois brefs de fonte des neiges avant que tout ne soit à nouveau pris par les glaces. Elle avait remarqué qu'il n'y avait aucune trace d'un seul jardin potager entre le motel et les sommets. Même en Alaska, on parvient à faire pousser des choux.

« Je m'entraîne à me comporter en chasseresse », dit-elle. Elle posa sa main gantée sur les peaux. « Combien de fourrures de martre y a-t-il, là ?

– Écoutez, Miss.

– J'ai appris que vous avez été condamné, il y a quelques années. Commerce de fourrures illégal.

– Miss, pourquoi…

– Vous chassez, Earl ? Vous posez des pièges ?

– Ça m'a jamais vraiment beaucoup intéressé, pour vous dire la vérité. Qui a envie de se geler le cul, mes excuses, Miss, quand on peut avoir de la viande en conserve. Enfin quoi. Surtout du thon. Moi, j'aime beaucoup ça. »

À son corps défendant, elle commençait à bien l'aimer, ce vieux bonhomme.

« Si on entrait dans votre magasin, Earl ?

– J'ai cru que vous me le demanderiez jamais. Quelle raison vous auriez de vous geler le cul dehors, moi, je vois pas. Laissez-moi juste le temps de pisser un coup. »

*

Une fois à l'intérieur, elle passa derrière le comptoir. Earl râla un peu avant de faire silence quand elle lui jeta un regard menaçant. Elle caressa de la main la caisse enregistreuse noire d'un autre âge, aux touches disposées en plan incliné, appuya pour ouvrir le tiroir dans un bruit métallique.

Dedans se trouvaient un petit nombre de billets, pour la plupart sales et abîmés, ainsi que quelques pièces de monnaie. Rien de plus.

Elle s'apprêtait à extraire le rouleau de papier, mais vit qu'il n'y en avait pas. Fouilla dans chacun des tiroirs, y trouva une quantité infinie d'enveloppes déchirées portant d'indéchiffrables inscriptions. Dans un d'entre eux, il y avait une pipe à herbe.

« Je l'ai confisquée à des hippies, dit-il non sans une certaine satisfaction.

– Où sont vos reçus, Earl ?

– J'en ai pas, poursuivit-il sur le même ton de satisfaction. J'en ai pas besoin. À quoi y me serviraient ? Qui c'est qui va venir vérifier combien de boîtes de Spam[1] j'ai vendu ? » Il rit et toussa.

« Vous comptez juste la monnaie ?

– 'videmment. Vous me prenez pour un demeuré ?

– Quand commandez-vous vos marchandises ?

– Tous les trois ou quatre mois. Le camion vient à condition que les routes soient dégagées. Qu'est-ce que vous essayez d'insinuer, Miss ? »

Déçue, elle sortit de derrière le comptoir et se dirigea vers l'étagère des jouets, poussiéreuse et délaissée. « Je veux savoir si quelqu'un vous a acheté des jouets, récemment. »

Il ouvrit des yeux ronds. « Mais enfin, Miss, vous aviez qu'à demander. Je me souviens de pratiquement tout ce que j'ai jamais vendu ici. Je peux vous dire si quelqu'un a acheté un jouet, et quand c'était exactement. » Il marqua un temps de silence comme s'il voulait faire monter le suspense.

Le visage de Naomi était encadré par la douce lumière de l'aube qui pénétrait par la vitre, derrière le panneau dont l'inscription FERMÉ était toujours orientée vers l'extérieur.

« C'étaient les fils Murphy, annonça-t-il. Ils m'ont acheté une de ces poupées.

---

1. Conserve de viande.

– Quand ça ?

– Ça doit faire deux mois. Une petite poupée mignonne. Une *jolie* poupée. »

Naomi voyait parfaitement que, dans sa tête, il s'efforçait d'accentuer la qualité de la poupée.

« Est-ce que l'un ou l'autre des fils Murphy a des enfants, à votre connaissance ? » demanda-t-elle d'un ton de menace voilée.

Il en perçut l'accent dans sa voix. Ça ressemblait à l'appel des loups dans les collines.

« Non. Pas à ma connaissance. Mais… »

Une pensée sembla lui traverser l'esprit, le détourner de ce qu'il s'apprêtait à dire. Il fronça les sourcils.

« Merci », dit Naomi qui se dirigea vers l'entrée et retourna le panneau.

Earl parut à nouveau déstabilisé. « Miss, quel rapport ça a avec les peaux ?

– Il devrait y en avoir un ? »

Il aspira un peu d'air. « Vous allez me dénoncer, pour elles ?

– Pas à moins que vous m'y obligiez. »

*

Pour la rue tranquille où habitaient les Culver, c'était un samedi après-midi très animé. Des enfants couraient, jouaient avec des cerceaux, criaient, leurs voix s'élevaient claires et fortes dans la tiédeur de la journée printanière.

Naomi ne fut pas surprise de trouver le couple dans la maison, comme s'ils voulaient échapper à la lumière.

Le père semblait mal à l'aise. « Vous avez demandé à nous voir tous les deux ?

– À chaque reprise quand je suis venue, depuis la première fois où nous nous sommes vus, vous êtes resté dans ce fauteuil. Ou vous n'étiez pas là. Et la première fois, vous n'êtes même pas monté avec nous jusqu'à la chambre de votre fille. »

Il regarda autour de lui comme si les équations mathématiques qu'il enseignait pouvaient le sauver.

« Je pense que votre mariage bat de l'aile. » Le ton de sa voix était calme et direct.

« Comment vous pourriez le savoir ? demanda-t-il en adressant un regard accusateur à sa femme.

– Il n'y a qu'à regarder où vous êtes assis. »

Mari et femme se regardaient. Elle était dans le fauteuil à bascule où, autrefois, elle lisait avec Madison. Il se trouvait à nouveau à l'autre bout de la pièce, dans le siège inclinable… il ne pouvait être plus loin d'elle.

« Je ne vois pas quelle différence ça fait, dit-il d'une voix peu audible.

– Mais ça en fait une, affirma Naomi. Dans la plupart des cas, un seul des parents m'appelle… parce que depuis la disparition de leur enfant, ils ont divorcé. Les chances qu'un mariage survive à la disparition d'un enfant sont très faibles. Surtout lorsque le couple a le sentiment d'avoir perdu tout espoir, comme c'est le cas pour vous en ce moment. »

La mère parla d'une voix qui se brisait. « Pourquoi divorcent-ils ?

– Parce qu'ils s'en veulent mutuellement. Vous en voulez sûrement à votre mari de s'être arrêté à cet endroit-là, sur la route. Et lui, il vous en veut probablement d'avoir eu l'idée stupide d'aller là-haut. »

Un sourire courut sur le visage du père.

« Il est plus facile d'être en colère contre l'autre que d'affronter le fait qu'elle puisse être morte, acheva Naomi.

– Elle n'est pas morte ! hurla soudain la mère. Je n'arrête pas de vous le dire ! » Elle fondit en larmes, secouée de bruyants sanglots.

Le mari n'eut aucun geste en direction de sa femme. Il tourna vers l'enquêtrice des yeux implorants.

« Vous n'arrivez pas à faire face à cette profonde affliction, dit Naomi. C'est pour ça que vous ressentez de la colère. »

Il hocha la tête et sa gorge se mit soudain à trembler.

Naomi plongea la main dans son sac, fouilla à l'intérieur.

« Ah, la voilà. Je vous ai apporté la carte de visite d'une conseillère matrimoniale que je connais. Elle peut vous aider, tous les deux.

– Et si…

– J'insiste. Bon, maintenant, j'ai une question à vous poser. »

La mère cessa de sangloter et s'essuya les yeux. « Oui ?

– Quel genre de jouets Madison aimait-elle ?

– Oh ! » s'exclama le père en levant les yeux. Cette fois, il souriait. « Nous disions toujours qu'elle était assez remarquable. Même quand elle faisait ses premiers pas, elle ne jouait pas beaucoup avec des cubes. De temps en temps, ça pouvait être avec une poupée, mais ce n'était pas très important pour elle, d'avoir des jouets. »

La mère hocha la tête, les joues tachées de larmes. « C'est vrai. La méthode Montessori, ça a fait long feu avec elle. Elle ne voulait jouer avec rien. »

Le père se tourna vers sa femme. « Tu te souviens comme l'institutrice était exaspérée ? La petite Madison, il fallait qu'elle fasse les choses à sa manière. Elle restait debout dans le jardin, à rêver. »

Tous d'eux eurent un léger rire en secouant la tête. Pour la première fois, Naomi les voyait à l'unisson.

« De quoi rêvait-elle ?

– Elle adorait être dehors, répondit le père d'un ton ferme. C'était notre secret, à nous. Nous partions en promenade. Nous ramassions des feuilles, nous parlions, nous sentions sur nos joues la pluie ou le soleil estival. Elle adorait… le grand air. Elle adorait voir les arbres, elle se mettait à parler des nuages et éprouvait une fascination sans fin pour une procession de fourmis sur le trottoir. Je n'arrêtais pas de la taquiner en disant qu'elle finirait par devenir comme ces gens qui passent tout leur temps dehors, quand elle ne serait pas plongée dans un livre. Par exemple, un samedi comme aujourd'hui, nous… »

Il se tut tout à coup, le visage crispé de douleur. Il enfonça la tête dans ses mains, les épaules agitées de tremblements. Sa femme ne bougeait pas, aussi immobile qu'un oiseau en alerte. Comme à leur habitude, elle non plus ne fit pas un geste pour le réconforter.

Naomi se leva et alla jusqu'à la porte qu'elle ouvrit. Dans la lumière vive qui tombait à l'oblique sur la maison, ils entendirent les enfants qui jouaient au-dehors. Elle hésita, sachant qu'elle franchissait une limite, mais elle espérait de toute son âme qu'ils ne finiraient pas comme d'autres familles qu'elle avait connues, si la nouvelle finale les anéantissait.

Derrière elle, le mari sanglotait. « Allez vers lui, dit-elle à la femme d'un ton de supplication. Ne vous perdez pas l'un l'autre, par-dessus le marché. »

*

Lors d'une de ses visites à la ferme où elle avait regardé Jerome prendre pour cible, avec sa main gauche désormais déliée, des pommes, tombées à terre à cause du vent, qu'il avait posées sur un poteau de clôture, il lui avait demandé pourquoi elle n'était pas armée.

Elle l'avait observé pendant qu'il manipulait son arme de service avec adresse, en dépit du fait qu'il savait le pistolet susceptible d'être mortel. Il s'en acquittait naturellement, ce qu'elle ne pourrait jamais faire, comme s'il s'agissait d'une partie de son corps, secrète et triste.

« J'ai essayé », lui avait-elle répondu et c'était la vérité. Ce n'était pas parce qu'elle craignait d'être blessée (elle se disait parfois que cet aspect de sa personnalité était brisé à tout jamais), mais parce que, pensait-elle, cela rendrait trop naturel de tuer un ravisseur, si elle en portait une. Elle n'aurait aucun scrupule, aucune hésitation à le faire. C'était presque comme si ces gens n'existaient pas pour elle.

Elle s'était donc procuré un permis de port d'arme dissimulée, en avait acheté une petite chez un négociant de bonne réputation et s'était inscrite à des leçons au stand de tir. Le bruit assourdissant ne la dérangeait pas. La vue des douilles sur un champ humide ne la dérangeait pas. Même le recul du pistolet et le fait de déchiqueter la cible… rien de tout cela ne la dérangeait.

Elle avait cru que cela ne lui poserait pas le moindre problème.

Mais du jour où elle avait commencé à porter l'arme sur elle, l'évidence s'était imposée. Le marchand l'avait aidée à choisir un Smith & Wesson parce qu'elle le tenait bien en main et qu'il était de suffisamment petite taille pour ne pas être visible sous son blouson quand elle avait un étui d'épaule. Mais elle savait qu'il y était. Et, sans qu'elle sache ni comment ni pourquoi, les autres aussi le savaient.

Les pistes qu'elle obtenait auparavant s'étaient raréfiées. Les témoins autrefois amicaux, ouverts, encadrés par le chambranle d'une porte elle-même perforée d'impacts de balles ou marchant dans des couloirs de prison, refusaient désormais de parler. Les soutiens qu'elle avait trouvés au fil des ans, les témoins, voisins ou adolescents qui se tenaient au coin des rues, se figeaient en sa présence.

Le pistolet semblait dresser une barrière invisible entre elle et le monde qu'elle voulait atteindre. La pelote de fil avait disparu, tout ce qui lui restait était un stupide étui plaqué sur la cage thoracique et plus rien d'autre. Le jour où elle avait cessé de porter l'arme correspondait à celui où son travail était reparti de l'avant.

« Je crois qu'ils en sentent l'odeur », avait-elle confié à Jerome en sachant qu'il ne se moquerait pas d'elle. L'air était chargé du parfum entêtant des pommes pulvérisées et d'une infime émanation de poudre.

« Bien sûr, avait-il répondu en glissant avec aisance son arme dans l'étui. Les gens sentent quantité de choses. On dresse des chiens à sentir si quelqu'un qui souffre d'épilepsie va avoir une crise. Je crois que les gens aussi peuvent détecter ces choses-là, mais en fait nous l'ignorons. Ou nous faisons comme si nous l'ignorions. C'est ce qu'on appelle l'intuition.

– Mais je ne le sais pas, moi, quand tu portes une arme. Comme là, en ce moment. Pour moi tu es pareil. »

Derrière eux, dans la ferme, tout en se lamentant parce qu'elle allait devoir attraper Naomi au lasso pour qu'elle reste, Mrs Cottle préparait un dîner qu'ils mangeraient tôt.

« Tu pourrais la porter et je n'en saurais rien, avait poursuivi Naomi.

– J'ai tué des gens avec des armes, avait-il déclaré avant de se taire un instant. Je le sais, je l'ai accepté. C'est inscrit dans mon âme maintenant. Tu vois. Je me le suis approprié.

– Oh. » Cette idée l'avait touchée. « C'est comme ce que je dis aux enfants après les avoir retrouvés : de s'approprier ce qui leur est arrivé. Je veux qu'ils se sentent en accord avec eux-mêmes, qu'ils n'éprouvent pas de honte.

– Exactement. » Il lui avait souri tandis qu'un souffle d'air soulevait ses cheveux noirs, et le moignon de son épaule avait semblé acquiescer. « Une fois que cela fait partie de toi, plus personne ne peut le voir.

– Que tu as été différent un jour ?

– Que tu aurais dû être autre que tu ne l'es. »

*

Peut-être parce qu'elle était née, littéralement, dans son corps, quand elle avait traversé en courant le champ enténébré, Naomi s'était sentie plus à l'aise en apprenant l'art physique de l'autodéfense. Au fil des ans, elle avait suivi des cours donnés par des policiers à la retraite ; avait fait un stage intensif avec un Philippin rompu au combat de rue ; et, dans ce qui avait constitué sa formation préférée, s'était envolée pour le Mexique afin de s'entraîner avec un boxeur professionnel qui avait pris une retraite glorieuse après avoir passé sa vie à livrer des combats déloyaux.

Pour elle, apprendre à se battre était une expérience révélatrice. Les boxeurs parlent de la peur des coups, et elle avait appris à ne plus redouter d'en encaisser : elle avait appris à garder les yeux ouverts face au danger. Plus tard, elle avait été satisfaite de constater que ce savoir était parfaitement indécelable : ce qu'elle contemplait dans le miroir de la salle de bains, c'était l'image d'une femme raisonnablement musclée, sûre d'elle, qui n'était pas différente de celle qui avait existé auparavant, mais qui dégageait une force éloquente.

C'était le boxeur mexicain de Chihuahua, couturé de cicatrices et aux oreilles en chou-fleur, qui lui avait inculqué les leçons les plus importantes.

Leçon numéro un, avait-il dit de sa voix rauque tandis que le fossé, au-dehors, luisait d'écume, que la femme, dans la cuisine, leur préparait un repas de plus, et qu'il lui bandait les mains avant qu'ils ne débutent l'entraînement :

« Comment tu gagnes, ça ne compte pas. »

Leçon numéro deux, avait-il énoncé en la soumettant aux innombrables exercices qu'elle répétait encore aujourd'hui pour rester en forme :

« Tout le monde se fiche de comment tu gagnes du moment que tu gagnes. »

Leçon numéro trois, tandis que le monde tournoyait sur lui-même au milieu des odeurs de stuc et de sel, et que le vieux pugiliste virevoltait et utilisait son jeu de jambes, toujours sans effort, en contrepoint de sa propre débauche d'énergie haletante :

« Tout est *là-dedans*. »

Il lui avait tout appris, les trucs les plus vicieux, les plus détestables, les plus méchants. Les coups de tête, le coup du lapin, les coups dans les reins. Les morsures au nez et aux oreilles. Les os tendres qui se brisent en deux avec le plus de facilité. Les endroits où la peau peut se déchirer. Il lui avait enseigné tout cela avec les mêmes yeux tristes et néanmoins intéressés.

Le dernier jour, il avait fini par s'écarter alors que, à l'un comme à l'autre, des gouttes de sang maculaient leurs mains protégées, et il avait dit :

« Maintenant tu sais, *la reina*. »

La reine… il l'avait appelée la reine.

« Qu'est-ce que je sais ? » avait-elle demandé et, au-dehors, le soleil miroitait au-dessus des fossés et le coton voletait sur les champs proches.

« Comment gagner. » Il avait ri et ils étaient rentrés dans la maison où régnait l'odeur du poulet qui mijotait et où la vieille femme coupait des légumes en rondelles.

*

Naomi avait tracé les limites de la parcelle des Murphy sur sa carte, plus bas que Stubbed Toe Creek. C'était loin de l'endroit où Madison avait disparu, mais elle n'avait pas oublié que les frères montaient souvent au magasin de Strikes. Ils auraient pu voir la fillette errant sur la route.

Elle trouva l'endroit sans difficulté, une bicoque de plain-pied sise à l'écart d'une route en lacet, dans une clairière envahie de plantes grimpantes, juste après le hameau de Stubbed Toe Creek. À la différence des autres fermes qu'elle avait explorées, celle-ci était visiblement occupée. Plusieurs générations d'objets mis au rebut s'accumulaient à l'extérieur : des vieux tuyaux, des palettes, des épaves de camions. Les habitants des grandes villes considèrent le ramassage des ordures comme un dû, songea-t-elle.

Il n'y avait aucune trace de la présence d'enfants. Pas de jouets dans la cour, pas de dessins collés sur les fenêtres crasseuses : rien dans ce qu'elle voyait qui pût expliquer l'achat d'une poupée par les frères Murphy.

Elle savait qu'il y a plusieurs façons de fouiller une maison. Elle pouvait attendre que ses habitants donnent l'impression d'être partis, ce qui ne semblait pas très réalisable ici, ou obtenir d'entrer, généralement sous une fausse identité.

Il lui était arrivé de pénétrer dans certaines demeures en prétendant qu'elle s'était égarée et en demandant son chemin, en hurlant de panique comme si c'était elle qui était traquée, ou en se faisant passer pour n'importe qui, une représentante de commerce ou un membre de la famille perdu de vue depuis longtemps. Dans le coffre de sa voiture, elle avait en permanence un casque de chantier et un gilet de sécurité jaunes, tous deux affichant le logo mensonger d'une entreprise de démolition. Plus d'un ravisseur avait ouvert sa porte en croyant qu'elle était porteuse d'un avis condamnant l'habitation à la démolition. D'autres, à cause d'une des dix ou douze fausses cartes de visite qu'elle rangeait dans son sac. Si on s'y fiait, elle était tout ce qu'on voulait, depuis une historienne experte des cultures orales jusqu'à une spécialiste du contrôle des maladies infectieuses. Ça, c'était dans le cas où elle aurait repéré un problème ayant trait à la présence de rats.

Elle aimait jauger, souvent au dernier moment, lequel de ces déguisements serait le plus efficace. Elle fonctionnait autant à l'instinct qu'à autre chose.

La famille Murphy représentait un défi. Ils l'avaient vue, au magasin et dans le hameau. Ils avaient probablement appris par la préposée qu'elle avait consulté les actes de propriété. Ils avaient peut-être appris qu'elle s'était rendue au musée municipal où elle avait lu les microfiches, et ils l'avaient vue dîner en compagnie du garde forestier. Ce qui éliminait bon nombre de ses déguisements.

Ce furent les actes de propriété qui lui suggérèrent l'idée. Elle sortit une des fausses cartes de visite, la fixa sur le dossier à l'aide d'un trombone et descendit de voiture.

Le cadet des Murphy, qui avait exigé des explications à la portière de son camion, ouvrit la porte avant qu'elle n'ait traversé la moitié de la cour envahie de mauvaises herbes. Il portait une chemise à carreaux et un pantalon de coutil sale. Une casquette marron était enfoncée sur ses cheveux.

« Encore vous ! Qu'est-ce que vous voulez ? »

Elle afficha son plus beau sourire. « Je suis vraiment navrée de vous ennuyer », assura-t-elle. Elle lui montra le dossier, l'ouvrit sur leur acte de propriété.

Il prit la carte de visite et l'étudia en plissant le front. « Chargée d'enseignement ?

– Oui. Je travaille sur un projet. Une recherche sur la fièvre de l'or dans l'Oregon.

– Y en a pas, de l'or, ici. » Il semblait sincèrement perplexe.

« Je le sais, c'est la légende… la fièvre de l'or. Je suis allée inspecter la mine Claymore, poursuivit-elle avec un peu trop d'empressement. J'ai parlé des anciennes mines avec plein de gens, comment des prospecteurs gâchaient leur vie à trouver de l'or même quand ça n'avait rien d'un filon, si j'ose dire. J'espérais que votre famille en saurait un peu plus sur l'histoire de la région. Peut-être votre mère a-t-elle connu des gens qui essayaient de trouver de l'or par ici ? »

Il la scruta du regard. Elle continuait de sourire avec ardeur, faisant le pari qu'Earl Strikes avait tenu parole en ne leur révélant pas qu'elle cherchait Madison. « Je suis désolée d'avoir été malpolie à votre camion, l'autre jour. Ça m'a fait un peu sursauter quand vous avez surgi comme ça derrière moi.

– Vous voulez seulement parler avec nous ?

– Oui.

– Bon sang. J'espérais mieux, moi », déclara-t-il avec un vague sourire.

*

Elle fut surprise en voyant l'intérieur de la maison… non parce qu'elle était aussi mal rangée et négligée qu'elle s'y était attendue, parce qu'ils étaient aussi bruyants et agités qu'elle l'avait imaginé, ou, comme elle l'avait conjecturé, parce qu'il n'y avait aucune trace d'enfant.

Elle fut surprise parce que les murs étaient couverts de livres.

Au-dessus d'une des nombreuses étagères, sur une photographie sépia, régnait la première détentrice du titre de propriété, Ida Murphy. Au-dessous, ses descendants, réunis autour d'une longue table, parlaient, gravaient dans le bois avec leur couteau, mangeaient, lisaient et riaient. Le foyer diffusait une atmosphère chaleureuse qui lui fit aussitôt penser à Mrs Cottle. Il y avait une bonne odeur de fumée de pipe et de chaussettes mouillées qui séchaient près du feu sur un étendoir.

« Voici Naomi, la présenta Mick Murphy. Elle dit qu'elle est pas du service des gardes-chasse et des gardes-pêche, finalement. Elle est enseignante, un truc comme ça.

– C'est bien, dit le frère aîné en réparant un piège. Parce que je me prépare à une virée de braconnage nocturne et vous m'avez l'air de faire la maille.

– Oh, toi alors, le reprit la jeune femme qui se trouvait à côté de lui en lui appliquant une petite tape avec un rire joyeux et des yeux brillants. Faites pas attention à Cletus.

– Il s'appelle vraiment Cletus ? demanda Naomi.

– Nan, il s'appelle Patrick. C'était juste pour voir si vous gobiez n'importe quoi.

– Vous êtes venue me parler de ma poésie ? » La vieille dame s'assit, déboucha une bouteille avec délectation.

Mick Murphy avança un siège à Naomi. « Ma mère est une poétesse reconnue. »

Elle se sentait un peu estomaquée par ces gens. « Je m'étais fait une autre idée de vous, reconnut-elle en prenant place.

– Quoi, à cause de ce vieux chnoque d'Earl Spikes ? caqueta la mère.

– Le fait est qu'il vous a décrits comme étant un peu particuliers, reconnut Naomi.

– Bien sûr, rit la mère en se versant une bonne rasade de vin. Dans l'esprit d'Earl, quiconque écrit de la poésie est un crétin fini. Vous savez, ajouta-t-elle avec un sourire espiègle, je la connaissais, sa femme, Lucinda. Au moment où ils se fréquentaient, Earl lui a écrit des poèmes. Elle m'en a montré certains, de ces gribouillages. Ils ne valaient pas grand-chose.

– Qu'est-ce que vous étudiez exactement, professeur ? » s'enquit Patrick Murphy. Dans sa bouche, le mot avait pris une tonalité méprisante.

Naomi fit circuler la carte de visite, expliquant qu'elle écrivait sur la fièvre de l'or. Elle en parla avec tellement d'enthousiasme qu'elle y crut elle-même. Patrick Murphy étudia la carte, qui la présentait comme une chargée d'enseignement d'histoire dans une université obscure, leva vers elle des yeux interrogateurs et haussa les épaules. La mère était plus perspicace. La carte tenue entre deux doigts, elle observa la visiteuse de ses yeux vifs. Lui posa quelques questions. Naomi connaissait tous ses rôles sur le bout des doigts : elle leur fit son grand numéro, sur cette université, comme elle s'y était entraînée.

Les membres de la famille se détendirent et partagèrent le peu qu'ils savaient sur l'exploitation des mines d'or. De l'époque où elle était petite, la mère se souvenait de Robert Claymore et partagea une histoire drôle sur le jour où il avait débarqué à Stubbed Toe Creek en hurlant à tue-tête au sujet d'un trou noir, dans la montagne.

C'était ce jour-là, raconta-t-elle, qu'on l'avait embarqué à l'asile de fous.

Mick Murphy proposa avec empressement de l'accompagner dans la tournée de toutes les mines d'or abandonnées dont il avait entendu parler, et son frère aîné lui décocha un coup de coude dans les côtes avant de dénigrer son outil de forage jusqu'à ce que le visage de Mick vire à l'écarlate.

Pendant que tout le monde riait aux éclats, Naomi regarda autour d'elle. Les chambres semblaient toutes donner sur cette pièce principale au sol inégal. Il fallait qu'elle trouve un moyen de fouiller les lieux.

Il y eut un bruit de pas traînants. Une femme sortit d'une des chambres. Elle était vêtue d'une chemise de nuit sale, cheveux roux emmêlés, pieds nus, et il y avait quelque chose d'instantanément reconnaissable sur son visage.

« Ma fille, Samantha », annonça la vieille femme en lui faisant signe d'approcher. Beaucoup plus grosse que sa mère, elle s'assit sur ses genoux et nicha son visage dans ses cheveux gris fer.

Naomi étudia la jeune femme informe qui lui retourna un regard timide. La mère répondit à la question inscrite sur la figure de la visiteuse.

« Samantha est née avec le cordon ombilical autour du cou… elle en a gardé les traces.

– Elle est un peu notre gros bébé fille pour la vie », énonça Patrick Murphy d'une voix aimante.

Samantha sourit. Ses traits étaient creusés de rides, mais les yeux qu'elle posait sur Naomi avaient la curiosité de l'enfance.

Dans sa main, elle tenait un jouet… une poupée bon marché.

*

Je n'aurais pas dû la boire, cette dernière bière, se dit Naomi des heures plus tard en sortant de la maison d'une démarche mal assurée. Elle n'avait pas l'habitude des boissons alcoolisées, surtout quand elle travaillait, et elle travaillait tout le temps. Elle était furieuse contre elle-même… la façon dont l'alcool avait semblé couler aisément dans sa gorge à cette adresse précise.

Elle reconstruisit toute la soirée dans sa tête pendant qu'elle s'installait sur le siège arrière de sa voiture. Elle n'était absolument pas en état de conduire dans l'immédiat. Elle laissa une vitre à peine entrouverte (pas suffisamment pour que quelqu'un puisse la forcer, mais assez pour avoir de l'air frais), et verrouilla toutes les portières.

La maisonnée Murphy semblait exister en l'un de ces lieux suspendus dans un ailleurs intangible. Les membres de la famille avaient raconté des histoires délirantes, sibyllines et embrouillées, qui provoquaient les rires bien avant la chute finale (y en avait-il une ?). La mère avait bu la presque totalité de la bouteille de vin avant de se hisser hors de sa chaise pour préparer des « brouillés », comme elle disait, et en plein milieu de l'opération, elle avait soudain ouvert la fenêtre et crié une poésie âpre en direction de la forêt.

Rien de tout cela n'avait de sens.

Finalement, Naomi avait demandé à utiliser leurs vieux cabinets où il fallait tirer une chaîne, et trouvé une mouffette empaillée dépassant derrière le réservoir d'eau. Apparemment, ils avaient attendu en silence d'entendre son hurlement, et les deux frères avaient été aussi satisfaits que déçus qu'il n'y en ait pas. À son retour, Patrick lui avait dit que c'était le cadeau de leur défunt père à leur mère pour leur vingtième anniversaire de mariage. Arrivé ce moment, Naomi ne savait plus ni qui, ni ce qu'elle devait croire… et ça ne lui importait guère.

Elle avait rejoint la fête, avait bu une autre bière et mangé un peu de ces « brouillés » qui étaient assez savoureux et se composaient d'ingrédients ordinaires, tels des œufs et des pommes de terre. Elle avait tenté de trouver une excuse pour fouiller les lieux et s'était contentée de parcourir les étagères. Elle savait déjà, dans son état de plus en plus comateux, que si le clan Murphy avait kidnappé la fillette, ce n'était pas ici qu'elle était cachée.

La raison en était simple. La maison n'avait pas de cave.

Finalement elle était juste allée regarder dans toutes les pièces, sans même demander la permission, et ils n'avaient pas semblé s'en apercevoir, leur comportement n'avait pas changé. Dans une des pièces elle avait découvert Samantha endormie, la poupée achetée au magasin de Strikes nichée contre sa joue.

Elle avait décidé d'en rester là, même s'ils semblaient tous continuer de pousser des hurlements et des beuglements, là-bas dans la maison. L'image de Mick, avec ses joues rouges et son rire prêt à fuser, lui occupait l'esprit.

Elle s'endormit, les genoux appuyés contre le dossier du siège passager. C'était une vieille habitude à elle, quand elle dormait en déplacement : si quelqu'un trafiquait la voiture, le mouvement se transmettrait par le siège et elle serait immédiatement en alerte.

Quelques heures plus tard, elle se réveilla. Sous la pleine lune, la maison des Murphy paraissait environnée d'une brume blanche. Une porte s'était doucement refermée, quelqu'un avait toussé discrètement, et cela l'avait instantanément tirée du sommeil. Elle se redressa sur le siège arrière, regarda par la vitre et aperçut Patrick et Mick Murphy, le fusil sur l'épaule, la lampe torche à la main, qui s'enfonçaient dans la forêt.

La vérité lui apparut : c'étaient des braconniers et, probablement, même si on ne pouvait jamais en avoir la certitude absolue, rien de plus.

*

Naomi savait par expérience qu'une grande partie de son travail reposait sur de fausses pistes et des indices qui ne menaient à rien. Il fallait souvent du temps pour dénouer la pelote de fil, et les culs-de-sac étaient nombreux. Ses enquêtes reposaient surtout sur le zèle qu'elle déployait. Le plus difficile consistait à déterminer quand il convenait d'abandonner une piste et de tenter autre chose.

Par exemple, devait-elle persévérer à passer au crible les concessions attribuées ?

Celle de Hallsetter se trouvait bien plus haut que l'endroit où Madison avait disparu, même si Naomi avait remarqué qu'elle creusait une profonde entaille dans le versant accidenté de la montagne. Cette fois, il n'y avait aucun accès direct à travers la forêt. Naomi repéra l'endroit où la propriété touchait la route goudronnée et où une barrière d'arbres menaçants se dressait.

Elle poursuivit à pied et fut bientôt au-dessus de cette ravine dans laquelle la fillette s'était éloignée. C'est souvent au milieu de nulle part que l'on découvre un lieu, pensa-t-elle en regardant un ciel gris-bleu au-dessus du paysage fracassé : des arbres qui s'élevaient sur la pente de collines, des à-pics qui plongeaient vertigineusement dans le vide.

Ici et là, les sommets s'aplanissaient pour laisser place à des vallées trompeusement placides. Naomi n'ignorait pas que patauger dans ces vallées signifiait avoir de la neige jusqu'à la taille. Tout endroit dépourvu d'arbres signifiait également qu'il y avait pénurie de terre, ce qui pouvait impliquer la présence d'un glacier dissimulé sous la neige. Un faux pas et on pouvait être englouti dans une crevasse. Une façon épouvantable de se perdre, les jambes brisées, en hurlant tout du long de sa chute.

Elle pensa à Walter Hallsetter, à la façon dont il s'était réfugié ici cinquante ans plus tôt après avoir abusé de jeunes garçons. Elle n'imaginait pas que ses désirs aient pu l'abandonner. Il avait dû être aux aguets d'autres occasions. Les avait-il trouvées ?

Elle s'interrogeait fréquemment sur la façon dont son propre enlèvement s'était déroulé. Avait-elle été une enfant volée à sa mère dans un moment d'inattention ? Ou y avait-il eu machination ? Était-elle née captive ou avait-elle été capturée en même temps que sa mère ? La pire des horreurs, elle en avait été témoin : une petite fille à vendre.

Peut-être ne l'apprendrait-elle jamais. Tout ce qu'elle savait, c'était que la férocité (comme dans le district du Diable) est une alchimie basée sur un concours de circonstances. Certains se mettent en chasse. D'autres restent à l'affût. Dans un cas comme dans l'autre, les choses ne peuvent manquer de se produire.

Elle soupira et inspecta attentivement la ravine, repérant le point, en contrebas, où elle pourrait la franchir.

Elle rééquilibra son sac à dos et partit dans cette direction. Une neige légère tombait.

*

Loin au-dessus d'elle, perché sur les crêtes élevées, Mr B la suivait du regard.

La fille était à côté de lui.

Il y avait une femme, en contrebas, qui traversait la ravine, une minuscule silhouette dans une parka de couleur vive. Lui et la fille de la neige l'observaient.

Elle rappelait quelque chose à Mr B : c'était la femme qu'il avait vue au magasin.

Elle portait un sac en haut du dos… ne cheminait pas au hasard. En étudiant l'allure déterminée de sa recherche, ils pouvaient voir qu'elle aussi était en chasse.

Mais ce n'était pas des petits animaux qu'elle chassait.

Mr B éprouva de la peur qui se mua en colère. Cette femme était *sur ses terres*. Il y avait longtemps de cela, il avait appris de L'Homme que nul autre n'était autorisé à y pénétrer : c'étaient les ennemis, ceux qu'il fallait craindre. Un jour, L'Homme avait trouvé des chasseurs sur leur terre et il les avait tellement terrifiés que B lui-même avait eu peur alors qu'il était adulte à l'époque.

Il savait que la femme était en chasse. Pas pour se procurer les fourrures ou la viande. Elle n'était pas une de ces rares adeptes de l'escalade qu'il voyait parfois, de très loin, agrippés comme des insectes imbéciles à des rochers d'altitude escarpés.

Non. Il n'y avait qu'une seule chose qu'elle pouvait chercher. La fille.

Il se souvenait de la manière dont il l'avait trouvée : quelques minutes de plus dans la neige et elle serait morte. Si cette femme qui chassait voulait la fille, elle arrivait trop tard. La fille lui appartenait. Il lui avait sauvé la vie. Il avait vu, après l'avoir sauvée, que d'autres étaient venus la chercher par-delà la ravine. C'est pour cela qu'il avait pris la précaution de ne jamais la faire sortir à moins que la neige couvre rapidement leurs traces. Avec le temps, il avait oublié. Cela ne se reproduirait plus.

Tout à coup, il se sentit envahi par la jalousie. Personne n'était venu pour le retrouver, lui. Ce n'était pas juste qu'on le fasse pour elle.

À son côté, la fille tendit prudemment la main pour prendre la sienne. Il tourna la tête vers elle. Ses yeux bleus reflétaient le ciel. Quoi qu'il arrive, elle serait toujours à lui, se dit-il… même s'il fallait qu'elle meure, elle aussi.

Ils reprirent le chemin de la cabane sous un ciel d'ardoise qui promettait de nouvelles chutes de neige.

*

« Vous aviez oublié de la prendre ? » Le garde forestier était debout à côté de sa voiture, la balise à la main. La neige commençait à tomber plus dru et Naomi avait décidé d'en rester là. Elle était épuisée et affamée.

Elle ressentit de l'irritation parce qu'elle avait oublié de fermer sa voiture à clé et parce qu'il n'arrêtait pas de la suivre. Il se tenait devant elle : tous deux contrariés et sur la défensive. Il lui présentait l'appareil d'un geste accusateur.

Elle laissa son visage trahir l'irritation qu'elle éprouvait.

« Jamais vous n'allez me prêter la moindre attention ? » lui reprocha-t-il d'une voix douce.

Elle se détourna. « Non, je ne crois pas.

– Bon. » Un léger tremblement était perceptible dans sa voix, puis il respira, s'en débarrassa. « Vous ne devriez pas faire ça toute seule.

– Pourquoi ? »

Elle s'attendait à entendre les mêmes remontrances liées à sa sécurité. Mais ce qu'il dit la sidéra. « Quand on sauvait des gens, Sarah et moi, on aimait le partager… en reparler après. C'est quelque chose qui me manque vraiment beaucoup. Partager cette expérience. »

Elle le dévisageait sans rien dire.

« Je me suis toujours demandé ce qui leur était arrivé par la suite, aux gens que nous avions sauvés. Qu'était-il advenu de leur vie ? On pense toujours à ceux qui traversent une crise, qui attendent qu'une main se tende vers eux. Mais personne ne parle de ce qui se passe après.

– Pour vous ou pour eux ?

– Pour tous. »

Elle lui sourit. « J'aimerais que nous soyons amis. Je crois que nous avons beaucoup en commun.

– Juste amis, pas plus ?

– Non. Jamais », lui répondit-elle, puis, pour amortir le coup, elle ajouta : « Il y a quelqu'un d'autre dans ma vie. Le seul dont j'aie jamais imaginé qu'il puisse en faire partie. »

Dave afficha tout à coup un large sourire, son visage prenant une expression proche de l'adolescence, une expression dont elle se dit qu'elle pourrait séduire une autre femme.

« Eh ben alors, demanda-t-il, qu'est-ce que vous attendez ? »

*

Ce soir-là, Mr B enferma à nouveau la fille. Il avait besoin de réfléchir.

Il connaissait bien la cave, de l'époque où il était enfant. Mais il n'y avait pas beaucoup de couvertures, alors, et L'Homme le terrorisait lorsqu'il venait en bas : il se moquait de lui et lui faisait des grimaces quand, avec sa propre bouche, il dessinait un O. À maintes reprises il avait essayé de s'échapper en tentant de forcer la trappe, et chaque fois L'Homme l'avait battu si fort qu'il avait cru mourir. Il n'avait aucun moyen de savoir si L'Homme était là quand il essayait de s'évader.

B avait voulu se montrer beaucoup plus gentil avec la fille. Il aimait bien la fille.

Il y avait tant de choses qu'il ne comprenait pas, dans la vie. Il comprenait la lune et l'herbe qui se cache sous la neige dans les creux. Il comprenait comment les nuages, là-haut, gambadent au-dessus des montagnes déchiquetées, et même des pierres que la neige ne recouvre plus. Il savait prendre les animaux au piège et traiter les peaux.

Toutes ces choses, il les tenait de L'Homme.

La fille était la première créature humaine qui lui avait appris quelque chose dépassant le cadre de la nature. Pour cette raison, elle avait acquis plus d'importance que tout, dans son imagination. Et comme un oiseau attaché par une chaîne d'or, elle avait une trop grande valeur pour qu'il la laisse s'échapper.

Il s'éloigna du poêle à bois bien chaud pour sortir la boîte de sous le lit. Elle se trouvait là depuis aussi longtemps que lui. Elle contenait d'insondables énigmes. Lui disait tant de choses sur un passé dont il était persuadé qu'il n'existait peut-être pas. Il sentait une partie de son être lui souffler : Oh que si, il existe.

C'était une vieille boîte, en bois, qui sentait la fumée de pipe… il avait senti cette odeur auparavant, au magasin. L'intérieur était tendu d'une étoffe douce, déchirée. D'une couleur qu'on ne voit pas dans la nature, sauf quand on a des ecchymoses.

Dans la boîte sommeillaient les mystères.

Il y avait du papier journal… il savait ce que c'était, il en avait vu au magasin. Il y avait un collier terni et un petit flacon foncé qui contenait un produit amer pour guérir.

Ces bouts de papier étaient couverts de ces mêmes marques étranges que la fille traçait sur les murs de la cave et qu'elle scrutait sur les fragments de journaux : des formes fascinantes, un langage secret qu'il ne comprenait pas. La fille dessinait parfois des formes qu'il reconnaissait (un animal comme le coyote, une silhouette qui ressemblait à un humain) mais elle aimait aussi ces formes-là. Elles se croisaient et se répétaient, il y avait des points et des courbes.

Sous les lettres on voyait une photo de L'Homme. B n'aimait pas la regarder. Le seul fait de la regarder, de mauvais souvenirs remontaient. Dessus, L'Homme était grand et massif, avec un visage hostile et mauvais. Il se tenait devant le magasin, une peau de loup dans sa main gantée.

B écarta l'image et chercha au fond de la boîte l'objet le plus sacré de tous.

Quelle sorte de créature était-il ? Pendant les épouvantables et infinies terreurs du temps, il n'en avait rien su. Tout le temps passé avec L'Homme, toutes les souffrances, les larmes et le sang sur ses cuisses… tous les coups et la fois où il avait essayé de déchirer sa propre gorge avec ses doigts pour mettre un terme à la douleur… il n'avait pas connu la réponse à cette simple question : quelle sorte de créature était-il ? Il savait qu'il était venu de quelque part, mais après un certain temps passé dans la cave, il avait oublié. Il était trop douloureux de se souvenir.

Ce n'était qu'après avoir tué L'Homme qu'il avait découvert la boîte. Il se souvenait de s'être assis au bord du lit pour l'ouvrir. D'avoir médité sur le collier, goûté le médicament sur son doigt et compris à quoi il servait. D'avoir trouvé cette sorte de papier différente, le même genre de papier qui s'effritait et qu'il avait montré à la fille, collé sur les étagères. D'avoir regardé plus bas et vu une photo sur la page. C'était la photo d'un petit garçon qui avait une vraie tignasse de cheveux et des yeux gais souriants.

Il était allé se placer près de la vitre gondolée de la fenêtre, au-dehors, là où il pouvait voir son reflet. Oui, sur cette photo d'enfant, ç'avait été lui, bien avant que les cheveux jaunes s'épaississent, que ses joues deviennent rêches de barbe.

Que disait le reste du journal ? Que signifiaient les signes ? B n'en avait aucune idée. Mais en lui, quelque part, tandis qu'il remettait précieusement la boîte à sa place, il savait qu'il y avait un rapport avec la présence de la femme qui chassait. C'était quelque chose qui avait trait à lui, et qui avait maintenant trait à la fille.

Il savait qu'il pouvait montrer le journal à la fille. Elle pourrait regarder les signes et voir l'image de quand il était un enfant. Peut-être pourrait-elle trouver un moyen, avec ses mains, de lui communiquer ce que cela signifiait. Mais ça lui faisait peur. Il craignait qu'elle regarde les signes sur le papier, et qu'ensuite elle le regarde différemment. Comme les fois où elle semblait voir *en* lui.

Il frotta le côté de sa main sur sa barbe grisonnante. Ses doigts sur son visage vieillissant. Il y avait quelque chose qu'il ne comprenait pas dans l'écoulement de la vie. La renarde avait le renardeau et le renardeau… le renardeau… faisait quoi ? Grandissait ? Oui, et on le chassait.

Mais avant ça, il vivait avec sa mère.

La fille lui avait apporté un avenir et de l'affection, et elle lui avait apporté plus encore. Pour la première fois de sa vie, il s'était vu lui-même, un autre être humain, se refléter dans ses magnifiques yeux bleus.

Il ne pouvait supporter de la perdre. Pas maintenant. Pas alors qu'il avait fini par renaître.

15

Quand elle avait vu la femme qui, en contrebas, traversait la ravine, la fille de la neige s'était immobilisée, le cœur battant à tout rompre. *Une autre personne s'en venait dans ce monde.*

Qu'est-ce que cette femme qui était en chasse cherchait ? Allait-elle chanter, jouer de la flûte ?

C'était la première personne qu'elle voyait depuis plus de trois ans, à l'exception de Mr B. Elle s'était dit que, peut-être, il n'existait pas d'autres êtres humains dans ce monde. Elle savait désormais qu'il n'en était rien, et cette réalité la bouleversait.

Prudemment, elle avait dissimulé ces sentiments à Mr B. Elle lui avait pris la main pour tenter de le rassurer.

Mais en arrivant à la cabane, il s'était mis en colère et l'avait enfermée une nouvelle fois dans la caverne. Elle avait entendu le cliquetis dans la serrure.

Elle gravait sur les murs de boue : des multitudes de canards traversant les lacs l'été, cherchant vainement une nourriture qui ne s'y trouvait pas. Des renards efflanqués qui mouraient quand la neige estivale devenait trop molle pour la chasse, et dont les coyotes bien gras faisaient leurs proies. Des alignements de minuscules glaçons semblables à des décorations, qui, sur les branches des cèdres rouges, laissaient tomber des gouttes de pluie.

Elle s'interrompit. S'approcha de la forme partiellement effacée, tracée dans l'angle, dont elle avait cru qu'elle représentait le chiffre 8. Mais ce n'était pas un 8. C'était un B.

Mr B l'avait gravé ici, au temps jadis.

Elle comprit alors. Mr B avait été un enfant de la neige, lui aussi. Il avait été enfermé ici, exactement comme elle. C'était lui qui avait tenté de s'enfuir.

La fille de la neige savait que cette femme offrait un chemin menant vers un autre monde. Peut-être était-ce un monde plus froid encore où il y avait plus de douleur. Peut-être s'agissait-il d'un monde pire et regretterait-elle d'y être allée. Elle espérait que c'était un monde semblable à celui de ses contes de fées. Peut-être était-ce trop demander.

*

Dans la caverne, attendant la seule froideur dont elle avait appris qu'elle puisse jamais la réchauffer, la fille de la neige se dévêtit. Elle ôta tous ses habits. La parka douce et humide ; en dessous, la chemise rose usée jusqu'au fil ; le pantalon collant, sale, avec les licornes ; les chaussettes effilochées et les vieilles chaussures défoncées.

Elle se tint debout sur le sol de terre froid et mouillé, nue, raide comme un piquet. Elle ne disposait d'aucun reflet. D'aucun moyen de voir. Mais elle y parvenait quand même. Ses entrailles qui en savaient davantage qu'elles ne devraient. La façon dont son corps se composait de toutes sortes d'éléments différents : le goût de viande des muscles humides, l'exquise moelle, la caresse de la graisse sur la langue. Tout cela comparable à une explosion.

Elle porta les doigts à sa fente. À une époque, elle avait rêvé qu'elle vivait une seconde naissance. Elle saisissait maintenant, sans bien savoir comment, que c'était la réalité.

Cela arrivait à tous les adultes.

Elle leva les yeux vers les planches brutes au-dessus de sa tête. Il pouvait la maintenir enfermée ici jusqu'à ce qu'elle meure de faim et qu'il ne reste plus que sa peau et ses os, comme les dépouilles d'animaux qu'ils trouvaient parfois dans la forêt.

Elle resta là à respirer. L'air était doux. Lentement, elle décrivit un cercle pour voir, tout autour d'elle, une magnifique représentation : l'œuvre de sa vie faite d'esquisses et de griffes, les images qui surgissaient des murs sombres telles des ombres.

*

« Vous viendriez à l'église avec moi ? lui demanda Violet Danforth. Demain, dans la matinée. Ou alors (ajouta-t-elle avec espoir) nous pourrions assister à la messe de l'après-midi, si vous êtes une grande dormeuse comme Danita.

– Je ne suis pas une grande dormeuse. » Naomi hésita. Elle avait souvent été conviée à se rendre à l'église pour des veilles, des réunions, des rassemblements dédiés à la prière et, une fois, pour une cérémonie haïtienne vaudou, tout ce que les familles avaient pu imaginer afin qu'elle se sente associée à leurs actions de grâce, leur dieu, comme si en les mettant en contact, cela pouvait multiplier leurs chances. Peut-être, qui sait ?

Généralement, elle évitait ces rencontres. Elle ne voulait pas que les familles aspirent à davantage qu'elle ne pouvait leur offrir.

Dans son vestibule calme et silencieux, Violet la regardait. Tout autour d'elle, la vieille maison portait comme le deuil fantomatique de familles éteintes.

« Cela compterait beaucoup pour moi », insista Violet, et Naomi accepta.

*

La première église baptiste de Bethel[1] était située à un angle de rue que l'embourgeoisement avait négligé… pour un temps. Son perron branlant, blanchi à la chaux, donnait l'impression qu'il s'effondrerait à la moindre tempête. Sur le pourtour de l'édifice délabré s'élevaient les fils de fer barbelés du commerce : cafés et appartements neufs tapageurs. La maison de Dieu ressemblait à un petit vieillard tassé aux pieds de son fils arrogant.

Sous le soleil du matin, Naomi grimpa, lentement, les marches avec Violet, éprouvant aussitôt

1. Ville mentionnée dans la Bible, située à 15 km au nord de Jérusalem.

la sensation d'être chez elle. Ces gens, pauvres et remplis d'espérance, elle les connaissait. Ils s'alignaient dans leurs beaux habits du dimanche : tissus vifs et chapeaux de paille festonnés de fleurs. Les femmes avaient des chaussures teintes afin qu'elles soient assorties à leur robe, des étoles mangées aux mites ou de vieilles fourrures qui donnaient l'impression de pouvoir se redresser et prendre la fuite.

Naomi se souvint de Mrs Cottle qui, le dimanche, restait assise après la messe avec les quelques amies pratiquantes qu'elle avait encore. Nancy aux cheveux teints en bleu, Ophelia la fétichiste du lait glacé. Pas de la glace, donnait-elle toujours pour instruction à Jerome avant qu'il ne s'élance en courant vers la boutique qui se trouvait en ville. Elle et Jerome plaisantaient toujours à ce sujet. Elle ne savait même pas si quelqu'un en fabriquait encore.

Les paroissiens accueillirent Violet avec chaleur et amour, et tendirent à Naomi les mêmes mains prévenantes.

L'intérieur de l'église était juste une boîte sans ouvertures qui lui rappela les églises des quakers en troncs d'arbres non équarris. Les bancs étaient simples, l'estrade en contreplaqué, le pupitre couvert d'un tissu bon marché. Partout, elle repérait les signes de la pauvreté qui affleuraient et, étrangement, cela lui procura du réconfort.

« Ce n'est pas pour Danita, si ? » murmura-t-elle à Violet qui tourna la tête vers elle, splendide dans une robe bleue ample et légère, coiffée d'un chapeau assorti, une jolie ligne d'un bleu paon sur ses paupières diaphanes.

« C'est pour vous », répondit Violet, et Naomi sentit un nœud se former dans son ventre.

Les fidèles s'alignèrent sur les bancs : plusieurs rangées de représentants de la population noire décroissante. Naomi ploya le cou pour prier, ce qui était loin d'être la première fois. Elle n'avait jamais su quoi dire à Dieu. Elle avait envie de le convier : viens avec moi creuser un trou. Enfonçons-nous ensemble dans le tunnel qui mène à mon passé.

La prière une fois terminée, elle releva la tête, regarda alentour. Là-bas, de l'autre côté de l'allée centrale, un visage connu se tourna vers elle. Un bref sourire radieux.

Winfield.

Il était assis à côté de sa mère, très âgée et ridée sous un immense chapeau qui la rapetissait. Il tenait la Bible ouverte devant eux et s'apprêtait à prêter l'oreille. Ses yeux revinrent se poser sur Naomi, virent Violet à côté d'elle, et il hocha la tête avec ce qui ressemblait à du soulagement.

« Chantons », invita le pasteur, et ils chantèrent.

*

Vers la fin du service religieux, le pasteur demanda à la congrégation de prier pour Naomi, afin de lui donner la force de mener à bien sa recherche. Elle l'accepta, tête baissée, pendant que les yeux de Violet rayonnaient.

La cérémonie fut suivie d'un déjeuner précoce dans la cour inégalement verte, sur l'arrière, où une seule balançoire métallique avait été installée pour les enfants. Les tables étaient couvertes de nourriture et les hommes se taquinaient en se disant mutuellement qu'ils n'étaient pas obligés de remplir autant leur assiette. Naomi mangea peu, attendant qu'un temps respectueux se soit écoulé avant de partir.

« Vous n'avez pas faim ? lui demanda Violet sur le ton de la gronderie.

– D'habitude, si, répondit-elle en souriant. J'ai hâte de me remettre au travail. »

Violet regarda derrière l'épaule de l'enquêtrice. Son chapeau bleu fut secoué d'un tremblement. « Lucius », annonça-t-elle.

Winfield semblait avoir soigné sa mise avec son costume trop grand et ses chaussures cirées de frais. Il s'était éloigné de sa mère, assise à une place d'honneur près de la table de pique-nique, mains tremblantes au-dessus de sa canne.

« Je viens saluer la femme qui retrouve les enfants, dit-il.

– Tu l'appelles toujours comme ça, Lucius ? s'enquit Violet. Tu pourrais être plus poli. » Elle se tourna vers Naomi. « Lucius, je l'ai connu, il portait des langes. Je le gardais souvent ici, dans l'église en fait, pendant l'école du dimanche.

– À l'époque où ça existait encore », compléta-t-il.

Son regard rencontra celui de Violet. « J'espère que tu aides cette jeune femme.

– Absolument, affirma-t-elle avec promptitude. Je ne suis pas fâchée que cette avocate refuse que tu parles encore avec Danita. Puisque tu l'as *arrêtée*.

– J'en suis navré. Sincèrement », dit-il avant de les saluer respectueusement et de se détourner. Il avait l'air seul, pensa Naomi tandis qu'il retournait auprès de sa mère et que le soleil brillait dans ses cheveux.

« Est-ce que Lucius connaissait Danita, quand elle a grandi ?

– Oh, bien sûr qu'il la connaissait. Il a toujours été dévoué à sa communauté… quelqu'un qu'on peut appeler si on rencontre des difficultés. C'est lui qui m'a parlé de la clinique pour les autistes. Il était très remonté à cause de la façon dont l'école traitait Danita. Il disait que ce n'était pas normal.

– Comment se fait-il que vous ne m'en ayez pas parlé ?

– Et pourquoi je l'aurais fait ? Je ne savais pas que vous le connaissiez. Écoutez, nous savons l'une comme l'autre que ce n'est pas de lui que ça dépend. Il y a un pouvoir supérieur, dans sa vie, et ce n'est pas le Seigneur. C'est un type en costume trois pièces, installé derrière un bureau qui vaut plus que ma maison. »

Lucius regarda de leur côté au moment où il rejoignit sa mère qu'il aida à se relever avec sa canne. « Je ne lui en veux pas », conclut Violet. Il y avait une petite lueur espiègle dans son regard. « Il s'occupe bien de sa mère. Je ne vois pas pourquoi il ne s'occuperait pas bien de vous.

– Il est assez âgé pour être mon père.

– Eh bien, au moins, vous savez qu'il ne l'est pas, et c'est déjà ça. »

Naomi ne put s'en empêcher : elle éclata d'un rire dont les sons cristallins se répercutèrent dans la petite cour, et les paroissiens se tournèrent vers elle, heureux de l'entendre. Elle essuya des larmes de gaieté dans ses yeux.

Violet baissa la voix et s'approcha très près d'elle. Naomi vit la robe bleue qui voletait, les chaussures fendillées mais cirées, et l'épais collant. « Je suis au courant de ce qui vous est arrivé, dit-elle. L'avocate m'en a parlé : c'est pour cette raison que je n'ai pas cessé de lui dire de vous appeler, de vous appeler, de vous appeler encore. Vous savez pourquoi ? Parce que si Moïse a guidé son peuple jusqu'à la terre promise ce n'était pas parce qu'il avait je ne sais quel diplôme prestigieux. Non, il était né au sein de son peuple. On l'avait caché dans une arche.

– Je suppose vous pourriez en dire autant de moi.

– Je le peux et je le ferai. Maintenant, vous allez sortir de cette église et vous aller découvrir ce qui est arrivé à mon arrière-petite-fille. Je le sens dans mes os. Et quand vous le ferez, je verserai une rivière de larmes. Lucius aussi. Vous aussi. »

Naomi sentit sa peau s'attendrir, là, sous les rayons du soleil. « Et ce sera la terre promise ? »

Violet la toucha, elle sentait la lavande et l'eau du bain. « Oui, en vérité, oui. »

*

Naomi sortit, marcha vers sa voiture et vit un drapeau flotter au vent au-dessus d'une maison. Elle vit la marquise colorée d'un café remuer sous une brise de plus en plus forte. Une boutique pour fumeurs d'herbe arborait les couleurs des rastafaris : vert, jaune et rouge.

Cela lui rappela l'époque où elle était en classe. Forcée de rester assise derrière une table en bois dur et de découper des bandes de papier aux couleurs moches afin de les entrelacer en boucles dépourvues de signification puis de les disposer tout autour de la classe en prévision d'une fête de vacances ennuyeuse.

C'était, elle le savait, une chose que Madison et elle avaient en commun. Elles n'aimaient pas rester à l'intérieur. Elles préféraient être dehors, à courir dans les champs, à regarder les fleurs.

Vert, jaune, rouge. Elle prit la direction du centre-ville où se trouvait la prison. Les couleurs se répétaient dans sa tête, comme une chanson simple que n'importe qui pourrait comprendre. Il n'y avait qu'un mois que Baby Danforth avait disparu.

Seulement un mois, songea-t-elle. Tant de choses peuvent arriver, ou ne pas arriver, en seulement un mois. Elle doubla un bus municipal bringuebalant, observa dans son rétroviseur au moment où il dépassait sans s'arrêter un abribus bondé parce qu'il était déjà plein. Les restrictions budgétaires entraînaient la détérioration des services.

Il fallait qu'elle trouve un magasin sur le chemin de la prison. Elle avait besoin de fournitures.

*

« Danita, je t'ai apporté des couleurs. »

La jeune femme redressa la tête. Le dimanche, les pièces réservées aux visiteurs professionnels étaient désertes. Assise au parloir, sans sa fille, Danita semblait privée d'énergie. Naomi ne pouvait que s'imaginer ce que cela pouvait faire : quand votre cœur s'est levé et s'en est allé.

Elle éprouva un peu de ce déchirement.

Les couleurs étaient des bandes de papier. Naomi les avait achetées en chemin et les étalait maintenant sur la table.

« Si tu joues à ce jeu, peut-être Baby rentrera-t-elle à la maison. »

Danita avait les yeux écarquillés. Naomi vit l'instinct maternel resurgir : la jeune femme allait consacrer à ce jeu le maximum de ses capacités.

« Rouge, rouge, ton nom est lundi », commença tout à coup à chanter Naomi en étalant les bandes de papier coloré sur la table.

« Jaune, jaune, quelle étrange personne ! Tu es mardi. »

Les lèvres de Danita suivaient l'alignement des bandes de couleurs.

« Orange, quelle fille sotte ? Je pourrais te manger, mais tu es mercredi. »

Danita partit d'un petit rire.

« Oh, vert. Si sereine. Je suis contente, *c'est mon jour de congé habituel*… jeudi. »

Danita cessa de rire.

« Et regarde-toi, bleu, si triste de partir. Me revoilà au travail, *c'est vendredi.* »

Naomi leva les yeux. Les bandes étaient étalées devant elles. Elle posa la main sur le vert.

Danita écarquilla les yeux. « Vert, dit-elle.

– Oui, tu as emmené Baby chez le docteur.

– C'était vert. Comme le siège du bus. Mon jour de congé. Mais… » Elle fronça les sourcils.

Naomi attendit.

« Le docteur l'a vaccinée. On est rentrées à la maison et on a mangé de la soupe. On s'est pelotonnées dans le lit et c'était si bon, Baby et moi. Et après…

– Tu t'es endormie, mais tu t'es réveillée. Parce que quelqu'un t'appelait au téléphone. »

La mémoire lui revint et elle se redressa brusquement.

« Le chef ! C'était l'heure de partir !

– Et Baby ?

– Je l'ai mise dans la poussette. » Les mots se bousculaient pour sortir. « Je l'ai emmenée avec moi au travail. Grand-mère était partie à ses cours d'histoire biblique. Je ne peux pas laisser Baby seule. »

Le sentiment d'horreur s'insinua dans la pièce.

D'un geste épouvantablement lent, Naomi tendit la main vers bleu : vendredi. Danita ne put retenir un petit cri.

« Regarde-toi, bleu, si triste de partir. Me voilà, chanta Naomi.

– Je retourne au travail, c'est vendredi. »

*

L'après-midi, de l'air poussé par les tempêtes printanières avait pénétré dans les terres à des centaines de kilomètres au sud. Il avait une teneur saline et des goélands plongeaient dans le ciel, s'égosillaient de colère.

Les garages des bus municipaux étaient immenses et occupaient deux pâtés de maisons. Les vastes bâtiments lui firent penser à des hangars pour avions. Dans l'ombre des portes ouvertes, elle apercevait les contours vagues de véhicules, parqués tels d'énormes chevaux dans des stalles.

Tout au bout se trouvaient une station d'essence et, juste à côté, un atelier de mécanique qui n'inspirait pas confiance. Aussi loin que l'œil portait, le terrain situé derrière était envahi de bus en panne. Elle s'était renseignée : la crise budgétaire locale avait entraîné des arriérés de réparations remontant à des mois. Des clôtures surmontées par des rouleaux de barbelés ceignaient les lieux.

Le conducteur de nuit du numéro quatre se tenait devant elle, un solide gaillard aux yeux bleus qui l'examinaient dans un visage encadré par une barbe rousse. Il était intimidé, désireux de pouvoir l'aider.

« Est-ce que vous vous souvenez de cette femme ? » demanda-t-elle en lui présentant une photo de Danita que l'avocate lui avait donnée. « Elle prenait régulièrement votre bus.

– Oui, je m'en souviens. Je la prends presque tous les matins à l'arrêt qui se trouve devant l'école. Je crois qu'elle y travaille. Parfois, elle a un bébé avec elle, dans une poussette. Maintenant que j'y pense, ça fait un bon moment que je ne l'ai pas vue. Il ne lui est rien arrivé ?

– Elle l'avait souvent avec elle, le bébé ?

– Je ne sais pas trop. Plusieurs fois par mois, peut-être ? Un bébé qui restait bien sage. » Il se tut, le regard dans ses souvenirs. « Elle s'installe toujours tout au fond. Il m'arrive d'être obligé de crier pour la réveiller. Je le connais par cœur, son arrêt. Vous savez comment ça se passe, on s'endort dans le bus à cause de la fatigue, surtout après avoir travaillé toute la nuit. Ça lui arrive souvent. N'empêche qu'elle se réveille comme une folle. Des fois, elle franchit les portes au pas de course, comme si je la poursuivais. Je pense qu'elle a… vous savez… un handicap. Mais il est clair qu'elle l'aime, ce bébé.

– Combien de temps de trajet vous reste-t-il entre le moment où vous la déposez et la fin de votre parcours ?

– C'est à la fin. Je rentre le bus juste après.

– Avez-vous un carnet de bord, ce genre de chose ?

– Bien sûr, oui. » Il sortit de sa poche arrière un calepin en piteux état. « On doit y mentionner les incidents du trajet.

– C'est le neuf février qui m'intéresse, ajouta tranquillement Naomi. Il y a un peu plus d'un mois. »

Le pouce noirci de graisse, il tourna les pages du carnet en le maintenant fermement. « Ouais ! Il me semblait bien que ça me rappelait quelque chose. J'avais eu beaucoup de problèmes avec mon véhicule. J'ai appelé la régulation pour leur signaler que quand j'en aurais terminé, je le garerais sur le parking des réparations. J'en ai pris un autre le lendemain. Il attend toujours d'être réparé, mais ça n'a rien de nouveau. »

Un frisson parcourut Naomi. Une image surgit dans son esprit : un bébé dansant la tête en bas sous le plafond d'un bus.

« Vous m'avez dit qu'elle s'asseyait toujours dans le fond. Est-ce qu'elle tirait la poussette à un endroit où vous ne pouviez pas la voir ? Derrière un siège, par exemple ? »

Le visage du chauffeur changea. Il n'était pas facile de préciser de quelle manière, mais c'était une expression qu'elle avait déjà vue lorsque les gens prennent soudain conscience de quelque chose. La couleur abandonna lentement ses joues rougeaudes, laissant paraître ses lèvres violettes, sur le point de vomir.

« Je… je suis censé vérifier tous les sièges à la fin de ma journée, mais les vitres devaient être fermées, ce n'était pas loin du garage, et si le bébé dormait…

– Où est le bus, là ? » lui demanda doucement Naomi.

Il déglutit. « Je vais vous montrer. »

Ils dépassèrent les garages ouverts pour se rendre au fond des parkings où les véhicules en panne, sentinelles jaunes dans une aube grise et froide, attendaient leur tour d'être réparés. Dans le ciel, les goélands criaillaient en quête de nourriture, et Naomi était contrainte d'essuyer les larmes qui coulaient sur ses joues.

Au bus numéro quatre, le conducteur s'arrêta, incapable de faire un pas de plus. Toutes les vitres étaient remontées, les portières fermées.

Elle appuya sur le bouton rouge situé à l'extérieur.

Les portes pliantes s'ouvrirent dans un sifflement nonchalant. Déjà, elle sentait l'odeur. C'était celle de la peur, du manque et de l'au-delà. C'était une odeur qui disait boue, et terre, et le cri le plus triste de tous : *Maman*.

Elle respira à fond et monta dans le véhicule.

*

La femme qui trouvait les enfants rejoignit l'avocate de la défense à l'extérieur du parloir de la prison. À travers la vitre, elle distinguait Danita qui leur tournait le dos, les mains crispées dans l'attente. Son corps était immobile, comme si d'espoir il attendait d'être rempli.

Dans le couloir patientait Winfield. Il avait envoyé un groupe de techniciens procéder aux relevés dans le bus. Il appartiendrait au tribunal de déterminer s'il s'agissait d'un accident ou d'un abandon volontaire.

Baby Danforth avait été retrouvée.

« Je vais le lui annoncer », dit Naomi à l'avocate.

Elle redressa les épaules et entra calmement.

Au-dehors de la pièce en béton, l'avocate entendit un cri perçant qui se répercuta dans tout le bâtiment et fit s'envoler les pigeons posés sur le toit. Partout où des gens l'entendirent, ils s'immobilisèrent, sachant qu'il n'existait aucun son comparable au monde : le désespoir d'une mère.

L'avocate se prit la tête dans les mains.

Dans la pièce bétonnée, Naomi faisait de son mieux pour consoler Danita, murmurait dans son oreille chavirée : « C'était ta fille chérie, c'était ta fille chérie. »

Sur ses propres joues mouillées s'inscrivait la révélation. Oui, elle voulait un enfant qui serait à elle. Oui, elle irait jusqu'à prendre ce risque, si elle pouvait ressentir l'amour qui ruisselait telle une rivière derrière le supplice qu'endurait cette femme, anéantie entre ses bras.

*

« Naomi. »

C'était Jerome, qui l'attendait à l'accueil du motel quand elle finit par s'y traîner, tard le soir, avec l'impression de laisser dans son dos un sillage de larmes, comme abandonné sur le passage d'une limace extrasensorielle, depuis la ville jusqu'à la pureté des montagnes.

Il était assis paisiblement dans un des fauteuils râpés, son chapeau de shérif posé sur ses cuisses.

En dépit de tout ce qui s'était passé dans la journée, ou peut-être à cause de cela, le cœur de la jeune femme s'apaisa car sa seule présence lui était un soulagement.

« Je suis désolée de ne pas avoir répondu à ta lettre, lui dit-elle. Je suis lâche.

– Non, juste une femme qui ne sait pas bien où elle en est, répondit-il avec un sourire. Et qui, j'espère, a très faim.

– Pas vraiment, cette fois. » Elle observa un bref instant de silence. « Mais je connais un restaurant. »

Ils mangèrent dans celui où le garde forestier l'avait invitée. Elle en éprouva un soupçon de culpabilité et fut contente que le propriétaire trouve cela tout naturel.

Comme à chaque fois, elle s'étonna de la façon dont elle se sentait détendue avec Jerome. Quels que soient ses sentiments, tristesse, désespoir, bonheur, il semblait s'en accommoder.

Elle lui confia, à voix basse, ce qui était arrivé à Baby Danforth. Elle se retint de raconter ce qu'elle avait vu, dans ce bus, mais savait que l'image resterait en elle à jamais. Une petite fille sanglée dans sa poussette pour l'éternité. Comment cela pouvait-il être, de faire face à la mort, elle refusait d'y penser parce qu'elle le savait déjà.

Jerome la consola, puis il lui raconta qu'il avait entièrement vendu et liquidé ce qui avait appartenu à Mrs Cottle, et lui parla du sentiment de vide que cela laissait en lui. Il dit qu'en inspectant le contenu de la coiffeuse, il avait trouvé un tiroir uniquement rempli de mouchoirs, et que chacun portait une tache épanouie de rouge à lèvres : mauve, rose orangé et écarlate. Qu'est-ce que cela signifiait ? Naomi eut un petit sourire en se souvenant de l'alignement des rouges à lèvres Mary Kay sur le meuble, du contact des mains de Mrs Cottle sur ses épaules.

Jerome lui expliqua qu'il allait maintenant mettre la maison en vente. Et après ? On lui proposait du travail. Un poste de shérif à temps plein. Bon salaire, prestations sociales. Un avenir. Cela signifiait qu'il devait quitter l'Oregon.

Naomi ressentit une violente frayeur.

« Tu le prends ? demanda-t-elle.

– Cela dépend de toi. Je préférerais t'aider. »

Elle l'imagina assis dans sa voiture, à côté d'elle. Comme elle se sentirait bien.

« Je t'ai gardé ça », dit-il en posant son verre afin de pouvoir sortir une petite boîte de sa poche. À l'intérieur se trouvait la bague de mariage de Mrs Cottle. « Je l'ai trouvée sous son oreiller. Elle devait s'inquiéter de la perdre, à la fin. Je n'avais même pas remarqué qu'elle ne l'avait plus au doigt. »

Il se tut un instant, reprit :

« J'espère que tu la porteras pour moi, mais elle t'appartient et tu as le droit d'en faire ce que tu veux. »

Naomi le fixait du regard.

Il plongea dans sa nourriture. « C'est bon », dit-il en désignant l'assiette de Naomi.

Après le repas, il la reconduisit au motel, l'accompagna pour traverser le parking sur lequel tombait une neige à la blancheur étincelante. À sa porte, il s'appuya contre le chambranle et attendit.

Elle voyait le désir dans ses yeux.

« Tu vas m'obliger à rentrer en voiture sous la neige ? lui demanda-t-il.

– Il faut que je prenne une décision.

– Il n'y a rien à décider, entre l'espoir et la mort.

– Tu peux dormir par terre », dit-elle.

*

« Tu veux te préserver uniquement pour moi, c'est ça ? » lui demanda-t-il plus tard, étendu sur le sol dans un nid de couvertures. Derrière les vitres sombres hurlaient des bourrasques printanières.

« Ha-ha. » Elle sourit dans le noir. Elle s'était débarbouillée et portait ce qui, pour elle, tenait lieu de pyjama : un pantalon de sport en coton et un vieux T-shirt. Elle aimait se dire qu'à tout moment elle pouvait courir.

« Tu as déjà eu un petit ami ? lui demanda-t-il plus tard d'une voix tranquille. Ou tu as juste envie de me punir en me laissant dormir sur ce fichu plancher ?

– Non, jamais », admit-elle.

Il se tourna sur le côté. Elle voyait son visage dans le triangle de lumière qui entrait par les lourds rideaux. C'était une nuit de clair de lune, à la lumière ambiante traversée de pluie blanche.

Elle ne parla pas pendant un moment puis dit : « Et toi ?

– Quelques copines, ici et là. Mais ce n'est pas de ça que nous parlons, hein ? »

De sa voix tranquille : « Non.

– Tu te souviens quand nous partagions nos secrets ? » La lune soulignait son beau visage, empli de désir. Ses cheveux noirs lui tombaient presque sur les épaules.

« Les pierres, dit-elle en riant.

– Je t'aimais alors. Je t'aimais quel qu'ait pu être l'endroit d'où tu venais. Non… efface ça. » Sa voix s'éleva vers elle. « Je t'aimais parce que tu venais de je ne savais où. Ce devait être un lieu magique, pour t'avoir engendrée. »

Elle sentit quelque chose de plus profond que les larmes, une vague puissante au creux de son ventre.

« Tu dis ça pour que je t'accepte dans mon lit ? lui demanda-t-elle d'une voix débordant d'émotion.

– Non. » D'un ton affectueux. « Je dis ça pour que tu m'acceptes dans ton cœur. »

*

Elle courait… courait… les ténèbres tel un fantôme derrière elle. Elle sentait ses jambes qui moulinaient, le ciel nocturne qui la soulevait. Baissait les yeux et voyait…

Voyait ses mollets, éclaboussés de sang.

Elle savait qu'elle rêvait, sentait ses pieds heurter le sol dans son sommeil, mais elle était dans le grand rêve et savait que cette fois, il prendrait fin et lui apporterait l'ultime réponse qu'elle redoutait.

Elle sentait la boue épaisse du champ sous ses talons nus. Savait qu'elle était sans âge, mais qu'elle pouvait trouver un chiffre quelque part, sous le ciel. Savait qu'elle était sans vêtements, mais que les habits existaient pour protéger ceux qui allaient nus. Savait qu'elle récupérerait son nom. Savait…

Elle s'immobilisa, paniquée, en plein champ. Le fin croissant de lune révélait la forêt sur quatre côtés. Aucun ne lui promettait de répit :

ils pouvaient être tapis n'importe où. Elle avait été piégée dans un endroit épouvantable, sous la terre. Il n'y avait pas de lumière, sauf quand les monstres prétendaient l'aimer mais lui faisaient mal à la place.

Elle avait trouvé l'issue en passant par le bunker dans les bois, repoussant les broussailles qui bloquaient la trappe pourrissante. *Viens*, avait-elle murmuré à la fillette qui la suivait.

Grand, avait murmuré la fillette, dehors, le visage plein de confiance.

Elles s'étaient mises à courir, et de ses mains ouvertes, elle essayait de saisir le vide. Ressentait autour d'elle une terreur abominable maintenant qu'elle avait goûté à la liberté. Courait, courait encore, plus vite à cause de la peur, voyait ses genoux nus se relever, ses pieds marteler la terre.

Là-bas, au loin, une lumière qui pouvait être un feu de camp. Elle avait réussi. Elle était la sœur aînée et elle les avait sauvées toutes les deux.

Elle ralentissait, respirait fort, tournait les yeux vers la fillette à côté d'elle. « Nous allons être en sécurité », lui murmurait-elle.

Mais la fillette n'était plus là.

Naomi pivotait d'un geste brusque, fouillait du regard les bois derrière elle, savait qu'elle avait laissé la fillette quelque part, et la panique la plus atroce de toutes enflammait son corps tel un feu incontrôlable.

Elle hurla dans son sommeil en se réveillant brutalement. « Sœurette ! »

*

Ils s'assirent au bord du lit, l'un à côté de l'autre, et elle lui raconta ce qui lui était arrivé dans le rêve. Jerome était nu à l'exception de son caleçon.

« Ma petite sœur. Je l'ai abandonnée là-bas, dit-elle d'une voix brisée. J'ai continué à courir.

– Tu étais une enfant », dit Jerome. Sa voix aussi douce que les cendres dans la nuit.

« J'ai choisi de me sauver, moi. J'étais l'aînée. Je ne l'ai pas sauvée elle.

– Peut-être le feras-tu un jour. Maintenant, je sais pourquoi tu continues de chercher. Tu veux la retrouver. C'est pour ça que tu ne peux pas rester au même endroit. Ce serait comme si tu abandonnais.

– Mais je ne peux pas la trouver.

– Pourquoi ?

– Et si elle est morte ? Elle est probablement morte. » Elle sentit la culpabilité s'insinuer dans ses os. « Je peux sauver les autres, mais je ne peux pas sauver celle qui importe plus que tout. »

Elle comprit alors que son esprit l'avait protégée, non pas de ce qu'on lui avait fait subir, mais de sa propre culpabilité indicible.

Jerome prit sa main dans la sienne. Ils abaissèrent les yeux devant eux, sur leurs mains serrées l'une dans l'autre.

« Et ta mère ? » s'enquit-il doucement.

Elle se souvint des sentiments éprouvés quand elle avait découvert Baby Danforth dans le bus, cette réaction, venue de ses entrailles, qu'elle avait chaque fois que la perte était irréparable. Il y avait une odeur indissociable de la mort, et cette odeur lui disait : Maman.

« J'ai toujours su qu'elle était morte.

– Mais il est possible que ta sœur soit vivante. Il faut que tu saches, Naomi.

– J'ignore pourquoi c'est maintenant que je m'en suis finalement souvenue. »

Il posa un baiser sur sa main. « Parce que pour la première fois, tu n'es pas seule. »

Ils restèrent silencieux. La lumière argentée se déversait par les rideaux.

« Je crois que le monde est beau », dit Naomi au bout d'un moment.

Il perçu le changement qui s'opérait en elle, tel un renversement de marée, et ce qui émergeait était immense et affectueux.

Naomi le sentait aussi. C'était le besoin.

« J'ai peur, confessa-t-elle à voix basse.

– De quoi ?

– Peur que si la boîte s'ouvre, je puisse vouloir plus, encore et encore, et ne jamais être rassasiée. » Elle reprit sa respiration. « Que tu te lasses de me rassasier. » Elle se tut avant d'exprimer sa crainte la plus profonde en se tournant pour lui parler à l'oreille. « Que tu te serves de moi avant de me rejeter. »

Il la regarda dans les yeux, et dans les siens ne se lisait que de la douceur. « Jamais pareille chose ne pourrait se produire. » Un sourire flotta sur ses lèvres. « Confie-moi tes peurs, Naomi. Dis oui. »

Elle sentit les larmes lui monter aux yeux. Elle avait l'impression qu'elle pourrait fondre en pleurs et ne jamais s'arrêter.

Mais au lieu de cela, elle dégagea sa main et, d'un geste très délibéré, posa sa paume sur la jambe nue du garçon. La sensation qui parcourut son corps fut celle d'un courant électrique chaud. Comme un délice animal pur. Elle sourit de plaisir. En ce moment, elle savait que, quoi qu'il ait pu se passer avant, ce serait différent.

Elle leva son visage vers lui. Lui fit son irrésistible sourire.

« Oui. »

*

Jerome partit le lendemain matin, les cheveux noirs mouillés après la douche. Il prit son chapeau à la patère.

Naomi était roulée sur elle-même dans le lit où ils avaient dormi ensemble. La chambre était envahie des ombres affectueuses de ce qu'ils avaient fait.

Le chapeau à la main, il se pencha pour l'embrasser. « Ne me fuis plus », lui dit-il.

Elle tourna ses yeux clairs vers lui. Il vit la peur, en elle. Il voulait rester mais savait qu'il devait la laisser faire son choix. Sinon, cela ne marcherait jamais.

« Viens me retrouver, ma joie. Tu sais où je suis. » Il se tut un instant. « Mais… je n'attendrai pas beaucoup plus longtemps. Cette fois, il faut que tu choisisses. »

16

Mr B lui porta sa nourriture dans la caverne, la regarda manger, observa ses moindres gestes, l'étudia comme il le faisait quand il ouvrait les griffes des animaux qu'ils tuaient, comme si la partie tendre, sous leurs pattes, lui apprendrait quelque chose. Elle voyait bien qu'il avait peur : maintenant qu'elle avait vu la femme, elle essaierait de s'échapper. C'était pour cela qu'il la gardait enfermée même s'il neigeait.

Obéissante, elle mangea, comme une gentille fille. Elle lui sourit et il n'y avait pas là de faux-semblant. Il leva sa lanterne et elle lui indiqua ses gravures les plus récentes : le renard, le coyote et les canards. Il la guida, petite main dans la grande, jusqu'au B qu'il avait inscrit dans le mur. Elle posa la main dessus, interrogatrice. Il sourit. Oui, acquiesça-t-il. Il était B.

La fille de la neige tourna la tête vers la couchette en bois de feuillu où couvertures et fourrures qui sentaient le renfermé étaient roulées en boule, vers les murs qui avaient été nus, et elle vit en lui l'enfant qu'il avait été, comment cela avait dû être, enfermé ici comme il l'avait été, alors qu'il ne disposait d'aucun moyen de s'exprimer. À ce moment-là elle le plaignit. C'était lui qui avait tenté de soulever la trappe. Il avait tenté de s'échapper. Mais qui le retenait prisonnier ?

Il la laissa en bas, referma la trappe derrière lui à l'aide du cadenas. Elle savait ce qu'il faisait. Il guettait la femme. Il ne la laisserait pas trouver la fille. Il tuerait la femme avant.

*

La fille de la neige était assise au bord de la couchette. Elle caressait de la main le bois rugueux aux nombreuses échardes. Gardait le souvenir de formes au plafond, et de la femme en chasse qui se rapprochait opiniâtrement de…

… D'elle ?

La fille de la neige vit en esprit le château de glace, et cette cabane dans un monde couvert d'arbres. Sur le mur, elle toucha ses dessins qui représentaient ce monde-ci, les emplacements des pièges et les montagnes démesurées. Son doigt traça avec application la ligne appelée Route.

La femme traversait le ravin lorsqu'ils l'avaient vue. De l'autre côté se trouvait Route. Elle réfléchit. La femme venait probablement de Route.

Je ne veux pas mourir ici, pensa la fille de la neige. Ce n'est pas la fin que je veux pour cette histoire.

Il était une fois une petite fille appelée Madison.

Madison habitait avec une maman et un papa, dans un château. Il était beaucoup plus grand que la cave, différent de la cabane avec son plancher de bois brut rassurant. Le château était si propre qu'il scintillait dans l'air matinal.

Un chien sortit par la porte et courut vers elle : un chien au poil doux et marron, exactement de la même couleur que le chocolat chaud, avec une touffe de poils au bout de sa queue qui remuait. Le chien était heureux de voir…

De la voir.

Madison ignorait l'impression que cela fait d'être perdu. Madison ignorait l'impression que cela fait de s'éveiller dans un autre monde.

Madison était aussi bête que l'âne Sylvestre[1] qui fait vœu de se changer en pierre.

Madison ignorait comment être courageuse.

Mais la fille de la neige pensait en être capable.

*

Naomi resta allongée dans le lit jusqu'au départ de Jerome, elle entendit le faible et affreux déclic de la porte. Une partie de son être lui commandait de courir en criant : Ne pars pas ! L'autre voulait se cacher sous le lit. Elle sentait l'odeur du garçon sur les draps. Elle se souvenait de son corps sur elle, dans elle. Il y avait là quelque chose de tellement fort, c'était comme toucher les limites du paradis.

Et cela parlait aux profondeurs de l'enfer. Pouvait-elle refaire pareille chose ?

Elle détesta se l'avouer, mais ce contact avait fait surgir d'autres souvenirs. C'était ce qu'elle redoutait depuis le début : que l'échange physique fasse remonter à la surface l'horreur, et

---

1. Dans *Sylvestre et le caillou magique* de William Steig, 1969.

le chagrin. Maintenant, c'était fait. Et elle était seule.

Elle savait, par le grand rêve, qu'elle avait été retenue sous le sol. Il y avait une odeur qui évoquait rivières et forêts. On les avait gardées là, dans des pièces auxquelles on avait conféré l'aspect de vraies pièces, pour des raisons qui lui nouaient le ventre.

Sa sœur et elle s'étaient échappées par ce qui ressemblait à une trappe d'accès dans un bunker et s'étaient élancées à travers les champs de fraises, un sol mouillé et fertile sous leurs pieds. À la limite d'un champ, elle avait fini par comprendre qu'elle avait laissé sa petite sœur derrière elle. Elle s'était retournée pour regarder, mais, terrifiée, avait continué de courir. Il y avait eu la forêt broussailleuse, une clairière au milieu des arbres, des migrants autour du feu.

Au terme d'un très long voyage, les migrants l'avaient conduite au bureau d'un shérif en qui ils avaient confiance. Ils avaient pris la route le matin, se souvenait-elle, et étaient arrivés à Opal en fin d'après-midi. Cela signifiait qu'ils avaient roulé pratiquement une journée entière. Il devait bien y avoir une raison, pour qu'ils aillent aussi loin de l'endroit d'où elle s'était échappée. Peut-être avaient-ils peur de quelqu'un qui se trouvait à proximité. Du fermier ? Des représentants de l'ordre ?

C'était le printemps en Oregon lorsqu'elle s'était échappée, pensa-t-elle. En Oregon, il y avait des champs de fraises dans tous les endroits fertiles, mais surtout dans les terres des profondes rivières qui entouraient Willamette. Combien d'exploitations de fraises y avait-il eu, à l'époque où elle avait neuf ans ? Combien se trouvaient à une journée de voiture du shérif et de Mrs Cottle, dans leur ville d'Opal ?

Allongée dans le lit, elle s'imagina qu'elle étudiait une carte. Il ne devrait pas y avoir tant de villes qui pouvaient correspondre à cette description. Elle pourrait les identifier. Elle pourrait en établir la liste et aller les visiter toutes, sans exception. Elle serait en mesure de la retrouver. Elle parviendrait à établir s'il y avait des enfants, ou des mères, qui avaient disparu dans les années qui avaient précédé, coïncidé avec, et succédé au moment de sa naissance. Elle pourrait explorer tous les champs de fraises jusqu'au dernier dans l'attente du moment où elle mettrait le pied sur le bon et où son corps crierait : C'est celui-là !

Elle pourrait continuer de fouiller les bois entourant le champ jusqu'à ce qu'elle trouve le bunker en béton, caché sous les broussailles, jusqu'au lieu où elle et d'autres avaient été retenus prisonniers. Elle pourrait découvrir ce qu'il était advenu de sa sœur cadette. Elle pourrait apprendre qui elle était, avant, et comment elles avaient été enlevées.

Peut-être, alors, pourrait-elle se pardonner. Parce qu'elle ne pouvait pas… elle ne voulait pas… imaginer ce qu'il était arrivé à la petite sœur qu'elle avait abandonnée à son sort. Quelle qu'ait pu être l'identité des monstres, ils l'avaient probablement capturée et emportée à nouveau sous la terre. Naomi frémit intérieurement à l'idée de ce qui lui était arrivé.

Mais elle se sentait incapable de réussir seule. Et ce sentiment de joie illimitée ? L'aurait-elle chaque jour ? Elle se représenta déroulant une pelote de fil aux multiples couleurs, riant en voyant ses riches nuances, en observant les magnifiques teintes de la forêt, du ciel et de l'océan, le grain même d'un univers proclamant que chacun était le bienvenu.

*

Naomi avait quadrillé sur la carte les zones qu'elle avait explorées.

Mais en prenant son petit déjeuner, elle décida d'y réfléchir en adoptant le point de vue d'un trappeur. Walter Hallsetter avait vécu sur la concession. Il avait forcément dû couper du bois pour fabriquer une cabane, peut-être avec l'aide d'autres pionniers de l'époque. Ou peut-être la cabane était-elle déjà là. Dans un cas comme dans l'autre, elle avait dû se trouver plus ou moins à distance de marche du magasin ou de la route.

Elle repoussa ses flocons d'avoine, traça un cercle qui correspondait à l'emplacement du magasin de Strikes, étudiant la distance qui le séparait de celui où Madison avait disparu. À vol d'oiseau, pensa-t-elle. Son crayon se mit en mouvement et traça une ligne entre le magasin de Strikes et la limite du terrain de Hallsetter. La cabane se trouvait très vraisemblablement dans l'épaisse forêt au nord : faisable à pied, sans être vu de quiconque, et à distance de marche de l'endroit où Madison avait disparu. Elle repensa à Walter Hallsetter qui apportait ses fourrures au père d'Earl Strikes. Ils n'auraient eu aucun moyen de savoir, là-haut dans la montagne, qui il était et la raison pour laquelle il était là… aucun moyen de connaître ses arrestations passées. Elle se demanda s'il avait jamais eu à répondre de ses actes, ou si cela arrive jamais à aucun d'entre nous.

Cette fois, elle allait essayer quelque chose de différent. Elle allait se garer au magasin de Strikes et partir de là-bas.

*

« Miss ! Miss ! » Earl Strikes l'appela au moment où, dans le petit matin froid, elle descendait de voiture et s'apprêtait à s'éloigner à pied.

Elle se tourna vers le vieux marchand avec un soupçon d'impatience. Il était sur son perron et vérifiait les boutons de son pantalon. « Partez pas, Miss !

– Qu'y a-t-il, Earl ? demanda-t-elle en s'approchant.

– Un truc qui m'est revenu. »

En bas des marches, elle vit que la rosée se déposait sur ses poils de barbe.

« Vous m'avez posé des questions sur les frères Murphy, et j'ai bien compris que vous cherchiez un truc qu'aurait pu sortir de l'ordinaire, pas vrai ? » Sa voix vibrait d'excitation. « Comme quelqu'un qu'achèterait un truc qu'il avait jamais acheté auparavant.

– Oui, répondit-elle avec calme en attendant la suite.

– Alors je l'ai, votre réponse ! C'est le trappeur. »

Tout à coup, elle se souvint de l'homme, dans le magasin, de l'odeur du sang frais.

« Il m'achète à manger. J'avais pas remarqué, j'ai dû me dire qu'il avait faim, je suppose, mais y a pas longtemps, il a commencé à m'acheter pas un, mais deux repas surgelés. Il l'avait jamais fait avant, ça !

– Un régal.

– Exactement, acquiesça Earl. C'est pour ça qu'on en vend : ils sont vraiment bons.

– Vous ne savez pas où se trouve sa cabane ?

– Non, mais vous m'y avez fait réfléchir, à ça aussi. À cause des questions que vous avez posées sur le vieux Walter. J'y avais jamais pensé avant, mais je parierais qu'il est sur la même parcelle.

– Par là, fit-elle en se tournant et en tendant l'index.

– Ouais, c'est bien ça.

– Merci, Earl. »

*

Naomi se sentait très petite, à cheminer au travers de cette forêt sombre interminable. De la neige fraîche saupoudrait le sol.

La forêt, ici, lui paraissait aussi ancienne que les contes de fées russes qu'aimait Madison, sombre et mystérieuse. Elle était reconnaissante aux crêtes et aux ouvertures dans la végétation parce qu'elles lui permettaient d'apercevoir le vaste ciel. Elle fit une halte au sommet d'un relief et constata que, tout autour d'elle, il n'y avait que de la forêt qui s'étendait sur des kilomètres et des kilomètres.

Son cœur se serra. Comment pourrait-elle retrouver Madison au milieu de tous ces arbres ?

Dans l'après-midi elle s'arrêta. Il était temps de faire demi-tour.

Elle trouva un rocher noir sous un groupe de jeunes cèdres rouges et épousseta la neige pour s'asseoir. La roche lui sembla étrangement chaude.

Il arrive que la nature fasse un miracle. Qui avait dit ça ? Jerome. En parlant de la manière complexe dont les pierres précieuses se forment grâce à la roche, à l'eau et à la pression. Il en allait de même pour le mal, elle ne l'ignorait pas. C'était plus élémentaire que les gens n'étaient disposés à le croire.

Elle ouvrit son sac à dos pour en sortir une petite thermos. L'odeur du café chaud flotta dans l'air.

Ce fut alors qu'elle remarqua, juste devant elle, un minuscule fil attaché à une branche.

Elle s'immobilisa complètement. Le fil était rose et avait environ deux centimètres de long. Il avait été noué avec soin autour d'un frêle rameau.

Exactement à la hauteur qui pouvait correspondre à une fillette.

*

Elle sauta rapidement au pied du rocher et entreprit d'explorer attentivement chacun des buissons et arbres proches en progressant par cercles.

Elle en trouva vite deux, l'un après l'autre, dissimulés près du sol. Ça lui rappela le placard de Madison et les rangées de pulls aux emmanchures détricotées.

Il n'y avait aucune possibilité de déterminer l'âge de ces fils, ni le moment où ils avaient été attachés là. Mais ils lui apprenaient un fait très important : Madison n'était pas morte dans les bois. Cet endroit était trop loin de celui où elle avait disparu pour qu'elle ait pu arriver jusqu'ici par ses propres moyens. Madison était vivante au moment où ils avaient été noués, et qu'elle l'ait su ou non, elle faisait en sorte qu'on la retrouve.

Naomi s'arrêta et réfléchit intensément. Les fils avaient été attachés délibérément à ces endroits-là. Ils formaient une ligne qui s'enfonçait dans les profondeurs de la forêt.

Elle sentit l'excitation monter en elle. Assura le sac à dos sur ses épaules et remplit ses poumons d'air. Son visage reflétait une joie pure tandis qu'elle se préparait à aller de l'avant.

Mais elle suspendit ses gestes.

Elle ignorait ce qui l'attendait dans cette direction. Elle risquait de se laisser piéger dans les bois à la nuit tombée, et si elle était capturée ou blessée, elle ne pourrait plus aider Madison. Elle allait rentrer au motel et appeler le garde forestier. Elle lui demanderait de monter ici avec elle dès que l'aube percerait les ténèbres afin de suivre cette piste magique jusqu'à l'endroit où elle les mènerait.

*

Mr B n'avait pas cessé de patienter et de guetter la femme qui chassait. Il avait passé la matinée le long de la crête qui dominait la ravine où elle avait traversé. Durant l'après-midi, il était retourné dans la direction des reliefs moins élevés, du côté du magasin, étudiant les différentes zones naturelles.

Il aperçut la femme dans une clairière en contrebas. Elle s'activait près d'un gros rocher noir, inspectait les buissons. Elle paraissait excitée. Elle sembla prête à foncer dans sa direction à travers la forêt, mais s'immobilisa soudain, comme prise d'une idée.

Il l'observa tandis qu'elle se tournait et reprenait le chemin du magasin, portant dans son exaltation le sac en haut de son dos.

*

Quand elle se fut éloignée, Mr B descendit inspecter la zone qui environnait le rocher noir. Les traces de la femme s'arrêtaient puis partaient en tous sens. Non, se reprit-il, elle s'était déplacée méthodiquement en décrivant un cercle, comme si elle cherchait quelque chose. Elle s'était immobilisée devant toutes les branches ou buissons bas.

B retourna au rocher noir en essayant de comprendre. Il s'y assit comme s'il était la femme qui chassait. Il capta l'odeur du café qu'elle avait ouvert et qui était encore en suspens dans l'air. Il fit de ses yeux les yeux de la femme et inspecta les environs.

Il le vit alors, aussi petit et discret qu'une tache sur l'aile d'un oiseau.

Sa grosse main s'avança et toucha avec étonnement le gracile bout de fil sur la branche tombante. Le sentiment de trahison qui s'abattit sur lui fut d'une extrême violence et lui fracassa la cage thoracique. B sentit ses mains voleter à son cœur tant la douleur était grande. Il tira le fil à lui, arrachant le tendre bourgeon, et le tint dans sa main, les yeux écarquillés.

Depuis le début, la fille lui avait menti, elle l'avait dupé. Elle lui avait fait croire qu'elle ne le quitterait jamais, mais tout ce temps elle avait essayé de s'en aller, avait voulu s'échapper. Avait voulu qu'on la trouve.

Il tourna brusquement la tête, vit la forêt différemment. C'était comme si Dieu l'avait éclairée d'une lumière, illuminant tout : il savait maintenant qu'il y aurait d'autres fragments de fil cachés au milieu des arbres. Le cône de lumière l'éclairait aussi, lui. La fille avait arraché son masque : non seulement elle faisait tout pour qu'on la trouve... mais elle tentait aussi de mener les autres jusqu'à lui.

B éprouva une souffrance déchirante au fond de son être, la perte de l'amour. Toutes les douleurs subies ? Négligeables, comparées à cette trahison.

*

Assis cette nuit-là à côté du poêle à bois qui faisait entendre son cliquetis, incapable de dormir, B conserva le fil dans sa main. De temps à autre, il ouvrait les doigts et le regardait. Il y avait du sang coagulé sur ses phalanges.

En bas, dans la cave froide, la fille était étendue. Il l'avait frappée. Elle avait de la chance qu'il ne l'ait pas tuée.

Dans le désordre confus de ses pensées, il essayait de décider de ce qu'il allait faire.

Il pouvait tenter de trouver tous les bouts de fil et les enlever. Mais la femme était le genre à revenir sans jamais se lasser. Maintenant qu'elle avait repéré une trace, elle ne s'arrêterait pas avant d'avoir retrouvé la fille.

Il n'y avait pas que la fille. En la trouvant, la femme qui chassait le trouverait, lui. Elle le ramènerait là d'où elle venait, quoi qu'il puisse y avoir au-delà de la forêt et du magasin. Il y avait un autre monde, quelque part, dont il savait qu'il le détruirait par ses révélations. Il ne voulait pas apprendre quel genre de créature il avait été avant que L'Homme ne le trouve. Il savait qu'il n'y survivrait pas. Il préférait tuer la femme plutôt que d'affronter cette épouvantable vérité.

Et la fille ? Plus jamais il n'aurait confiance en elle. Il préférerait la tuer plutôt que de lui permettre de le trahir à nouveau.

*

B avait eu une peur intense de L'Homme : son haleine aigre quand il descendait dans la cave. La façon dont son regard froid et obtus le surveillait chaque fois qu'il urinait, chaque fois qu'il mangeait. L'Homme n'abaissait jamais sa garde. Une fois, il avait maintenu les mâchoires d'un piège de métal ouvertes sur les parties intimes de B pour lui montrer les conséquences qui découleraient d'une trahison.

L'Homme l'avait tenu enfermé dans la cave pendant très longtemps, ne le laissant jamais voir la neige. Et même quand il l'avait laissé sortir avec lui, l'air renfrogné, il passait son temps à lui expédier bourrades et coups de pied… et l'inimaginable horreur absolue de la nuit.

Il avait haï L'Homme, avait été terrifié par lui et, finalement, la haine et la terreur étaient devenues insupportables et il avait pleuré en lui-même en apprenant qu'il lui fallait tuer L'Homme pour survivre. Il avait peur de mourir lui-même s'il le tuait. Mais cela ne faisait rien. La mort était préférable à la douleur.

Longtemps, il avait réfléchi à la manière dont il devait s'y prendre, avait essayé d'être courageux, s'était vaguement remémoré un garçon appelé B qui avait été aimé. Il avait le souvenir extrêmement vague de quelqu'un d'aimant. Avec sa bouche, elle dessinait une forme qui le poussait à se recroqueviller sur lui-même avec délice. Personne n'avait redessiné cette forme depuis, même s'il en éprouvait un ardent désir.

Il avait réfléchi longuement et intensément, en proie à ses peurs, et avait fini par prendre L'Homme au piège en utilisant la seule chose qui constituait sa faiblesse : son désir.

C'était par un jour d'été, alors que la surface des glaciers se corrompait. Ils étaient sortis relever les derniers pièges sur les sommets. B avait attendu qu'ils soient à la lisière des arbres, dans un endroit abrité et sombre, près d'une crevasse de glace partiellement fondue. B était maintenant aussi grand que L'Homme, même si, intérieurement, il ne le sentait pas. Intérieurement, il se sentait petit.

Il s'était arrêté de marcher. Il avait fait une chose qui lui avait retourné l'estomac. Il avait regardé L'Homme, derrière lui, et il avait souri.

Les yeux de L'Homme s'étaient ouverts en grand. Le garçon n'avait jamais souri. La brise estivale était douce sur la neige en pleine débâcle, mais il y avait aussi, là, quelque chose de plus signifiant.

B avait attendu que L'Homme soit collé contre son dos, attendu de sentir son odeur de bouc derrière son épaule, son haleine de poisson, la présence de ses deux énormes mains sur son ventre dur… il s'était alors retourné rapidement, un collet entre les mains, et avant que L'Homme n'ait eu le temps de réagir, il lui avait passé la boucle de métal autour du cou et avait tiré violemment pour la refermer.

L'Homme s'était cabré, affolé, avait battu l'air de ses bras et essayé de se libérer.

Mais B était le plus fort. Il sentait le sang se ruer dans ses veines, son cœur fou de peur, et il l'avait étranglé avec le collet jusqu'à ce que tous deux tombent à genoux dans la neige molle. L'Homme, soudain âgé, plus petit, ses vieilles dents jaunes cariées se chevauchant tels des fragments d'obus dans l'inepte cavité de sa bouche grincheuse, avait le regard rivé sur B qui gagnait en force à observer son geôlier secoué d'un ultime tremblement avant de mourir.

B avait souri. Le vieil homme, les yeux levés vers lui, s'était interrogé sur ce sourire dans ses derniers instants.

B avait traîné le corps vers le bord du glacier corrompu (un corps, c'était étonnamment lourd), puis l'avait laissé choir dans un endroit où la glace était fine, l'avait regardée céder avec une écœurante facilité. Le corps avait disparu dans la crevasse. Lorsque l'automne reviendrait, la glace se rigidifierait et le cadavre serait dissimulé pour l'éternité sous une nouvelle couche de glace et de neige. Personne ne le trouverait jamais.

B avait rebroussé chemin jusqu'à la cabane. Il n'avait pas su quoi faire. Il s'était assis dans le fauteuil qui lui avait été interdit. Il avait abaissé son regard vers la cave où il avait été retenu captif. Il avait touché tous les couteaux sans exception, d'un geste craintif, puis avait recommencé. Il avait deviné comment allumer les lampes, remplir et allumer le poêle.

Finalement, il s'était assis juste à côté. La nuit tombait ; les ténèbres s'épaississaient. Il avait faim. Il avait trouvé la marmite et y avait déposé des morceaux de gibier. Il avait ajouté de l'eau, comme il l'avait vu faire à L'Homme quand il préparait du ragoût. À cette différence que, maintenant, il pouvait manger autant qu'il le souhaitait.

Sa bouche ne cessait de dessiner une forme qu'il ne pouvait voir.

Quand le ragoût avait été cuit, il l'avait mangé. Il était resté assis un temps puis, se conformant aux étapes auxquelles il avait assisté, il avait remué les braises dans le poêle. Après, il avait soufflé la lanterne avant de rester un long moment debout, le regard tourné vers la cave. Et pour la première fois de sa nouvelle vie, il s'était glissé seul dans le grand lit qui l'attendait.

*

Par la suite, B avait trouvé le magasin. Il lui avait fallu longtemps pour s'en approcher. Il l'avait scruté à distance, observant les trappeurs qui y pénétraient en apportant leurs fourrures. Alors il avait compris qu'il pouvait échanger ses propres fourrures et obtenir son propre repas spécial, celui-là même que L'Homme avait eu pour coutume de manger en souriant quand lui-même était un petit garçon, que son estomac était une boule compacte et dure criant famine tandis qu'il pleurait.

Il se souvenait de la façon dont ses jambes avaient réagi quand il avait quitté le couvert des arbres pour se diriger enfin vers le magasin. Il gardait la vision de sa main adulte sur le loquet noir usagé. Il se souvenait que les étagères lui avaient paru beaucoup plus petites que dans un endroit dont il gardait le souvenir, dans une époque oubliée qui remontait à très loin dans le temps. La silhouette dans les vitres couvertes de givre était grande et massive. Dans les ombres du passé un petit garçon tournait au coin d'un mur en courant et disparaissait.

L'homme qui se tenait derrière le comptoir était quelqu'un qu'il n'avait jamais vu auparavant et, sans le savoir, il avait poussé un soupir de soulagement.

*

Assis près du poêle qui refroidissait, B baissa à nouveau les yeux sur le minuscule fil rose enroulé sur lui-même dans sa paume aux lignes encrassées. Il se sentait obligé d'éprouver un soupçon d'admiration. La fille, avec ce simple et minuscule bout de fil, l'avait piégé.

Le soleil allait bientôt se lever. La femme qui chassait serait de retour.

Il allait lui tendre un piège. Il allait prendre la chasseresse au piège exactement comme il le faisait avec le renard roux et le loup à la gueule brunâtre. Exactement comme il avait pris L'Homme au piège.

Pour attirer les animaux dans le piège sans qu'ils en aient conscience, il utilisait du sang et des abats. Qu'allait-il utiliser pour la femme ?

Il allait profiter de sa faiblesse.

Mais quelle était-elle ? Quel était le leurre correspondant à ses désirs ?

Un sourire éclaira ses joues grisonnantes.

17

Mr B était descendu la veille au soir, le visage congestionné par la rage. Ouvrant la main, il lui avait montré.

Un bout de fil rose.

La fille avait su alors… elle avait su ce que cela fait de sentir qu'on va peut-être mourir.

Il l'avait poussée contre la couchette, l'avait frappée, l'avait frappée interminablement sans même savoir qu'il émettait des miaulements de rage. Il était comme ces animaux pris au piège qui sont encore vivants. Ils essaient de vous mordre, sachant qu'ils vont mourir. Ils ne veulent pas vraiment vous mordre, mais ils le feront et rien ne pourra les en empêcher. Elle gémissait, se protégeait le visage avec ses mains, se roulait en boule comme le plus petit des animaux pendant que les coups pleuvaient.

Haletant, il avait fini par s'arrêter. Il se tenait au-dessus d'elle, magnifié par sa fureur, plus impressionnant qu'il ne l'avait jamais été.

Elle n'avait pas eu l'intention de trahir son créateur. Il l'avait extraite de la neige, l'avait arrachée au froid pour lui rendre la vie. Mais une partie de son être avait faim d'une existence qu'elle ne pouvait qu'imaginer, même si cela devait la tuer.

Ce n'était pas son amour à elle qui la tuerait. C'était le sien à lui.

*

Savez-vous ce qu'est la peur ? la fille de la neige le savait.

Les entrailles de la peur, elle ne s'y trompait pas, étaient comme celles d'une peau d'animal mouillée. La fourrure fraîche enrubannée de blanc, luisante de graisse, la présence des muscles pas si lointaine… la marmite dans laquelle ils bouillonnent. Cette peau exposée, *écartelée.*

Voilà à quoi ressemble la peur. Quand on vous a éviscéré, que vous avez perdu tous les êtres connus et que vous essayez de remettre vos entrailles dans votre ventre. Quand à tout moment quelqu'un peut entrer, poser sa main là, sentir la moiteur, et vous n'avez d'autre espoir que cette main ne soit pas cruelle.

C'est cela, la peur.

*

Avant l'aube, la fille de la neige entendit la trappe s'ouvrir. Un carré de lumière connu, le gris qui prélude à l'aurore, et Mr B descendit à nouveau. Elle se recroquevilla contre le mur de terre, se prépara à se protéger contre de nouveaux coups.

Au lieu de frapper, il la plaqua sur le lit. Il lui enleva ses chaussures, lui retira son pantalon, exposant ses jambes maigres et blanches. Il lui ôta tous ses vêtements jusqu'à ce qu'elle soit nue, à l'exception de sa culotte autrefois jaune et désormais d'une teinte grisâtre. Il l'arracha violemment.

Elle avait un visage suppliant, terrifié.

Il contempla son corps nu avec la pitié qui succède au mépris.

Il partit en emportant ce qu'il restait du sous-vêtement. Une image s'imposa dans l'esprit de la fille : le seau froid qui recueillait les viscères, rempli de parois d'intestins, de la gelée rouge du sang.

Après son départ, elle remit ses autres habits. Tremblante, elle posa les mains sur les murs, sentit les mots et les formes gravés là. Les images qu'elle avait dessinées et les cartes qui indiquaient l'endroit où elle était. Elle s'allongea dans la forme appelée MOM. Puis elle se releva et, à nouveau, parcourut de ses doigts les mots qu'elle avait tracés. Elle les sentait avec l'extrémité de ses phalanges, les lisait dans sa tête.

Madison, avait-elle écrit. *S'il te plaît viens me sauver.*

Mais cette fille n'allait pas venir. La fille de la neige comprit que c'était à elle d'agir.

Elle pivota soudain, se dirigea vers le coin où elle avait dissimulé la cuiller en fer et la déterra rapidement.

Elle monta sur la couchette, la cuiller à la main.

Maintenant, elle était assez grande pour atteindre le dessous des lattes du plancher… si elle se dressait au maximum. Elle inséra prudemment le manche de l'ustensile au pourtour du moraillon et, travaillant sans répit, commença à forcer dans un sens puis dans l'autre.

*

Avant le lever du soleil, Naomi était dans le hall d'accueil du motel. La serveuse qui officiait au restaurant sortit de la porte de communication, s'immobilisa la bouche ouverte, s'apprêtant à lui réciter ce qu'il y avait à manger. Mais Naomi se précipitait déjà au-dehors vers le camion vert et cabossé du garde forestier de Skookum où Dave l'attendait derrière le volant.

« Je sais seulement comment trouver cet endroit en partant du magasin, lui expliqua-t-elle tandis qu'ils attaquaient la pente sur la route noire sinueuse. Mais j'ai noté des repères sur ma carte, pour nous aider. »

Elle lui exposa ce qu'elle avait trouvé : des bouts de fil, dit-elle, attachés dans la forêt. Dave était sidéré. Il voulait nier que cela puisse être vrai, mais il savait que ça l'était. Seule Madison aurait pu les accrocher. Aucune autre fille vêtue de rose n'errait dans les forêts.

« C'est elle, affirma Naomi.

– Je suis désolé de ne pas l'avoir trouvée », avança-t-il car il se sentait coupable.

Naomi, le regard fixé sur les arbres qui défilaient par la vitre du petit camion, se vit, redevenue petite fille, assise dans un autre véhicule à côté du shérif qui la conduisait là où elle serait en sécurité. À chaque fois, c'était le même plaisir extrême.

« Vous n'y êtes pour rien, dit-elle. Aucun d'entre nous n'y arrive à chaque fois. »

*

Tout en travaillant sans répit sur le moraillon, les bras douloureux d'être levés au-dessus de sa tête, la fille de la neige réfléchissait à son créateur. Il humerait certainement de loin la présence de la femme. Il verrait les oiseaux s'envoler des arbres sous lesquels elle passait, suivrait ses mouvements à la trace.

Une des vis sortit de son logement et elle la regarda choir, telle une étoile ternie, sur le sol de terre humide.

Les yeux déterminés, elle s'appliqua à mettre davantage d'énergie dans les va-et-vient de la cuiller sans tenir compte de la douleur ressentie dans ses bras.

C'est vous qui m'avez façonnée, pensa-t-elle. Vous m'avez roulée dans la neige, vous m'avez rendue forte, et maintenant je vais être courageuse et rusée… exactement comme vous.

*

Dans son sac à dos, Dave avait tout ce dont il pouvait avoir besoin. Des fusées de détresse, une tente instantanée pour les tempêtes, de la nourriture lyophilisée sous forme de briques qui se régénérait dans la neige fondue.

C'était drôle, songeait-il tandis qu'ils cheminaient d'un bon pas au milieu de la forêt froide : jeune, il avait rêvé d'être garde forestier dans une région telle que l'Arizona, par exemple dans la forêt nationale Tonto. Lorsqu'il était étudiant, il avait adoré les déserts, les pins nains, le caractère inhospitalier d'un lieu où règnent une chaleur écrasante et des nuits d'une froideur intense… la façon dont les étoiles scintillent le soir. On éprouve une sensation d'ouverture, dans les déserts rouges, à laquelle ces montagnes renfermées sur elles-mêmes ne pourront jamais prétendre. Mais c'était ici qu'il avait obtenu du travail. Et quand Sarah était entrée dans sa vie, les forêts ne lui avaient plus paru aussi hermétiques. Il l'avait rencontrée un printemps où elle passait par là en faisant du stop. Sarah, se fit-il la réflexion, avait réellement aimé être là. C'était elle qui lui avait révélé la beauté de ces forêts glaciales.

Il jeta un regard discret sur Naomi. Elle était concentrée sur la tâche courante. Son visage était tendu en avant comme s'il se situait au-delà de la détermination. Comparable à une ferveur religieuse : son monde promis, à elle. À cet instant précis, elle marchait sur l'eau.

*

« Là », souffla Naomi en s'arrêtant juste avant le rocher noir.

Dave observa les environs. Il n'était jamais venu dans cette partie de la forêt, mais cela n'avait rien d'exceptionnel. Même s'il passait le restant de sa vie à explorer, il ne serait pas beaucoup plus proche de connaître la majeure partie de ces bois primitifs.

Elle chercha du regard le premier bout de fil, attaché au-dessus du rocher noir. Ne parvint pas à le retrouver. Mais le deuxième était là, dans un jeune cèdre rouge.

Attaché autour d'une branche basse, un unique fil rose vif.

Dave le toucha, un miracle sur son visage. C'était vrai. Comme si la fillette les guidait par la main vers les profondeurs de la forêt.

*

Une deuxième vis se libéra et la partie inférieure du moraillon s'écarta soudain du bois avec une plainte métallique.

Bientôt, pensa la fille de la neige en manipulant le manche de la cuiller avec une énergie renouvelée.

Son visage, couvert d'ecchymoses dans la lumière qui filtrait, était serein. Elle eut un petit sourire intérieur et, sans en être consciente, commença doucement à fredonner une chanson.

Le monde était vivant et il jouait sa musique à elle.

*

Au début, il leur fallut du temps pour trouver les fils. Le chemin frôlait d'énormes rochers et des futaies d'arbres denses, dépassait des ronces et des troncs couchés à terre. Au bout d'un moment, ils ne furent plus obligés de regarder aussi intensément : la piste naturelle s'exposait à la vue.

Naomi savait qu'ils en trouveraient bientôt la fin. Elle le sentait. La cabane ne pouvait être loin du magasin, à une journée de marche au plus.

Dave passa devant et Naomi le laissa faire, un peu amusée, mais trop obnubilée par leur recherche pour s'en agacer. Il était exact qu'il connaissait ces forêts mieux…

« C'est quoi, là ? » demanda-t-il.

Naomi n'eut qu'un bref moment pour comprendre. Il y avait un fragment de tissu dans la neige, devant eux. Ses yeux absorbèrent très vite les environs : le bouquet d'arbres noirs proche d'eux, parfait pour dissimuler quelqu'un. Les buissons. Elle vit que le vêtement était une culotte.

Une culotte de petite fille, en haillons, à moitié recouverte de neige.

« Mon Dieu », dit Dave en s'avançant.

Tout à coup surgit le souvenir d'une boîte vide sur le comptoir d'un bureau de poste, d'un visage qui souriait, d'une grossièreté agressive écrite par un homme qui l'avait égarée sur une fausse piste avant de disparaître. Il n'y avait aucune raison que cette culotte soit là, comme ça. Aucune raison, sauf si quelqu'un l'y avait placée à dessein. Aucune raison à moins qu'il ne s'agisse…

« Dave, non ! » ordonna-t-elle, mais il était trop tard. Il venait de tendre la main pour prendre le bout de tissu lorsque son poignet s'enfonça dans la neige, accompagné d'un hurlement, et Naomi sentit plus qu'elle n'entendit le bruit du piège qui se refermait. Le sentit jusque dans ses os.

Toute couleur déserta le visage de Dave qui, sous le choc, les traits chavirés, leva les yeux vers elle. D'un geste brusque, il sortit de la neige son bras ensanglanté. Le vieux piège aux dents pointues s'était refermé sur son poignet, comprimait chair et os sur moins de trois petits centimètres d'épaisseur. Le sang avait commencé à ruisseler autour des dents rouillées, et Naomi comprit que si le choc n'était pas fatal au garde forestier, l'hémorragie s'en chargerait bientôt. Malgré le traumatisme, Dave tendait son autre main vers sa ceinture, essayait de la sortir des passants, conscient qu'il devait installer un garrot. Naomi se précipita à la rescousse. Elle s'efforça de libérer la ceinture en tirant fort dessus, y parvint.

Derrière les arbres noirs, un homme se dressa soudain. Il tenait une barre de fer maculée de sang. Elle le reconnut aussitôt : le trappeur du magasin. Dans son visage couvert de barbe grise, le regard se porta de Naomi sur Dave. Il avait posé le piège pour elle et apporté la barre de fer pour achever le travail. Ce qu'il s'apprêtait à faire dans l'instant.

Mr B brandit son arme et courut vers elle entre les arbres, les mouvements de ses pieds présentant une grâce étrange dans les raquettes d'une époque révolue.

« Cours, Naomi, hurla Dave d'une voix rauque. Vite ! »

*

La résistance céda soudain, le manche de la cuiller glissa entièrement sous le moraillon et les dernières vis jaillirent de leur emplacement. La pièce métallique n'était désormais plus rattachée à la trappe.

Elle était libre.

La fille de la neige s'activa alors. Avec des gestes vifs, elle entassa sur la couchette peaux d'animaux et couvertures dans sa hâte frénétique pour que la pile s'élève assez haut afin qu'elle puisse repousser la trappe et se hisser dehors.

*

Naomi s'élança sur la piste qu'ils avaient suivie.

Elle voyait des arbres et des broussailles défiler dans sa course, des visions d'écorce brouillées, la blancheur de la neige. Elle courait, ses jambes cisaillaient l'air comme elles l'avaient fait il y avait si longtemps, à la différence que, maintenant, ses muscles piaffaient d'énergie.

Elle entendait le trappeur dans son dos. Il était plus expert avec les raquettes... elle plus légère et beaucoup plus rapide. Elle gagna un peu de terrain, mais savait qu'elle n'avait pas autant de résistance. Faisait-il exprès de se laisser distancer ?

Elle franchit un rideau d'arbres et se trouva soudain dans une petite clairière, au milieu de la forêt dense, où une cabane rudimentaire et exiguë était dissimulée dans les arbres. La lumière grise, diffuse, donnait l'impression que tout était baigné de douceur.

La cabane de Walter Hallsetter.

*

Elle se rua à l'intérieur, claqua la porte derrière elle. Une faible lumière s'insinuait à la frange des couvertures clouées sur les fenêtres. La pièce était empreinte d'une odeur lourde et familière, celle de quand il est trop tard : une odeur de boucherie. Elle espéra qu'il ne s'agissait que d'animaux.

Elle repéra rapidement une table en bois brut et un long banc. Un évier en fonte rouillée qui était alimenté par un tuyau en caoutchouc fendillé. Un lit apparaissait derrière un rideau décoloré. Un seau d'abats sous l'évier.

Il y avait quelqu'un d'autre dans la cabane. Elle le sentait.

Elle s'immobilisa, haletante. « Madison ? »

Près du mur, dans le fond, une trappe, entièrement relevée. Un cadenas pendait dans le vide, solidaire d'un moraillon arraché.

« Madison ! » Naomi fit des yeux le tour de la pièce. « Je suis venue pour te ramener chez toi. »

*

De l'endroit où elle s'était précipitamment dissimulée, sous le lit, la fille de la neige entendit les paroles de la femme. Elle trouva bizarre que le prénom qu'elle criait soit le même que celui de la fillette, dans ses contes de fées. Comment cette femme pouvait-elle le savoir ?

La fille de la neige fronça les sourcils, le cœur battant. *Madison n'existe pas ici.*

Elle entendit le crissement de la neige dehors, le grincement de la porte qui s'ouvrait à toute volée.

Mr B était dans la cabane.

*

Naomi en fut consciente avant de l'entendre… le trappeur était derrière elle. Elle sentit le mouvement de l'air quand la barre de fer passa au-dessus de sa tête, la frôlant de si près que ses cheveux se dressèrent. Elle entendit un grognement de colère.

Elle sut qu'elle ne disposait que d'un infime instant… pivota sur place, recula vivement.

Mais le trappeur fut plus rapide, sa respiration précipitée souffla à l'oreille de l'enquêtrice. Une des mains de l'homme agrippait ses cheveux, la tirait vers lui tandis que l'autre assurait à nouveau sa prise sur la barre métallique.

Naomi n'avait pas oublié ce qu'elle avait appris pendant sa période de formation. Elle se laissa aller contre lui comme un poids mort, sans se débattre, mais en faisant exactement le contraire de ce à quoi il s'attendait, et il en fut déséquilibré.

Vive comme un serpent, elle frappa violemment derrière elle, le projetant à terre. Elle entendit le fracas de la barre de fer qui tombait sur le sol. Le trappeur s'écroula, mais il avait agrippé son pied. Elle chuta la tête la première et il l'écrasa de son poids. Elle se débattit, tentant de rendre les coups, frappant de ses poings un corps à l'odeur fétide, comme arraché aux profondeurs de la terre.

À l'instar de certains bébés qui gardent toujours, imprégné dans leurs os, le goût du lait de la mère, la femme qui trouvait les enfants se souvint de ceci, son tout premier souvenir :

la terreur.

Défends-toi, lui intimait son corps. C'est maintenant qu'on arrête de courir.

*

Sous le lit, allongée près d'une vieille boîte, la fille de la neige les entendait lutter. On eût dit deux bêtes féroces qui tombaient sur le sol de la pièce.

La femme poussa un cri de douleur.

Mr B ne peut pas t'entendre, voulait-elle dire à la femme.

Dans sa main, elle tenait le long couteau d'argent qu'il utilisait pour écorcher les animaux.

*

Le trappeur était à cheval sur elle, il tentait de refermer ses mains sur sa gorge. Sans hésiter, Naomi avança sa tête tel un reptile et, rencontrant la chair de son poignet, y planta énergiquement les dents. Du sang emplit sa bouche.

Il émit un bruit de surprise, tel un animal blessé.

Elle lui enfonça ses doigts dans les yeux et, quand il recula la tête, lui expédia un violent coup de poing à l'endroit où les hommes ne s'y attendent jamais : la pomme d'Adam.

Il éructa un son, se plia en deux, se redressa et, à nouveau, elle le frappa de toutes ses forces au même endroit. Se dégageant de sous le corps de son adversaire, elle saisit rapidement à deux mains les cheveux sur sa nuque et lui cogna le visage contre le plancher. Elle sentit le nez exploser au contact du sol. Lui frotta le visage contre le bois, essayant de faire ruisseler son sang dans ses yeux pour l'aveugler.

Elle se dégagea sur le côté et tenta de s'échapper, mais il fut plus prompt et, à nouveau, elle sentit sur elle la main du trappeur qui la tirait par son blouson, entendit le vêtement se déchirer. À nouveau il la fit tomber au sol violemment, et en elle enfla un sentiment qu'elle n'avait pas éprouvé depuis longtemps.

L'impuissance.

Tout à coup, il cessa de bouger. Les deux combattants tournèrent la tête pour découvrir, debout devant eux, une fillette vêtue d'habits crasseux, de deux tailles trop petits pour elle, au visage tuméfié et aux cheveux blonds sales. Des larmes coulaient sur ses joues souillées, et elle tremblait.

Dans ses mains tendues comme pour une offrande, elle tenait un couteau.

*

L'expression sur le visage de Mr B. Quelle en était la signification ? s'interrogea la fille de la neige.

Supplication, incrédulité, espoir ?

Il se relevait lentement au-dessus de la femme à présent presque oubliée. Il se tenait devant elle, et il avait, peinte sur le visage, cette expression qu'elle n'avait jamais vue à ce jour.

Il tendit la main pour prendre le couteau.

Maintenant, elle savait ce que c'était : de la peur.

La femme se relevait, elle aussi, mais telle une créature perchée, prête à prendre la fuite. Son regard rencontra celui de la fille de la neige.

Il vit ce regard, la façon dont elles troquaient des vies. Son visage vira à la fureur et il s'avança vers la fillette.

La femme s'arracha au sol et la repoussa brutalement derrière elle, hors d'atteinte. La fille de la neige sentit la main de la femme tenter de s'emparer du couteau, et sa propre paume en lâcher le manche au moment où Naomi se tournait face à Mr B.

Le couteau était dans sa main.

Mr B s'avançait toujours vers elles avec rapidité.

La fille de la neige suivit du regard le couteau tranchant comme un rasoir, affûté durant toutes ces années sur la pierre grise, le vit s'enfoncer jusqu'à la garde par l'ouverture du blouson, juste sous le cœur.

Mr B s'immobilisa et se pencha contre la femme comme pour requérir son aide. Sans lâcher le manche du couteau, elle le déposa doucement sur le sol.

*

Il était une fois, il y avait très longtemps, un garçon qui avait disparu dans la forêt nationale de Skookum. Il s'appelait Brian Owens et il venait d'avoir sept ans. Il était sourd de naissance.

Ses parents avaient décidé de partir pour une longue promenade en voiture dans les montagnes. C'était le printemps et, en ville, il faisait exceptionnellement chaud. Un pique-nique était prévu. Mais en arrivant dans les montagnes, ils avaient eu conscience de leur bêtise. Ils avaient repris la route de la ville, échangeant des plaisanteries sur le pique-nique dans la neige qui n'avait pas eu lieu.

Ils avaient fait halte à un magasin, sur le bord de la chaussée, et pendant que les parents regardaient les marchandises, le petit Brian s'était aventuré dehors et avait disparu.

Les empreintes de ses pieds minuscules menaient au parking, parsemé de multiples traces de raquettes… et s'évanouissaient. Ne restaient que les marques laissées par les divers chasseurs qui s'étaient entrecroisés en allant au magasin ou en en repartant.

Pendant des semaines, des battues avaient tenté de le retrouver, même plus haut, vers les sommets où il n'y avait aucune chance qu'il ait pu s'égarer. Ceux qui participaient aux recherches avaient cessé de crier en apprenant que l'enfant ne pouvait les entendre. Sa maman disait que le petit Brian venait de commencer à apprendre : il était capable d'écrire la première lettre de son prénom. Il lisait à peine sur les lèvres. D'écrit, il ne savait reconnaître que son nom.

Un des groupes de recherche avait frappé à la porte d'une cabane trouvée par pur hasard, cachée au cœur d'une sombre forêt. Un vieux trappeur grincheux nommé Walter Hallsetter avait ouvert.

Il n'était au courant de rien, leur avait-il dit.

En bas, un petit garçon était allongé dans une cave froide. Il ne pouvait entendre. Il n'avait aucun moyen de savoir que quelqu'un était venu à sa recherche. Tout ce qu'il savait, c'était qu'il était sorti du magasin et, en marchant à l'extérieur, il avait vu un vieux monsieur, sur le parking, qui le fixait du regard. Avant que le garçonnet n'ait eu le temps de fuir, le vieux monsieur l'avait attrapé et traîné dans les bois. Sous le couvert des arbres, il lui avait attaché les mains, l'avait bâillonné et hissé sur son épaule. Dans l'impossibilité de hurler, sans même savoir qu'il aurait pu le faire, le garçon avait rapidement été emporté dans les montagnes.

Plus tard, il avait oublié d'où il venait, mais quelque part, dans la moelle de ses os, il se souvenait de la façon dont il était venu au monde.

Il avait appris du vieil homme ce que peut être une épouvantable douleur et, des années plus tard, longtemps après avoir oublié son passé, il avait appris à poser des pièges, puis, finalement, à tuer. Mais il n'avait jamais appris à aimer. Jusqu'au jour où, alors qu'il pistait des animaux loin de la cabane et à proximité de la ravine, il avait repéré de loin une tache rose dans la neige. Il s'était pris à courir, s'était précipité pour trouver une petite fille allongée dans la neige, les joues déjà blanchies par le gel.

*

Mr B gisait à terre, dans le halètement de ses derniers soupirs. Il ressemblait à un animal pris au piège. Ses yeux désorientés étudiaient la femme qui se tenait au-dessus de lui.

Naomi se souvenait de l'affiche, dans le bureau du garde forestier, de l'article dans le journal local et d'Earl Strikes, au magasin, qui disait : *Il est sourd.*

Le visage de l'enquêtrice s'adoucit.

« Brian Owens », dit-elle, et s'il ne pouvait l'entendre, ses yeux suivaient les lèvres maternelles qui formaient les sons que, toute sa vie, il avait attendus.

Son nom. Il ferma les yeux.

*

La fille de la neige s'accroupit près de Mr B, regarda le manche du couteau trembler puis s'immobiliser.

Elle posa la main sur sa propre poitrine, perçut le battement de son cœur et se demanda si cela voulait dire qu'elle allait mourir elle aussi. Elle toucha le corps de son ravisseur, hésitante, le toucha à nouveau. Posa la main sur sa poitrine avec le geste qu'elle faisait toujours. Du calme, disait le geste.

Naomi regarda la fillette fondre en sanglots silencieux, de soulagement, de peur et de chagrin, penchée sur son ravisseur, les joues rosies par les larmes.

La fille de la neige essayait de forcer ses lèvres à bouger, mais cela faisait trois ans qu'elle ne savait plus ce qu'était la parole.

« Fiile de laa lei-ei-ge, ne cessait-elle de répéter d'une voix rauque et cassée. Fiiile de laa lei-ei-ge.

– Fille de la neige », finit par comprendre Naomi.

Madison Culver se tourna vers elle pour la regarder. Sur son visage s'inscrivit une aube timide. Une histoire se révélait : une histoire de la vérité.

« Oui, sourit Naomi. Toi. »

Toi, disait le cœur de la fillette, tandis que les distances et la terre reprenaient leur course. Toi, tandis que les arbres se déployaient vers le ciel. Toi, tandis que lumière et odorat s'éveillaient.

Moi.

*

La neige qui tombait comblait leurs traces, mais Madison connaissait les lieux. Elles s'orientaient grâce aux bouts de fil et au savoir de Madison. C'était encore l'après-midi, mais ça donnait l'impression d'être bien plus tard. Les jambes de Naomi tremblaient à cause des traumas et de l'épuisement.

Elles parvinrent à l'endroit où le garde forestier avait eu le bras pris dans un piège. Il n'était plus là. La neige était imbibée de sang. Naomi étudia le piège qui était ouvert. Il y avait des fragments de chair collés aux dents. Elle éprouva de l'admiration. Apparemment, Dave avait du courage.

La piste ensanglantée menait vers les bois, dans la direction du magasin.

« Il ne s'est rien passé de grave », dit-elle à Madison qui contemplait le décor de ses yeux inexpressifs. Il vint à l'esprit de Naomi que, pour la fillette, tout cela n'était qu'ordinaire.

Il y eut du bruit à la lisière de la clairière. Naomi retint Madison.

Les frères Murphy se matérialisèrent derrière les arbres, le fusil à la main. Mick sourit à Naomi avant de rester bouche bée en voyant Madison, surgie de la forêt avec la magie des elfes.

« Le garde forestier a réussi à retourner au magasin, annonça Mick. Il va s'en tirer. Earl nous a appelés pour qu'on vienne vous chercher. Bonjour, petite fille. Tu veux rentrer chez toi ? »

Il tendit les bras dans sa direction, mais ce fut vers Naomi qu'elle se tourna en levant les siens.

« Ce sera bientôt fini, maintenant, dit Mick aux trois autres en prenant la tête du groupe. Bientôt complètement fini. »

*

Au magasin, Earl ne se possédait plus, se précipitait pour apporter de l'eau afin qu'elles se nettoient, appelait la police de l'État. Une ambulance était déjà venue chercher Dave.

Naomi ne voulait pas attendre. Elle ramena Madison chez elle.

*

« Maman ? »

Sur le siège arrière, la voix de la fillette débuta par un murmure incrédule et s'enfla en un énorme cri tandis qu'elle jaillissait de la voiture et grimpait les marches en courant. « Maman ! »

Sa mère sortit en trombe comme si son cœur avait explosé.

*

Dans la forêt, ça ressemblait à une sorte d'enterrement. La fin de chaque enquête qui se terminait de manière heureuse était identique : la naissance d'un enfant retrouvé s'accompagnait d'une sorte de mort, de la fin d'une histoire.

Naomi attendait à l'extérieur de la cabane tandis que Winfield et son équipe achevaient d'inspecter les lieux. Le ruban jaune vif paraissait criard dans les bois ténébreux.

Contre l'avis des médecins, Dave avait décidé de quitter l'hôpital pour venir assister à l'enquête. On avait réussi à sauver sa main, même si la guérison serait longue et difficile. Il avait le visage très pâle. Le bras en écharpe. En le regardant, Naomi voyait les années futures, et elle espéra qu'il allait quitter la région. Trouver un nouvel environnement, une nouvelle vie.

Les policiers sortirent le corps raidi de Brian Owens, à présent dans un suaire en plastique clos par une fermeture éclair, et le déposèrent sans ménagement sur la neige. Un sac transparent qui renfermait le couteau ensanglanté fut jeté à côté de lui.

« Je suis désolée, dit-elle à Dave dont le regard était fixé sur le corps.

– Pourquoi le seriez-vous ? lui demanda-t-il et elle entendit la douleur dans sa voix.

– De ne pas être celle qu'il vous faut. »

Il détourna les yeux et elle y perçut le reflet des arbres.

« Je l'avais, autrefois, dit-il à mi-voix.

– Cela peut se reproduire. Se reproduira. Mais pas ici, c'est tout. Cette forêt tout entière… n'est pas assez vaste pour vous et l'amour qui est en vous. Je pense que Sarah aurait souhaité que vous le sachiez : pour vous, il est temps de partir.

– Et où irais-je ? »

Du bras, Naomi désigna les arbres comme si mille routes les traversaient.

Dave baissa les yeux sur ses doigts qui dépassaient du plâtre. Le bord de sa bague de mariage était visible.

Il la fit tourner comme il l'avait fait précédemment. « Peut-être le moment est-il venu de la retirer.

– Cela pourrait augmenter vos chances d'obtenir des rendez-vous, plaisanta-t-elle.

– J'envisage depuis longtemps l'Arizona, peut-être le Nevada. J'ai toujours aimé le désert.

– Je n'aurais pas cru », remarqua-t-elle, et ils rirent.

À l'intérieur, ils entendirent des chocs violents : les policiers arrachaient la trappe afin de pouvoir examiner la cave. Quand ils en auraient fini, leur avait dit Earl Strikes, lui et les frères Murphy avaient l'intention de venir incendier la cabane. Ce n'était pas normal, affirmaient-ils, que pareille horreur reste là.

Naomi n'était pas sûre que cela importe. Son enquête suivante l'appelait déjà. C'était tout ce à quoi elle pouvait penser, car ce serait une affaire très différente, plus personnelle que toutes les autres.

« Est-ce que Madison va s'en remettre ? lui demanda Dave. Après tout ce qu'elle a enduré ? »

Naomi n'en savait rien. Certains des enfants qu'elle sauvait ne parvenaient jamais à échapper à la terreur. Mais quelque chose lui disait que Madison serait parmi les seuls à, non seulement survivre, mais à profiter de la vie.

« J'ai retiré leurs affiches, annonça-t-il. Celle de Madison… et la sienne à lui. Brian Owens. Maintenant qu'on les a retrouvés.

– Nous voulons tous l'être.

– Même vous ?

– Oui, même moi.

– Même lui ? » Il pointa l'index vers le linceul qui contenait Brian Owens.

Elle se souvint du soulagement, sur son visage, quand elle avait prononcé son nom. « Oui.

– Même ma femme ? Même Sarah ? »

Naomi s'approcha et le serra un bref instant dans ses bras. Il se recula, les yeux brillants.

« Elle l'a déjà été, quand vous l'avez aimée. »

Winfield et ses collègues sortirent de la cabane. Naomi savait que son rôle était terminé. Elle était libre de poursuivre sa route. Le moment était venu pour tous de rentrer chez eux. Mais où étaient-ils chez eux ?

*

Le lendemain, la femme qui cherchait les enfants alla dire au revoir à Madison.

La maison était envahie de fleurs, résonnait de la sonnerie du téléphone, et les parents étaient pris de court, dépassés, heureux, aux anges.

Naomi leur tint des paroles fortes. « Ne répondez pas au téléphone. Ne parlez pas aux journalistes.

– Que faut-il que nous fassions ? demandèrent-ils.

– Que vous déménagiez. »

Elle alla voir Madison dans sa chambre. La fillette s'y était réfugiée… tout était trop grand, trop lumineux et trop chaleureux. Ce monde lui paraissait contrefait, comme une histoire inventée de toutes pièces.

Elle dessinait à son bureau.

Naomi s'assit sur le lit. À côté d'elle se trouvait un placard avec des pulls aux couleurs vives, effrangés. Tous beaucoup trop courts.

« Je veux que tu écoutes ce que j'ai à te dire, commença Naomi en parlant dans le dos de la fillette. Une partie de toi sera là-bas à jamais. Ce qu'il faut que tu fasses, c'est faire en sorte que ça t'appartienne. Il faut que tu prennes tout ce qu'il t'a donné et que tu te l'appropries. »

Madison s'arrêta de dessiner.

« Tu sais quelque chose qui n'appartient qu'à toi, Madison. Tu as un don. C'est toi. »

La fillette se leva et lui tendit son dessin. Il représentait la fille de la neige et la femme qui cherchait les enfants. Elles se tenaient par la main.

Naomi s'accroupit pour la serrer très fort dans ses bras.

« Je m'en vais, maintenant. Dans une forêt, tu m'as montré des fragments de fil qui indiquaient un chemin. Toi. Tu m'as demandé de venir te trouver. » Ses yeux rayonnaient. « Je croyais que j'avais échoué. Mais ce n'était pas vrai. J'avais laissé derrière moi suffisamment de souvenirs pour retrouver le fil de mon passé. Et maintenant je serai aussi courageuse que toi. »

Dans la main de Madison, elle déposa la pierre. Chaude, comme magique.

« Maintenant, conclut la femme qui cherchait les enfants, il y a quelqu'un qu'il faut que je retrouve. »

*

C'était il y a un an. J'en ai maintenant neuf.

Quelques mois après mon retour, mes parents m'ont emmenée dans un endroit où il neige en permanence : la ville de Rivière de l'Ours, au Canada.

Il peut paraître étrange que ce soit ce que je voulais, mais je crois que mes parents ont compris. Ils ont apprécié qu'y habite une psychologue spécialiste des enfants et de la captivité, et j'ai aimé la neige infinie.

Je fréquente l'école de Rivière de l'Ours et suis vraiment très forte pour marcher avec des raquettes. L'autre semaine, on a organisé une fête de Noël. On a plongé des pommes dans du caramel chaud, bu des tasses de cidre, et on s'est pourchassés dans le silence des arbres.

Je vois ma thérapeute deux fois par semaine. Elle me dit que la mémoire va continuer de me revenir et que je finirai par me souvenir de tout ce que j'ai besoin de savoir, en une seule histoire continue. Elle dit que quand des gens sont retenus captifs, parfois ils oublient leur passé et se réfugient dans un monde imaginaire. Elle dit que cela fait partie de ce qu'on appelle le SPTC, qui signifie le stress post-traumatique complexe. C'est le genre de syndrome qui se produit quand les gens ne peuvent fuir les mauvais traitements auxquels ils sont soumis.

Elle me dit que j'ai survécu en inventant la fille de la neige. Elle me dit que je devrais être fière de moi, parce que j'ai transformé ma force en une personne et qu'elle vivra toujours en moi. La fille de la neige sera là pour m'aider chaque fois que j'aurai besoin d'elle. La force la plus positive, dit ma thérapeute, est celle qui se trouve en nous.

Je continue de faire des dessins de la fille de la neige et j'en décore les murs de ma chambre dans notre nouvelle maison. Mais depuis quelques temps, j'ai mieux à dessiner : mon petit frère. Il sera là dans quelques mois, alors Maman, Papa et moi, on est vraiment très impatients.

À l'école, mon meilleur ami est un garçon qui s'appelle Hans. Je lui ai parlé de la fille de la neige. Il trouve que je suis magique. Il dit que quand je serai grande, j'écrirai des histoires. Certaines histoires sont vraies, je le lui ai dit. Il ne le sait pas encore, mais ça viendra.

Quand nous serons grands, lui et moi, on se mariera. Il ne le sait pas encore non plus… mais ça viendra. Je veux avoir trois enfants. J'ai même déjà choisi leurs prénoms. Il y aura Hans Junior, Aurora (en pensant à la lumière du nord), et la dernière, je l'appellerai Naomi.

Il faut que tu te l'appropries, m'a dit la femme qui cherchait les enfants.

Je me l'approprie.

Elle m'a appelée l'autre jour pour me souhaiter un joyeux Noël. Elle dit que nous faisons tous partie d'un club secret. Un jour, dit-elle, nous

nous emparerons de la terre. Elle me dit que ce seront des gens comme nous qui sauveront le monde : ceux qui ont marché du côté du chagrin et qui ont vu l'aube.

Sa voix était joyeuse. Je lui ai demandé où elle allait partir, après.

« Nous partons en Idaho, elle m'a dit. Nous avons une piste pour ma sœur. »

Nous. Elle a dit *nous*.

À ce moment-là, j'ai su que quelqu'un l'accompagnait. Je me les suis représentés tous les deux, assis l'un à côté de l'autre, roulant sur des routes qui les emmèneront toujours vers des lieux meilleurs. Quels que soient ceux qu'elle aura à retrouver, il l'aidera.

Cela, je le sais : aussi loin que l'on ait couru, aussi longtemps que l'on ait été perdu, il n'est jamais trop tard pour être retrouvé.

Remerciements

La vie est une histoire que nous racontons aux autres et à nous-mêmes. J'ai la chance de compter dans ma vie des gens qui donnent autant de sens à cette histoire.

Merci à mes collègues enquêteurs. Vous faites un travail extrêmement précieux, souvent pour un salaire et une reconnaissance dérisoires.

Merci à mes amies fantastiques qui m'ont tellement appris l'importance de l'amitié. Plus particulièrement à Elissa, Suzanne, Chloe, Julie, Stephanie, Mary, Cheryl, Jenny, Peggy, Alex, Lidia, Sheila, Betty, Ellen, Victoria, DeAnn, Cece, Jane, Jenny, Dianah, Elizabeth, Rhonda, Cate, Ronni, Pam, Susan et beaucoup d'autres.

Merci à mon éditrice, Gail Winston, et à mon agent, Richard Pine, ainsi qu'aux merveilleuses équipes qui les entourent.

Mes plus grands remerciements vont à mes

enfants. Le plus beau choix que j'aie jamais fait a été de devenir votre mère adoptive. Merci à Luppi, Tony et Markel pour m'avoir laissée cheminer à vos côtés durant vos voyages. C'est une bénédiction d'être votre maman pour toujours.

Merci aux enfants que j'ai élevés un temps, mais qui n'ont pas pu rester. Chaque jour, vous me manquez. Souvenez-vous, ceux qui sont aimés ne sont jamais perdus.

pca
cmb
édition pré-presse
livres numériques

44400 Rezé

Achevé d'imprimer en mars 2020
sur les presses de Normandie Roto Impression s.a.s.
61250 Lonrai (Orne)
pour le compte des Éditions Payot & Rivages
18, rue Séguier - 75006 Paris
N° d'imprimeur : 2001072
Dépôt légal : mars 2020

Imprimé en France